Qianxun－Culture

—图书·影视—

拜托了，陆竞骁

Please,
Lu Jingxiao

左瞳 著

天津出版传媒集团
天津人民出版社

图书在版编目（CIP）数据

拜托了，陆竞骁 / 左瞳著 . -- 天津：天津人民出版社，2019.9
ISBN 978-7-201-15245-5

Ⅰ. ①拜… Ⅱ. ①左… Ⅲ. ①长篇小说—中国—当代 Ⅳ. ① I247.5

中国版本图书馆 CIP 数据核字 (2019) 第 204418 号

拜托了，陆竞骁
BAITUOLE LUJINGXIAO

左瞳 著

出　　版　天津人民出版社
出 版 人　刘　庆
地　　址　天津市和平区西康路 35 号康岳大厦
邮政编码　300051
邮政编码　（022）23332469
网　　址　http://www.tjrmcbs.com
电子信箱　tjrmcbs@126.com

责任编辑　玮丽斯
责任编辑　小　左　晴　子
装帧设计　微　凉

制版印刷　湖南凌宇纸品有限公司
开　　本　32 开（880mm × 1230mm）
印　　张　10
字　　数　251 千字
版次印次　2019 年 9 月第 1 版　2019 年 9 月第 1 次印刷
定　　价　39.80 元

目 录
CONTENTS

目 录
CONTENTS

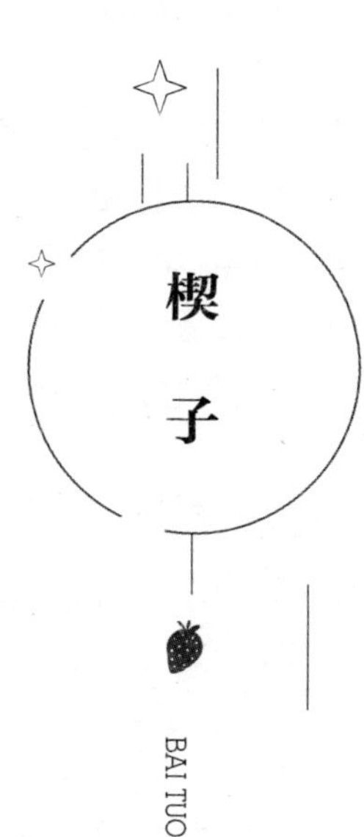

楔子

BAI TUO LE, LU JING XIAO

这是一场最含蓄的暗恋。

梁好没想到再遇到陆竞骁的时候，他已稍许褪去年少时的青涩，西装革履，留着干净利落的短发，一双精明、睿智的眼眸看向她，她竟还会感到心弦一颤。

今晚，她要替兼职公司的老总接待大客户丹尼尔先生。在这之前，她为了拿下客户，得到提成，苦苦熬了几个晚上看项目资料。尽管她已经胸有成竹，但陪她同去赴宴的项目主管还是嫌弃她是一个没走出校门的大学生，没经历过世俗风霜，让她少说话。

她清楚得很，项目主管是有意把这个单子从她手里截走，才让她少说话。

她又不傻，一会儿她偏要把机会抢过来不可。

她心里正盘算着，传闻中的丹尼尔先生便带着助理到包间里来了。

只是那一眼，两个人都怔住了。

梁好脑海里浮现的是高中毕业后，那个炎热而漫长的盛夏，她拿着手机在床上打滚，犹豫着要不要发条信息给他，问候一下暑期过得如何，最后因为她的胆怯，酝成了一场小别离。

在填完志愿表后，他们再没见过，直到现在。

谁……谁知道丹尼尔先生是他啊！重点是，为了让丹尼尔觉得公司实力雄厚，当时公司给他递过去的资料上说这次项目的负责人是钻石级别海归、金融硕士、年轻貌美的……他们谁不知道谁啊……

陆竞骁坐在她对面，面容冷峻，身上还留着一股淡淡的烟草味。他修长的手指托起茶杯，安静优雅地抿了一口茶，无视正在对他献殷勤的女主管。

本想多说话拉关系的梁好此时变成了哑巴。

“这位是我们公司的辛迪，从国外留学回来的金融硕士。她听了我们公司这几年的业绩后，决定加入我们这个大团队。不过她刚毕业，还有很多不懂的地方，丹尼尔你有什么问题直接问我就好。”女主管笑了笑，说道。

沉默了许久的陆竞骁终于开口，似笑非笑地看着梁好，反问：“国外留学？海归？”

梁好无地自容，低着头，赶紧喝了一口手里的茶。

“金融硕士？”陆竞骁又问，斜飞入鬓的眉毛挑了挑。

梁好想死的心都有了……

“你们这位辛迪小姐似乎不想理我。”陆竞骁一副笑里藏刀的模样，终于看了一眼主管。

梁好抬起头来，直视陆竞骁的眼睛，干脆豁出去了！

“丹尼尔先生您好，我是辛迪，刚从国外回来，谈生意的事情还有许多不懂的地方，您多见谅。”梁好决定把这场戏演足。

陆竞骁笑了笑，伸出手：“幸会。”

梁好伸出去的手都在颤抖，陆竞骁一把抓住她娇小的手，握在手里，使足了力气，似乎恨不得捏碎她的手，脸上却还在笑：“不知道辛迪小姐是在哪所大学毕业的？”

她的手被他捏得生疼，她赶忙抽出来，没好气地道：“芝加哥大学！”

陆竞骁抿唇冷笑，道：“辛迪小姐这么厉害啊！”

梁好的脸都被他气白了。

一顿饭后，几个人站在饭店门口，主管是一个见过风月的人，贴在陆竞骁的身边，声音娇媚：“丹尼尔，一会儿有什么安排？不如我请你去唱歌？”

梁好想起来自己还有作业要做，找了一个借口就要撤退，脚刚抬起来，后面的陆竞骁道：“不用了，让辛迪小姐陪我吧。”

主管的脸当时就垮了下来,勉强笑了笑:“那……你们玩好。”

助理眼明心亮，速速离开了。

两个人一走，空气似乎凝结，气压极低。

梁好如同木头人，愣在原地没说话。

“走啊！”陆竞骁双手插进口袋，往前走了一步，扭头看她。

“去……去哪儿？”梁好心里一慌。

陆竞骁冷笑道：“你是不是觉得所有生意人都很随意，嗯？”

“不……不是啊！我哪里知道丹尼尔是你啊！”

“不是我，你还真打算跟客户唱歌？”他拧着眉毛，态度冷了下来。

“怎么可能！”

他冷冷地扫了她一眼，扭头就走。

梁好见大晚上的不好打车，又叫住他：“方便搭个便车吗？”

陆竞骁理都没理她，消失在黑夜中。

她气得在原地跺脚，有什么了不起的！他这种公子哥哪里懂得他们平民赚点外快的艰辛！

梁好在原地腹诽了一会儿，迈开步子刚要走，一辆车停在她眼前，陆竞骁打开车窗，探出头：“你还不滚上来？”

她撇撇嘴，赶忙厚着脸皮上了车。

“海归金融硕士，你想笑死谁？”车上，陆竞骁没打算放过她，继续讽刺。

梁好也不乐意了：“这不是让你觉得这家公司有实力的计策吗？你都知道是假的了，还在饭桌上羞辱我，有劲啊？”

“你不是在卖面膜吗？怎么又跑去做代理了？”他挑眉道。

梁好把头扭到一边：“老总说我如果跟你谈成这笔生意，能给我不少提成呢。”

“辞了。”他言简意赅。

她眨眨眼："别这样啊！您在合同上签个字，我就有三千块提成啊！"

"连负责人都敢作假，你让我跟这样的公司合作？"陆竞骁反问。

梁好一下子没了气势，仔细想了想，总不能为了三千块把陆竞骁的公司坑了，叹了一口气，算了吧。

丹尼尔先生也就是陆竞骁，是认识了她三年多的老同学。

她并非胆怯的人，却因为遇上他而做了一次胆小鬼。此时，夜色朦胧，周围安静下来，那股炙热滚烫的思念就在胸口翻涌，难以言说。

成年人就是这样的，所有的情绪都要学会适可而止。

——陆竞骁，别来无恙，你好像还在我的心上。

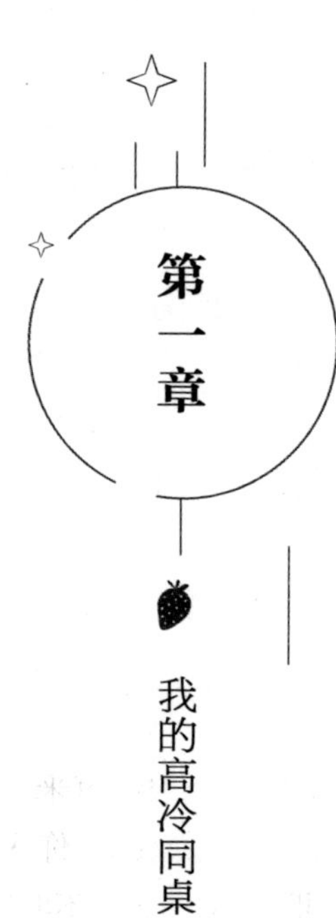

第一章

我的高冷同桌

梁好与陆竞骁第一次见面，是在高一三班的教室里。

他们学校有一个传统，新生要进行入学测验，考完之后按照成绩分座位。为了稳步提升全班同学的整体成绩，成绩最好的学生和成绩最差的学生坐在一起，第二名和倒数第二名坐在一起，以此类推。于是，梁好有了新的同桌——陆竞骁。

开学第一天，她低着头找到自己的书桌，抬眼便看到了一个眉目俊朗的少年，和大多数人的青春雷同。

年少时，班上女生的心中总会有一个喜欢仰望天空的俊朗少年，梁好也不例外。她看着他的侧脸，高挺的鼻梁和淡薄的唇，轮廓分明，额间的碎发随意散布，让他有了一缕张扬的色彩。他的双手插进校服裤子口袋里，双腿嚣张地搭在书桌上，扭着头看窗外的天空。

她想表示一下友好，于是主动凑过去打招呼："你好，同学，我叫……"

后面的话凝滞在喉咙里没说出口，她就看到陆竞骁听到她的声音后，斜睨了她一眼，转而把脸偏过来，眼睛的光透着浓郁的无情和冷漠："你是谁，我不感兴趣，你也不用跟我搞好同学关系。没事的时候，你不要跟我讲话，也不要以为我会帮助你学习，我对你坐在我旁边的唯一要求就是互不打扰。"

嚣张而孤僻，是她对他的第一印象。

入学测验的成绩不公开，大家都不知道坐在一起的同桌到底谁是成绩好的那个，谁是成绩坏的那个。

班里同学见陆竞骁平时沉默寡言，孤僻冷傲，上课从不举手回答问题，甚至有时候会无视老师的提问，所以自然而然觉得班里倒数第一名是陆竞骁，哪有好学生上课从不举手回答问题的？

单纯的同学们一致这样认为，但是也有部分爱慕陆竞骁的女同学认为也许是人家低调呢！

还没到期中测验的这段时间，班上慢慢分化成了两个团，一个团赌梁好是第一名，陆竞骁垫底；一个团赌低调高冷的陆竞骁才是真正的学霸，班级第一名。

结果，期中考试成绩一出来，班里的某一方同学对着梁好大哭："梁好啊！你隐藏得太深了！你赔我们钱，一人五块！"

梁好撇撇嘴，满不在意道："你们小小年纪不学好，学人家赌博，也不先摸清状况再下赌注！你们这帮人，以后都不是经商的料！"

一群人笑骂着跟她打闹起来，虽然知道她的入学测验成绩不尽如人意，不过大家还是很喜欢和她玩，因为大家都觉得她可爱有趣，所以她在班里算是人气王。

梁好感慨着，当年高中的同学丝毫不把成绩当作衡量一个人的标准，那是多么的单纯可爱啊！

然而陆竞骁就不一样了，大多数同学觉得他难以亲近，甚至有点可怕。不过，自从大家发现了这个隐藏的"高手"之后，立刻对他肃然起敬，还自觉成立了一个拜师学习小组。几个人以梁好为大头，各自抱着书本，一脸痴迷，天天跟着他。

终于有一天，他们被陆竞骁发现了。

那晚放学，陆竞骁一只手插进口袋里，另一只手拉着书包，甩在后背上，起身走出教室。梁好他们几个赶紧在后面跟上，没想到刚跟到楼梯口，陆竞骁猛然驻足回头，眼神和语气一样冰冷："干什么？"

几个人吓得一激灵，赶忙站直身体，目光虔诚，不约而同道："陆同学，我们有几道数学题不太会做，你能不能教教我们？"

陆竞骁侧着脸，看了一眼站在前头的梁好，冷冷道："没空。"

几个人并不死心，誓死要跟陆同学混熟了，以后作业、考试问问题什么的都能有极大的便利。从长远考虑，有一个学霸当朋友，无论如何都是有利而无一害的。只是性格冷冽的陆同学比较难搞，看来要制定一个长久攻陷计划。

几个人商量了一番后，有人提议："梁好，你是班花，用美人计吧！"

梁好愣住了，然后指了指自己反问："你们这是什么时候评选的，我怎么不知道呢？还有，你们是什么时候开始瞎的？"

"哎呀，开学的第一件事情不就是看看班上都有哪些好看的女生吗？"其中一个男生理所当然道。

她真的是班花吗？不过她仔细想了想，她们三班的女生质量普遍偏低，她能当选班花也没什么值得骄傲的……

梁好坚决不用美人计这一套，主要是陆竞骁在开学第一天已经严重警告过她了，平时没事的时候不能跟他讲话！她不能往枪口上撞啊！

后来，她实在经不住拜师学习团的怂恿，决定斗胆试一次，万一陆竞骁就喜欢她这款呢？

因着班里不知名的一次"公投"结果，她带着谜一般的自信，决定以班花的身份试探一下她这个高冷孤僻的同桌。

她刻意想了半天校服里面该穿什么，其实想来想去，还不就是选在里面穿什么颜色的秋衣？

最后，她翻箱倒柜找到一件俗艳的紫色秋衣套上了……那个时候，她才十六岁，哪里来的什么审美……

一整天，她都在做作地摆弄着领口，但陆竞骁的头都不曾转过来。

等到英语课测验单词的时候，她才傻了眼，昨晚光想着找秋衣了，把背单词的事情完全抛在了脑后。

她顿时急得抓耳挠腮，频频侧过头看着气定神闲的陆竞骁，想了想，终于让她逮到了和他交流的机会。趁着老师去拿测验纸时，她赶忙对他道：“陆同学，一会儿的测验你能不能借我抄一下？我昨晚忘记背单词了。”

陆竞骁的头都没动，只是把眼珠子往她这边转了一下，看着她，保持沉默。

她赔上笑脸，凑过去把紫色秋衣对准他的眼珠，暗想：快看啊，姐的紫色秋衣性不性感？

陆竞骁看着她谄媚的脸，嘴角微妙地勾了一下，冷冷一笑，依然没说话。

没过一会儿，老师拿着测验纸回来了。陆竞骁依旧没理她，她暗自叫苦，决定干脆一会儿偷偷看。

谁知道，她的头刚往他那边微微一偏，他就把一本硬皮大英汉字典竖在了两个人的课桌中间。

梁好当时那个气啊！这人这么小气吗？她看一眼答案他又不会死！

当天放学后，测验满分的陆竞骁背起书包就走，拿了零分的梁好被英语老师留在教室，一个单词罚抄二十遍。

临走的时候，陆竞骁停下步子站在教室门口，梁好刚好抬头看到他，紧接着就看到他冲着她讽刺地笑了一下，眼睛眯成狭长的一条缝，像极了电影里大反派得意的阴险笑容。最后他冲着她挥了一下手，挑衅般地道：“再见。”

……

从那个时候起，她就觉得这个人孤冷、难搞、小气，反正在她眼里，陆竞骁除了脸好看点，没什么优点。

在那之后，她也想做到互不打扰，但是事实证明，当同桌的两个人是不可能一句话都不说的。

他们班每隔一周就要整体换组，位置一变动，本来坐在里面的梁好坐在了靠走廊的外侧。换组当天，她刚到教室，就发现陆竞骁已经坐在了外侧的位置上，手里捧着一本闲书正看得认真。

她没忍住，还是多嘴道："老师不让随便调换座位，应该是我坐在外面。"

陆竞骁看都没看她一眼，起身让出空间让她进去，她还等着他回应呢，坐在后面的一个同学替她答了："我刚问他了，他说他不喜欢被女生关在里面的感觉。"

梁好心想：神经病，还有大男子主义啊？

梁好懒得跟他争辩，挪进去坐好。刚上了一节课，她就发现了一个严重的问题，这人平常上课喜欢睡觉，还一直睡到下节课，课间休息的时候，她要想去厕所就不方便了。

越想这个问题就越想去厕所，她深吸一口气，推了推他的背，这家伙清瘦得很，摸上去似乎只有骨头架子。他的睡眠也浅，一下子就醒了，半睁着眼睛看她，表情很不满。她一脸歉意道："我去个厕所，你先别睡，等我回来。"

等她回来，果然见他立在书桌边，双手抱胸，面无表情地看着门口，她感到身上一寒，赶忙两步跑进去坐好。

之后的一天，她要出去接水、拿饭、第 N 次上厕所，还有陪其他女生上厕所……陆竞骁终于忍无可忍了，合上手里的书，拧着眉头看她："你一天到晚破事这么多？"

她也急了，没好气道："那我要喝水、吃饭、上厕所，这些都是正常的生理需求！要不然你让我坐在外面的位置啊，我又不怕麻烦，你随便麻烦我起身！"

"不行。"

"那你想怎样？"

陆竞骁抬手看了一眼手表，云淡风轻道："从明天开始，九点课间，十二点午休课间，下午三点课间，你只有这三次出去的机会。"

……

"你的意思是我的尿得按时排放？"

“你可以这么理解。”

当天放学，她就找了班主任要求调换座位，班主任都没拿她的话当一回事儿，一边改卷子一边道：“我不能为了你一个人破例，到时候谁都找我换座位怎么办？”

她气得一宿没睡，第二天她提早到了学校，干脆先占了外面的位置。

等陆竟骁一来，她便感到周身的温度骤降。

周围人见陆竟骁脸色不好，都有些同情地看了看梁好，心想：要出事儿了！

当时说不怕他是假的，毕竟这个人给人的感觉极其难相处，搞不好还有暴力倾向，梁好死要面子活受罪，如坐针毡地等待风暴来临。

下一秒，她活活被人拎小鸡一般拎了进去，她屁股还没坐稳，抬起头来刚要发火，眼前伸过来一只手：“水杯。”

她蒙了：“干吗？”

“拿来。”他居高临下地看着她。

她茫然地把水杯递给他，眼看着他出去把自己的水杯连她的水杯一起装满带回来。她当然不会觉得这是他的示好，她心里清楚得很，他只是单纯地想减少她出去的次数，减少自己的麻烦。

没办法，她才不会是胡乱被感动的青春期少女，她心如明镜。

谁能想到学生时代的人就是这么无聊，一点小事无限被放大，陆竟骁给她倒了几次水后，就有人开始问她是不是和陆竟骁谈恋爱了，吓得她的脸都白了。

为了杜绝和他的绯闻，她开始绝食、绝水。

陆竟骁难得开口跟她说一次话，竟是问她：“你要修仙？”

“要你管？”

偏偏在这个节骨眼上，班上一个跟她关系不错的女生在一节英语课上给陆竟骁扔了一张字条，还被老师发现了。老师很严肃地拿着字条问："谁扔过来的？主动站出来！"

梁好见那个女生心虚地低下了头，假装写字，脸都红了。

她也不知道哪里来的勇气，站起身，义薄云天地说道："老师，我扔的字条。"

那个女生愣住了，却始终不敢承认，头垂得更低了。

老师气得直瞪她，甩手把字条递给旁边的一个同学："你给我念！我倒要看看她天天不好好学习，一门心思想什么！"

那个同学展开字条一看，偷偷笑了，一脸幸灾乐祸的模样，故意放大声音说道："陆竟骁，我喜欢你好久了！"

她这是把自己坑了吗？

梁好低头一看，陆竟骁握着一支笔，正漫不经心地斜睨着她，漆黑的瞳孔里看不出任何情绪。

那一瞬间，全班爆发出一阵哄笑声，这下倒好，她和陆竟骁的绯闻传得更猛了。

她红着一张脸，摆了摆手："不是！不是我！我没写！我不喜欢他！"

老师痛心疾首："明天把你的家长给我叫来！"

她真的感觉她的人生自从遇到陆竟骁后更倒霉了，她招谁惹谁了？

当天放学后，她本想去办公室和老师解释，可是那个罪魁祸首的女生哭着来找她，说什么被父母知道早恋的话会被打死的，她心一软，这口黑锅硬是自己扛了下来。

这时，忘了拿外套返回学校的陆竟骁刚好看到这一幕，站在门口没进去。

他当然知道字条不是他那个烦人同桌扔的。他倚在教室门口，看着他的同桌一脸懊恼，皱皱眉，豪气冲天道："好吧！反正大家都传我们俩的绯闻，多一事儿少一事儿也没差。"

傻，这是他当时对她的评价。

第二天，老师单独把梁好叫到办公室，唉声叹气道："别人的事，你瞎拦什么，傻不傻？"

梁好蒙了："您……您知道了？"

老师一副恨铁不成钢的样子："陆竞骁跟我说了，字条不是你扔的，你当时在睡觉。"

"……"

她当时在认真听课好吗？！这人到底是想帮她还是想害她？

"看你这么讲义气，估计也不会出卖让你背锅的那个女生吧？这件事就算了，以后你别这么傻，家长不用来了。"老师道。

尽管如此，她心里还是感到了一丝温暖。从办公室回去后，她对陆竞骁道："字条的事，谢了。"

人家看都没看她一眼，冷漠地回了一句："我只是不想被一个白痴喜欢。"

她忍了，理智站上了高峰，强颜欢笑地说："被人冤枉的感觉并不好，总之，谢了。"

之后，梁好对陆竞骁的那种厌烦感稍稍减轻了一点，偶尔她还会跟他说几句话，虽然通常都是她说二十句，他回一句，不过，这也算他们同桌之间的友谊进步了。

都说绯闻只传播七十二天，果然没过多久，同学们都把这事儿忘了个干净。班上少了议论梁好的人，她活得更自我了。

那阵子，她的心思完全不在学习上，反而自甘堕落，每天她想着通过各种歪门邪道赚点小钱：帮同学抄抄作业；跟学校小卖部老板谈生意，从中捞点油水；捡同学们喝光的矿泉水瓶子卖等等。

当然，生意是非常惨淡的，最好的一天也只赚了十五块……一毛钱都没赚到的那几天，她的心情极其不好，跟同学拌嘴，和老师顶嘴，每天活得像一个小地雷般，一踩就爆。

有的时候，她坐在课桌前，看着周围同学们忙忙碌碌的影子发呆。她在想为什么自己成了一个随时爆炸的刺头，可能是这个年纪的她觉得叛逆是一件又酷又潇洒的事情，也可能是单亲家庭让她失去了安全感，所以对于外界的刺激更加敏感易怒。

心情最不好的时候，她喜欢去网吧玩上一天，顺带着还有她哥梁岩，要堕落也得找个伴。

后来，他们去网吧的次数多了，难免会被家长发现猫腻。每次，母亲叶青都气势汹汹地撸起袖子，冲进网吧，也不管多少人在看，拎起梁好的领子就往外拽。

梁好哭闹着在网吧大喊："哥，救我！"

叶青一下子愣了，反问："你哥也在？"

梁岩正坐在网吧的角落里，一听见梁好喊他，再一看门口的场景，手里的泡面差点打翻。他赶忙蹲下身子，藏在电脑桌底下不敢吭声。

叶青气得整张脸都在颤抖，松开梁好瞪着她："你给我站在这儿别跑，我去抓你哥！"

梁岩那个时候也是单纯的少年，还以为自己的妹妹在最无助的时候第一时间想到的人总是他，为此他还感动了三年。直到后来长大了他才醒过神来，她那是出卖自己啊！这样妈妈骂人的时候就不会抓着她一个人骂了，分出来精力还能骂骂他！这臭丫头从小就坏！

最后，叶青两只手各拎一个人回家。家门口的老太太晚上吃过饭出来遛弯，一看到叶青拎着自己的一双儿女，连忙感慨："哎呀，小叶，你一个人带着两个孩子也不容易，孩子们又淘气了吧？"

叶青觉得脸面上挂不住，尴尬地扬了一下嘴角，没说话，拎着他们俩进了家门。

一进家门，她就勒令两个人站着，而她就坐在客厅的沙发上，看着两个人低着头用眼神交流，似乎是在商量谁顶罪。为了打消他们的念头，她没好气地吼道："不用商量了！你们两个人今天必须给我一个承诺，以后再也不许去网吧！"

梁岩是老大，干脆先表态："妈，你这么美，老生气会长皱纹的。我们不去网吧了，你也别气了！"

"你别跟我来这套！"叶青不为所动地大吼。

"今天这事儿是谁带头的？"叶青又问。

其实，是梁好非要拉着梁岩去网吧的，虽然梁岩平常不怎么刻苦学习，但是他在班里成绩还算不错。叶青总说如果梁岩好好学习，考上清华、北大根本不是问题，可是这梁岩就是陪着梁好自甘堕落的青春期叛逆少年，无论她怎么说，他都不改。

梁好一直沉默着没说话。梁岩咬咬牙，干脆道："妈，是我带妹妹去网吧的。"

叶青气得起身钻进厨房里，再出来时，手里拎着擀面杖，直直敲在梁岩的背上，一边打，一边骂："我让你再带着她不学好！我让你不起表率作用！我怎么就生了你们这两个这么不懂事的孩子！"

梁岩吃痛，捂着背倒在地上。

叶青气得气喘吁吁的，看着梁岩眼圈却红了。

这时，梁好咬了咬下唇，终于哭着抬起头对叶青大喊："是我想去的，我拉着我哥去的，你打我啊，你打死我啊，家里又没有电脑，偶尔去网吧玩一次怎么了？"

叶青愣在原地，无力感涌遍全身，她沉默着没说话。

梁好继续道："家里出这么大的事儿，我和我哥一夜之间失去安全感，看着别人家的孩子都有说有笑地聊起自己的父母，我们只能跟着笑。心情不好，每天活得不开心，我们去网吧放松怎么了？不学习就没有未来？我就不学习了，我气死你！"

说完，她掉头跑了出去。

叶青瘫坐在沙发上，神色颓然。

梁岩揉了揉自己的肩膀，起身对着叶青道：“妈，我去把她追回来，你别气了，要气就打我。”

说完，梁岩就出去追梁好了。

当晚，梁好被梁岩抓回来给叶青道歉，梁好也知道自己说的话太狠了，于是扭捏着站在厨房门口，低着头小声道：“妈，我错了……”

叶青背对着梁好，没说话，没过一会儿，她拿着一碗刚盛好的鸡汤面放在餐桌上，对梁好道：“吃面。”

那是梁好最喜欢吃的鸡汤面，她瞬间红了眼眶，没说话，抹了一把眼泪，坐过去大口大口吃了起来，吃完还乖乖把碗洗了。

叶青站在一边擦盘子，低声道：“你不想学习就算了吧，以后长大直接嫁人吧。你自己看清了，别像我一样，年轻的时候读书少，懂得少，被男人一句甜言蜜语就骗走了，到现在你爸骗了我把房子抵押出去，欠了一屁股债，现在人在哪里都不知道。你以后找男人一定要找一个有责任心的，其他的我不想再要求你什么了，你好自为之。”

梁好默默流着眼泪，手上的泡沫都没擦干净，转过头抱着叶青的腰狠狠哭：“妈，我知道你不容易，我以后一定不再跟你顶嘴了，你不要不管我……”

叶青的眼窝轻轻颤动着，她把梁好抱在怀里，温柔而安静地摸摸梁好的头。

后来，梁岩问过她为什么总翘课去网吧，一个女孩子怎么就这么沉迷于网络世界，整个就是活脱脱的网瘾少女。

梁好抱着一杯热可可坐在一边，眼神落寞：“我一个家里很有钱的同学玩《圣迹传说》，收一套极品装备舍得花好几万，可是那些装备得费好多时间去刷副本才有概率获得，然后我就天天去网吧给他打装备，只不过打那么久都没掉一件好装备……”

梁岩听完后心里一酸，把梁好搂在怀里，摸着她柔顺的短发道："傻丫头，家里的事情什么时候轮到你操心了？以后有哥在，保证让你和妈不愁吃穿，听见了吗？"

梁好不以为意，梁岩从小立志一定要娶一个美娇娘回家，然后生一窝小美人儿。越好看的女人越难娶，这她还是明白的，而且他是男人，以后还要买车、买房，这么重的经济负担，靠他一个人怎么可能解决？他成天就会异想天开！

也是高中那段最灰暗的时期，她因为成了网瘾少女，成绩一落千丈，被迫每次都要和永远第一名的陆竞骁当同桌。

谁能想到，她这游戏水平有一天还能正儿八经地用上。当时，她们班的宣传委员为人开朗热情，长得还算娇俏可爱，平时跟她的关系挺不错的，经常一起上厕所。因为他们班这个排座系统，所以宣传委员经历过两任同桌。日久生情，两任同桌都喜欢上了宣传委员。这事儿一曝光，两个少年一言不合就要掐架，说好了放学别走，非把对方揍一顿不可。

宣传委员听说了这事儿，丝毫没觉得有什么可骄傲的，吓得赶忙找到梁好求救。她拉着梁好的衣袖，声音颤抖起来："梁好，怎么办啊？这两人不会闹出人命吧？这要是闹大了让我爸妈知道了，怀疑我早恋，我就死定了啊！我家教很严的！"

梁好有颗侠义之心，忙拍拍她的手背道："放心，我去找他们俩谈谈。"

大课间的时候，梁好把那两个男生叫到角落，苦口婆心地说教："你说说你们俩，何必这样？老师天天教育咱们不能早恋，更不能打架斗殴，你们俩还要放学去约架？"

其中一个男生正因为遇到情敌格外烦躁，冲着梁好就来了一句："你算哪根葱啊？在这儿教训我？"

梁好愣了一下，然后扯了扯嘴角，尽量稳住自己的情绪说道："我是她的朋友，她不想让你们俩打架把事情闹大。"

“你一个女人少管男人的事！回家玩洋娃娃去！”

听完这句，梁好再也忍不住了，一巴掌拍在后面的墙上，一脸阴沉地凑过去，低吼道：“女人怎么了？我就管你了怎么样吧！”

“疯婆子！”

那男的刚要绕过她，她一把从后面揪住他的校服领子，不依不饶：“你放学别走！”

宣传委员躲在一边看得心惊胆战，看到这儿终于忍不住了，跑过去拉住梁好，焦急地说道：“我让你劝架来的啊，你怎么也叫嚣打架去了啊？！”

“我是那种没素质的人吗？”梁好盯着那个男生，指了指，“你，有本事就跟我比 CS，一局定输赢。我赢了你就不能再张罗打架，也不能再骚扰我的朋友！”

一听说要比玩游戏，那男的眼神更轻蔑了，他一笑：“放学网吧门口见，谁不去谁是小狗！”

“没问题！”

一放学，宣传委员就陪着梁好去了网吧，那男生也守约一直等着她们。两个人刚见面，就火药味十足。

梁好在心里啧啧了两声，这本来是二男争一女，她来劝架，到现在好像换了一个版本，不知道的人还以为她也是来抢宣传委员的……

两人刚进网吧找好位子坐下，不过开机的工夫，就见门口进来一个人。梁好不经意间扫了一眼门口，瞬间愣住了，这不是班级第一的陆竞骁吗？这种人也来网吧玩游戏？

陆竞骁一只手拉着书包背带，另一只手插着校服口袋进来，神色倨傲，径直走到一个僻静的角落坐下，开机自顾自开始玩游戏。

梁好好奇地抻长脖子去看，一眼就认出了游戏界面是《圣迹传说》，没想到他也玩这个。梁好一下子想到了巨大的商机……班里的人都知道他家境良好，然后她在这一秒决定了要把这赚钱的生意做到同桌身上……

她哪里还有心思跟人家玩 CS，直接跑到陆竞骁的座位旁边献殷勤："嗨！好巧啊！"

陆竞骁连眼皮都没抬，仿佛没听见她说话一般，沉浸在自己的世界里。她刚想再说点什么，等着她比赛的那个哥们跑过来，一脸不耐烦地问："我说你还比不比了？"

梁好见陆竞骁这座万年冰山暂时不会搭理她，撇撇嘴重新回到自己的座位开始比赛。比赛没进行几分钟，就吸引了网吧其他的男生过来看，主要是大家都没在网吧见过一个女孩子操作这么娴熟、精准。

宣传委员是一个典型的文静少女，哪里看得懂这高深莫测的游戏世界，她在梁好耳边不停地问："这个是什么？怎么才算赢？现在什么情况？"

梁好哼哼鼻子："你就等着吧，我马上就赢了！"

她正嘚瑟呢，听见身后一群人发出唏嘘。她抽空扭头看了一眼，没想到陆竞骁那里也围了一群人。当时《圣迹传说》正大火，网吧的一排电脑上，十台里有九台是这个画面，所以观看的人更多。她气得眉头轻颤，这种放学只玩游戏不学习的人还能每回考第一？这世界怎么这么不公平！

十分钟后，比赛结束，那男生刚刚还气焰嚣张地跟梁好叫嚣，现在垂头丧气地起身去前台结账，转身走人。

宣传委员忙问："什么意思，我们赢了吗？"

梁好拍拍她的肩膀："那当然啦！"

宣传委员欢快地抱着梁好又蹦又跳。

刚刚围观的群众开始对着梁好一通夸："小姑娘，你玩得不错啊！"

梁好并没有下机，而是打开了《圣迹传说》开始玩。很快，嗑瓜子群众又看得津津有味，时不时发出惊叹声。

此时，准备下机的陆竞骁终于舍得抬眼往梁好那边看一眼了。他眯起眼睛，发现梁好在跟自己玩同一款游戏，粗看一眼，她的操作还可以。

就是从这件事开始，本来基本毫无交流的两个人开始频繁交流。那次之后，梁好就真的在网吧打到了一件极品装备。她刻意拍下照片，第二天给陆竞骁看："怎么样，属性不错吧？看在咱们同桌情谊的分上，我打八折卖给你吧？"

陆竞骁还真来了兴致，主动问她："你开价多少？"

"游戏里的商人都卖人民币三千，我卖你二千五怎么样？"梁好笑眯眯地道。

陆竞骁冷哼一声，双手插在裤子口袋里，斜睨她："三千打完八折不是两千四吗？"

梁好一愣，在愣神的工夫里，就听见陆竞骁鄙视她道："数学都不好好学，还想做生意？"

她一脸吃瘪样，赶紧强装淡定："那就两千四卖你！"

是的，是那个时候陆竞骁主动加梁好微信的，理由是方便转账……当时好多同学都猜测梁好为了要到陆竞骁微信号，设计了一个好大的陷阱……正常人都看不出来，这姑娘套路太深了……

那是她十六岁的第一桶金，足足有两千四百块呢。那时候的她还觉得挺自豪的，只是没想到第二天，她和陆竞骁约在游戏里见面，等她把极品装备交易给陆竞骁后，就收到了陆竞骁发来的切磋请求……

万恶啊！这世界上居然有比她还黑的人！这两千四百块的装备打她那个小破号还不是一刀的事儿啊！有什么好切磋的？而且装备是她给他的！他在这儿跟她秀什么优越感？！她的内心翻腾着浓浓的怒气。

梁好当下点了拒绝，随即收到了陆竞骁发来的好友私信：你怕什么？

梁好没理他，直接点了传送，出城去杀怪，打算继续打点极品装备卖钱，没想到她刚出去就被杀了……

然后，帮派系统发来一条通知消息：我帮“江湖梁某人”在荒山野岭被风云阁的“别加我好友”杀死了。

对，“别加我好友”是陆竞骁在游戏里的ID，连起个名字都透着一股傲娇范儿。她死后掉落了一堆药草，陆竞骁三两下就捡光了……把她气得，她赶忙发过去好友私聊：我说你这个人有意思吗？

别加我好友：我试试商品，你有义务做好售后服务。

……

拜托！这人是不是存心气她？！

原来卖装备的售后服务是等着被他杀啊！

她气结，干脆下了游戏。

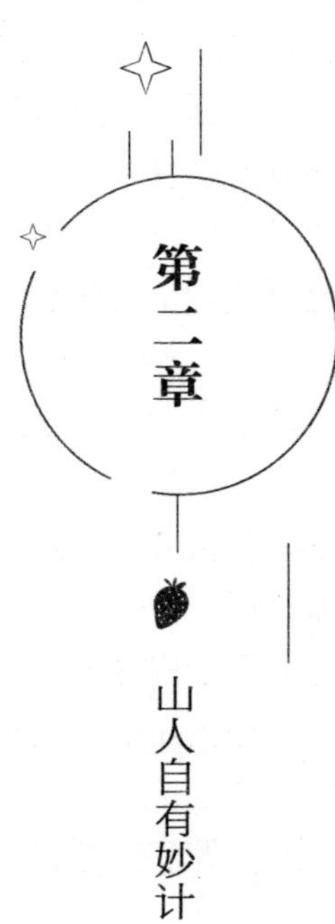

第二章

山人自有妙计

后来面临高二分文理班，梁好的成绩还是上不去。自从她和陆竞骁有了买卖关系后，两个人也不再那么疏离了，偶尔陆竞骁会给她讲作业习题。她拿着笔在脑门上滑来滑去，皱着眉，一会儿又咬着笔思考。

陆竞骁全程冷漠脸："你还是不懂？"

梁好摇摇头："我听懂是听懂了，不过学这种东西真的就有未来吗？"

陆竞骁看着她，忽然目光一怔，没有说话，神情有一丝微妙的变化。

晚自习，梁好低着头在一边专心做卷子，陆竞骁老早就写完了，看着写得满满的试卷，内心生出一阵厌恶感。

昨晚陆震一的话回响在耳边："你的成绩一直以来都很稳定，我已经想好了，你就上清华吧，报个金融专业或者计算机专业，然后毕业来我的公司工作。"仿佛这条路线是陆震一在心中给自己的后代早就规划好的，这个人是谁并不重要，只要由他的孩子来走这条路就对了。

陆竞骁冷哼了一声，再看眼皮底下的卷子，抬手把卷子瞬间撕得粉碎。

梁好听到声响，吓了一跳，抬头问："你干吗啊？"

陆竞骁冷眼对着她："不干吗，玩。"

学这些东西的确不能决定他的未来，他何必一直生活在别人规划好的轨迹上呢？从那以后，他再也没有交过一次作业，梁好到现在都说不清楚这是拜谁所赐……

属于男生的叛逆期终于来临，陆竞骁天天不交作业，而梁岩则沉迷早恋。梁岩和梁好在一所高中，但是不在一个班。那时梁好在高一三班，他在高二一班，他们一班盛产美女，大概有八九个女生五官精致、气质良好，家庭背景也不错。

其中被封为一班女神的人叫陶乐然，刚上高一就长到了一米七，身材比例极好，脸蛋也漂亮，母亲是搞艺术的，所以自身带出来的气质也优雅、恬静。

梁岩这种叛逆少年也不能免俗，天天不怎么学习，竟琢磨着怎么把陶乐然追到手。在那个年纪，包括他们现在这个年纪，其实并不懂什么叫爱情，就觉得班里有一个各方面条件都不错的异性，谁能追到手就会显得谁比较厉害，有面子，在同性群体里可以扬起下巴做人。

按理说，当时就梁好知道的暗恋她哥这款的女生不少，自己班上都有几个让她把情书交给梁岩的女生，但是梁岩一个没看上，偏偏就看上了大长腿的陶乐然。可能是陶乐然平时颇为冷傲，一般男人看不上，这更挑起了梁岩的挑战欲望，追得更紧了。

终于有一天，陶乐然把梁岩约到了小树林见面。临走前，梁岩郑重其事地按住梁好的肩膀，看着她道："你放学不用等我一起回家了，你哥一会儿就要经历人生中最重要的时刻了，你回家小心点。"

后来梁好才知道，那天梁岩不知道从哪儿弄来了一瓶香水，喷了特别多，一脸紧张地奔去小树林赴约……事实证明，她哥想得有点多……

梁好根本不知道梁岩要去干什么，抬头问："你去网吧吗？算我一个啊！"

梁岩的脸上竟然泛起一丝红晕，然后他摇摇头，一脸老成地拍拍梁好的脸："我不是去网吧，你还小，你不懂。"

这么神秘。

梁好表面上答应下来，实际上一放学，她就偷偷跟踪了梁岩：

这家伙不会要去干什么见不得人的事情吧？她想着，就看见梁岩在校园后的一片小树林停下，他左顾右盼，似乎在等什么人。没过一会儿，陶乐然高挑纤细的身影便走了出来，她一愣，赶忙躲好了继续观察。

她隐约听到陶乐然说道："梁岩，高一的时候，我一直挺喜欢你的，你长得帅，篮球打得好，不怎么学习都能考到班里前十名，可是……"

梁岩又惊又喜，没想到陶乐然是喜欢他的，本来听得心里美滋滋的，眼睛都亮了起来，但听到她羞涩地道"可是"，顿时笑容一僵，心知不妙。

果然，紧接着他就听到陶乐然道："我找你来不是为了别的事情，其实就是想跟你说清楚，我现在喜欢的人是一年级三班的陆竞骁，你还是别追我了。失去的感觉就是失去了，不会再回来。"

瞬间，天空飘来两朵乌云，一朵飘在梁岩的头上，一朵飘在偷听的梁好头上。

梁岩的初恋还未开始就这么被他的女神宣判结束了，他偷偷攥紧了拳头，声音低沉下来，目光凛冽地看着陶乐然："陆竞骁是吧？我知道了。"

陶乐然听出他语气不太对劲，连忙道："你不要伤害他，不然我一辈子都不理你！"

"你本来也不打算理我了，不是吗？"

梁岩冷笑后，转身就走。人就是这样，得不到就干脆一起毁灭彼此的梦想。

当时梁好以为梁岩只是随便说说，没承想他真打算找人去打陆竞骁。当天晚上，他一直到十一点都没回家，她这才惊觉事情可能不妙了。

叶青在家里把梁岩和班主任的电话都打爆了，正焦急时，却接到了警察局的电话。叶青一听就傻眼了，梁好想都不用想就知道发生了什么事情，连忙从卧室里翻出所有的零用钱往警察局跑。

梁好刚跑到警察局门口，就见到一个警察叔叔劈头盖脸地骂着一帮低着头的小伙子。梁好眼尖，一下子就看到了梁岩，她当时都快哭出来了，她哥再不咋的，也是靠脸吃饭的，现在这副鼻青脸肿的模样，恐怕以后连饭都没得吃了。

她急匆匆地跑过去看看梁岩的脸："哥啊，你不是去打人的吗？这怎么看都像被打的那个啊！"

梁岩艰难地掀起一边肿胀的眼皮，斜眼看她："我知道陆竞骁他们家有十几个保镖？"

……

他打群架也不事先调查好，蠢不蠢啊？帮他一起打群架的二年级的义气小伙子也一个个脸上挂彩，龇牙咧嘴地说着："岩子，别怕，下次哥几个去外面请拳击教练过来！咱班女神还能让一个低年级的臭小子抢走吧？"

话一说完，警察叔叔气得鼻子都歪了，一巴掌拍向说话那人的脑袋："还拳击教练，你们这样打架是不对的，知道吗？你们都给我把家长叫过来！"

说实话，当时梁好虽然跟陶乐然不熟，但是本能地对她没什么好感。梁好最见不得一个女的被十个男人围着转，还要抢得头破血流，简直就是一个惹事儿精。

不过一会儿，梁好就见陆竞骁和他们家那群身强力壮的保镖从审讯室里走出来。陆竞骁干净英俊的脸几乎没受伤，就是嘴角紫了一点，领口松散，袖口沾了点灰，这简直就是完胜啊！

他一出来，一眼就看到了正在看他的梁好，不由得一怔。他蹙着眉走过来，脸上没有任何表情，反倒是梁好两步凑了上去，抬头看着他："是你把我哥打成这样的？"

陆竞骁的眸光明显一震："他是你哥？"

"你没发现我们俩长得很像吗？"梁好瞪大眼睛。

"没有。"

梁好："……"

梁岩这时候插话："你骂谁呢，我比你好看多了好吗？"

这种时候，梁岩怎么还不知好歹呢？梁好承认从小梁岩就比她长得好看，可能是因为男孩子更随母亲。叶青年轻的时候，五官精致，气质温柔大方，现在看起来也只是眼角多了些细纹。

梁岩和叶青几乎长得一模一样，可是她就比较悲惨了，只有白皙的皮肤和一双美目随了叶青。她小的时候还有点婴儿肥，上了初中又觉得长头发麻烦，不喜欢打理，干脆剪了西瓜太郎式的齐眉碎短发，要多丑有多丑。

等到高中的时候，她的头发长长了，换了发型，五官也长开了，变漂亮了，但是颜值跟梁岩还是没有什么可比性。

两人正互相瞪眼呢，也不知道是谁通风报信了，这打架的事情传到了女主角陶乐然的耳朵里。陶乐然飞一般地打车过来了，进了警察局后，看都没看一眼梁岩，直接奔到陆竞骁的面前哭得梨花带雨，也顾不上暗恋少女那点拘谨的姿态了。她拉起陆竞骁的手臂这儿看看、那儿看看，还眼含泪光地柔声问他："竞骁，伤着哪儿了，疼吗？"

陆竞骁冷眼瞟了她一眼，一下子把手臂从她手里扯出来，冷冷道："你别碰我。"

几个字如一颗子弹直直射穿陶乐然的胸口，她的表情凝滞，顿觉脸上臊得慌，身为女孩子的那点尊严被他踩得粉碎。

梁岩也不知道为何，看到这样的她心里一阵解气，冷哼一声。

梁好一看到陶乐然就来气，也没理会周围人脸上露出的细微表情，对着她就吼道："你叫陶乐然是吧？你没看见我哥都伤成这样了吗？少跟我装傻，你不知道他为谁打的架吗？你这女人连一句安慰话都没有吗？"

陶乐然吸吸鼻子，细指擦了擦眼角的一滴泪，委屈地小声道："我不知道……"

梁好当时火就来了，冲着她喊："你在这儿跟谁装林黛玉呢？不如咱俩比比。"

警察叔叔也火了，一掌拍在梁好的脑袋上，大怒："你一个女孩子，学男孩子打什么架？！把你们俩的家长给我叫来！"

这一下是真疼啊，梁好赶忙捂着自己的头顶，就是这么抬眼的工夫，竟然看到陶乐然的嘴角噙着一丝冷笑。梁好心里暗自一笑，当时就决定了，不把梁岩和这女人彻底搅黄了，她名字倒着写。

这时，陆竟骁身后的一个保镖凑上来小声问道："少爷，这事儿怎么解决合适，要不要通知陆总？"

陆竟骁眉头紧蹙，低声喝令："不许告诉我爸，当作事情没发生过。"

"可是，这小子毕竟带人打你……"

陆竟骁转头看了一眼捂头一脸愤然的梁好，低声道："算了。"

自家少爷这是怎么了？这种哑巴亏说吃就吃了？那保镖挠挠头，百思不得其解。

"怎么着，你不追究责任了？"警察叔叔也听见了，询问道。

陆竟骁捏了捏手腕，大步往前，淡然道："不了，走了。"

陶乐然见陆竟骁走了，觉得这是一个表白的最佳时机，赶忙跟了出去，气得梁好原地跺脚。她瞪了一眼梁岩："你这看女人的眼光不咋的啊！"

"去去去，你个小孩懂什么？"梁岩面子上下不来。

最后还是叶青把两人从警察局领回了家，免不了当晚又是一通好打。叶青把两个人骂到脱力才放他们去睡觉。

后来梁好因为这件事说过梁岩："你说你，人家都不喜欢你了，你还要去找陆竟骁打架，傻不傻啊？两败俱伤后，女神跑去看陆竞骁，你身边只有一个亲妹妹，那画面看起来太凄凉了……”

梁岩对着她就是一记栗暴：“我告诉你，以后要是连你都喜欢上陆竞骁的话，我们梁家就不认你这个闺女！”

梁好表示他想太多了，想了想班上一共二十几个女生，除了一心只向学海奔的学霸以外，基本对陆竞骁都有点那个意思，区别只有明恋和暗恋。而她属于第三种人类，两耳不闻窗外事，一心只向网吧奔。

打架事件之后没几天，梁好因为前一晚没睡好，顶着两个黑眼圈就进了教室。她坐下后就趴在桌上大睡，刚要睡着，听见旁边“砰”的一声响，是书包放在桌子上的声音。她睡得迷迷糊糊，懒得睁眼，不一会儿就听见了陆竞骁的声音：“起来。”

她的脑子瞬间清醒了过来，一想到这人居然让保镖把梁岩打成那副猪头样，还是有点气，索性装没听见，继续装睡。

“我有话跟你说。”陆竞骁的声音冷冷的。

她本着友好主义，决定先听听他想说什么再摆正自己的态度。她站起身，一脸不满地看着他：“你赶紧说，我困。”

“让你哥以后别隔三岔五地找我麻烦，我帮你补习。”他一句话言简意赅。

“你能给我补习到班里第几名？”她疑惑道。

“前十。”

“你有这么神？”

“信不信由你，所有科目都有学习方法。”他仍旧喜欢侧着脸斜睨她，目光冷傲。

梁好眯起眼看他，将信将疑，但还是答应了。

谁知道这陆竞骁说要给她补习的事情还没超过三个小时他就反悔了，以她的脾气她当然饶不了他，定要问出个原因来。她气得瞪他：“君子一言，驷马难追！你这忽然跟我说反悔是为什么？”

陆竞骁扫了她一眼：“嫌麻烦。”

……

拜托，你这么任性，把承诺别人的事情当儿戏真的好吗？梁好本来就因为陶乐然的事情看陆竞骁不爽，再加上这档子事儿，她就更烦他了，当下就决定说什么也不要跟这种人继续做同桌了。她哼哼鼻子道："你等着，我下次准考个倒数第二给你看看，这样就不用跟你这个万年第一当同桌了！"

陆竞骁没忍住，嘴角一勾道："你倒是挺有志气，打算好好学习？"

"嗨，山人自有妙计。"

陆竞骁根本不知道她葫芦里卖的什么药，兴致盎然地看着她："好，我就等着你考倒数第二。"

梁好这种典型的叛逆少女自然是不会去学习的，反正她的目的又不是提高成绩，而是不跟陆竞骁做同桌，那事情就变得简单多了。

他们班的万年倒数第二是一个平时一到下课就爱吃零食的小胖子，班里的人都喊他小胖。

考试来临之际，梁好买了一大袋子小胖平时爱吃的零食，趁着教室里没多少人的时候找到他谈判："小胖，这袋子零食算我请你的，咱们俩商量一件事儿呗？"

小胖赶紧撕开一袋子薯片，一边吃一边开心地拍拍胸脯："你说，我能帮你的绝对帮！"

"这次考试，你少写点，争取考到倒数第一，把倒数第二的位置让给我呗？"梁好讨好般地冲他笑笑。

小胖犹豫了一下，不自觉地看向旁边空着的座位，然后扭头看她道："不行，我想跟小菲坐在一起，她一直都是班里第二名。"

没想到啊！真的没想到啊！这间小小的教室里竟然充满玄机啊！这个小菲就是人气颇高的宣传委员，长得可爱就是麻烦。

都怪这个学校万恶的对称式座位安排，看来大家的成绩都有可能是带着目的去考的啊……难不成她只能靠自己苦读才能摆脱陆竞骁的魔爪了？

为了不跟陆竞骁坐在一起，她也是煞费了苦心，又找到小菲，看来只有让小菲考到班里第一名了。谁知道小菲听明白她的意思后挠挠头："我也想考第一啊，可是陆竞骁学习超好，我根本不可能超过他！"

气死了，关键人物还是陆竞骁这个讨厌鬼！

眼看着考试马上就要来临了，班里的同学都抓耳挠腮地想办法多复习点知识，只有她一个人抓耳挠腮地想着还能动用哪层关系摆脱陆竞骁……

考试前一天，她郁闷地趴在桌子上，一副生无可恋的样子。

陆竞骁跷着腿，在一边看漫画书，扭头看了她一眼，嘲笑道："怎么，你还没复习好？"

梁好被戳穿心事，一脸严肃地装腔作势："放心吧，考完试，咱俩就拜拜了，这次我一定是倒数第二。"

陆竞骁眉眼一弯："哦？"

他那表情看起来是根本不相信她，她也懒得理他，干脆翻出书来临时抱佛脚。

没想到事情的转机出现在了放学的时候，小胖找到她，一脸正气地道："梁好，你平常对我不错，还总请我吃零食，我也不能老是白吃你的，我决定为了你放弃和小菲同桌的机会，帮你一次，不过，只有这一次！"

梁好感动得眼泪都快流下来了，当下拼命地点点头："那说好了啊，你记得会的也故意选错啊！"

"放心吧，反正考倒数第一和考倒数第二也只是跟谁坐一块的区别，谁稀罕卷子上多几个叉叉啊！"

……

考试结束后的三天，所有成绩都下来了，听着班主任念名次的时候，梁好的心都要碎了。

其实小胖并没有坑她，非常讲信誉地交了几张白卷，成功地拿下了倒数第一的宝座，而她也是倒数第二，可是……为什么这次陆竞骁考了全班第二名？！

这一定是老天作孽啊！

悲催地按照新的成绩重新排的座位坐好后，梁好看见坐在旁边的陆竞骁跷起二郎腿，嘴角一挑，冲着她打招呼："哟！"

"你这次发挥失常？"梁好愤愤地看着他。

他一脸不在意的模样，语气淡然："我睡着了，有几个选择题没写。"

她的眉毛轻颤："您老人家平常考试都是倒着写吗？"

陆竞骁冷哼一声，没说话。

这倒好，小菲多年以来想要超越陆竞骁成为班级第一的心愿在陆竞骁突如其来的困意之下终于达成了，而讲信誉不惜交了几张白卷助梁好完成大愿的小胖可能感动了天地，又让他和心爱的小菲坐在了一起，呵呵，"皆大欢喜"……

之后，梁好这半学期一直以一种激昂、愤慨的情绪度过，甚至好几次都故意没事找事地陷害陆竞骁。比如上课的时候，她突发奇想装作把橡皮擦碰掉在地上，然后拾起来的时候，快速地看了一眼陆竞骁。陆竞骁扭头看她，她顿时一声尖叫，举着手起身对着讲台上的老师委屈地道："老师！陆竞骁趁我捡橡皮擦的时候看我的胸口！"

老师愣了，班里同学也愣了，谁知道陆竞骁不慌不忙地来了一句："什么都没有，你让我看什么？"

班里顿时爆发出一阵笑声，梁好气得整张脸通红，她承认她的胸部发育得……比较缓慢……好吧，十分缓慢行了吧！那他也不用这样当众羞辱她吧！

梁好一屁股坐回去，用书挡着脸。

梁好哪能甘心随随便便放下自己和陆竞骁之间的恩怨，于是之后又想方设法地陷害他。

比如体育课，他们班组织了一场躲避球大赛，男女混赛。梁好看他选择了其中一队，立刻争先恐后地跑去另一队，游戏规则很简单，球只能用手扔出或接住，打到对面队员的身体上就淘汰一名队员，输了的队伍罚做三十个仰卧起坐。

梁好撸起袖子，像打了鸡血一样，死死盯住球，球一到她手里，她就死命往陆竞骁身上扔，但是几次下来的大体情况是这样的：陆竞骁稍微挪下步子就轻易躲开了，然后一只手接住球，猛力往她这边扔了过来。她吓了一跳，低声尖叫一下，赶紧闭上了眼。她没感受到球打到身上的触感，睁眼再看，她旁边的一个男生来不及反应，被陆竞骁扔过来的球打到了身上。

很快，陆竞骁又拿到球，他的脸上扬起一抹自信的笑容，一只手插在口袋里，嚣张地只用一只手托着球，在手里把玩着。他全程只盯住梁好一个人，用眼神威胁着她，她刚上场的那股气势已经被他盯得消失了一半，正慌乱着，他又使出一记快速球，球速过快，经过她的脸颊时，她明显感受到了一阵风刮过，眨眼间，旁边的一个男同学又被淘汰了。

眼看着她的队友接二连三都被陆竞骁一个人干掉了，最后就剩她一个人颤颤巍巍地站在那里，孤军奋战。对面还剩下三个人，陆竞骁站在中间，嘴角勾起一丝神秘莫测的笑容。她吞了口口水。

她刚刚看到几个男同学被球打到后揉了半天被打的地方，看起来好疼的样子。

“过来。”陆竞骁一只手拿着球，叫她。

她吓了一跳，慢悠悠地蹭到中间线，和他隔着一臂的距离，心里明明开始慌张了，嘴上却在做最后的挣扎：“我……我……我警告你啊，虽然结果已经很明显，但是我不会丢掉比赛精神的！你尽管扔吧！我接得住！”

话刚说完，她在余光里瞄到陆竞骁抬起了胳膊，吓得赶忙闭上了眼睛，不到一秒的工夫，头顶上多了一份触感，却极其温柔。

她睁开眼，陆竞骁的脸在逆光中更显俊朗，他的嘴角勾着笑，那笑容竟然带了几分宠溺。

陆竞骁一只手将球按在她头顶上，然后松开了手，球掉落在地上的那一刻，裁判员宣布比赛结果，陆竞骁他们队获得了胜利。

梁好傻愣愣地站在原地，看着他远离的背影发呆，有什么东西在心房猛然敲击，她感到了一阵呼吸不畅。

“梁好！还傻站着干吗？做仰卧起坐！”远处的队友喊她。

她含含糊糊地应了一声，跑过去受罚。

受罚队员分别找到几个同学帮他们按住脚，开始做仰卧起坐。梁好躺在垫子上，双手抱头正想喊一个人过来帮她，一只大手按住了她的脚脖子，她一愣，看到是陆竞骁，她想努力挥散那份莫名其妙的情绪，板起脸看着他道：“好好按着本宫啊！”

然后她躺下去，起身的工夫脸刚好对上陆竞骁的脸，两个人的距离不过一指，她感觉自己脸颊发烫，很快又躺了下去，再起来的时候，陆竞骁道：“还想打我，结果一下都没打到。”

她觉得自己的躲避球玩得实在不咋的，但也不愿意受到他的嘲讽，起身的时候又开始叫嚣：“你难道看不出来我一直在让着你吗？”

“哦？”陆竞骁觉得好笑。

“咱们好歹也是同桌，你想想，咱班喜欢你的女生那么多，万一你被我打败了，那你多没面子？”

陆竞骁冷哼，就在她起来的那一刹那，忽然松开了手，她一下子摔了一个跟头。她愤怒地起身，冲着他离开的背影大喊大叫，气死她了，刚才那一刻的柔情她决定忘得一干二净！

没想到陆竞骁这个人是十分记仇的，从那以后她继续隔三岔五想办法整他一次，他开始反击，比如，有的时候，她听课喜欢走神，看看窗外的鸟语花香，想想自己以后的生活，特别是数学课的时候更喜欢神游天外，数学老师忽然叫她的名字：“梁好，你来答。”

她吓得一激灵，赶忙起身，大脑一片空白，浑身紧张得直冒汗，这时候，陆竞骁在旁边小声告诉她：“选B。”

她很天真地在心里感激了他一下，然后信誓旦旦地脆声道：“选B！”

顿时，班里再度爆发出一阵笑声，她尴尬地咧开嘴角，看着老师完全不知道发生了什么，选错了也不至于笑话她吧？

数学老师脸都要气歪了，大喊：“我问你这道题最后得多少，你告诉我选B？哪里来的选项？”

梁好偏头就见陆竞骁在旁边把手攥成一个拳头放在唇边偷笑，天啊，这世界上怎么会有这么讨厌的人？简直要气死她了！

“好好听讲，别走神。陆竞骁你来答。”数学老师推推眼镜道。

陆竞骁云淡风轻地道：“76。”

数学老师满意地笑笑：“很好，我们继续讲下一题。”

后来，梁好足足瞪了陆竞骁一节课，陆竞骁欣然接受她的目光洗礼，装作没看到。

再后来到了高二分文理班，梁好这种喜欢耍小聪明从不肯踏踏实实背书的问题少女是坚决不会选择文科的，而对文科也一直没什么兴趣的陆竞骁自然也选择了理科。可悲剧的是两个人又被分到了一班，分班后的排座测验，用脚趾想都知道结果，陆竞骁稳拿第一，梁好基础太差，公式都不记得，又是倒数第一。

她真心觉得老天安排她三年都和陆竞骁同桌，就是在惩罚她不好好学习。

后来她似乎渐渐想明白了，正考虑转型当一个学霸，一天放学回家后意外地看到梁岩的卧室里灯是亮着的，她好奇地推门进去一看，梁岩没玩他的PSP，反而坐在书桌前写东西，她凑过去一看，吓了一跳，赶忙转过头对着厨房大喊："妈！妈！快来啊！"

叶青也吓了一跳，铲子都没来得及放下，匆匆跑进梁岩的卧室，惊呼："怎么了？"

梁好指着梁岩的脑袋道："我哥在学习，他一定是脑子坏掉啦，咱们赶紧送他去医院吧！"

梁岩啧啧两声表示不满，觉得梁好大惊小怪，还影响到他学习了。

叶青安抚了一下自己狂跳的心脏，转而敲了梁好的头一下，皱着眉头道："臭丫头，吓我一跳，你哥今年都高三了，不好好学习以后没出路，他现在自己明白过味来了，你也给我向你哥看齐，再拿个倒数第一回来，我就打折你一条腿！"

叶青甩手继续回厨房做饭去了。

门一关，梁好立刻奓毛了，戳着梁岩的脑门道："叛徒！我们梁家没有你这种叛徒！"

梁岩拿开她的小手，皱着眉头道："我去问过乐然了，她喜欢学习好的男孩，我估摸着她喜欢陆竟骁也是因为他总是考第一，虽然我现在的成绩排在班里第十，但完全达不到乐然的要求，下次，我考个第一给她看看。"

没想到，梁岩的转型源于陶乐然这个女人，梁好感慨，谈恋爱有什么好的？她不屑一顾地撇撇嘴，看来这堕落的道路上就剩下她踽踽独行了，所以说男人都不可靠啊！

她的叛逆变得更加严重，本能地想与这个世界负隅顽抗，继续当着班里的差生。

可能是万年倒数的忧伤让他们感同身受，她和小胖的关系变得更加亲密，下课时不时还在一起看漫画书，偶尔也会为了一点小事闹得面红耳赤，吵得不可开交，甚至到了要绝交的地步，最严重的一次两个人因为一道题解题思路写得一模一样吵了起来。

那个时候随堂小测验成绩刚发下来，虽然他们俩是倒数差生，但是两个人也为了捍卫这差生的尊严闹到了班主任的办公室去，刚进办公室，两个人争先恐后地拿着试卷跟班主任大喊：“老师，她作弊！”

“不对，他抄的我！”

班主任把两份试卷拿来一看，气得血压都高了：“两人都零分，分什么谁抄谁啊？！”

两个人顿时被老师说得脸一红，没分出到底是谁作弊反而被老师骂了一通，灰溜溜地回去了。后来才知道，那道题她和小胖都问过班里一个学习还不错的同学，他当时给两个人都讲过一次，就是讲得不对罢了。

闹明白事情的原委后，两个人赶忙主动互相道歉，后来关系就更好了，也不知道怎么的，班里就开始传起了他们俩的绯闻。

高中时期的同学就是这样的，本来没事儿的两人非要凑成一对儿八卦八卦才算好玩，只不过当时不知道为什么，那阵子她和小胖闹绯闻，陆竞骁就没给过她好脸看。

后来到了高二下学期，陆竞骁也进入了更加严重的叛逆期，他除了规规矩矩地考试以外，所有作业一律不写，上课也从不举手回答问题，对老师的态度也冷淡到快没了规矩。老师找他谈过，询问过原因，他不咸不淡地道：“没心情。”

即使是这样，可是他每次考试都还是保持在第一的位置，老师眼见他是一个个性突出的学生，不好驯服，一想到只要不影响考试成绩，不交作业、不发言的事情也就随他去了。当时好学生就是有很多这种特殊待遇的。

梁好就纳闷了，既然那么不想学习还规规矩矩考什么试呢，每次还要保持在第一名的位置，像她这样叛逆就索性叛逆到底，从头到尾都做到最差，这才像话嘛！

当时就是年纪小，她还什么都没看出来。

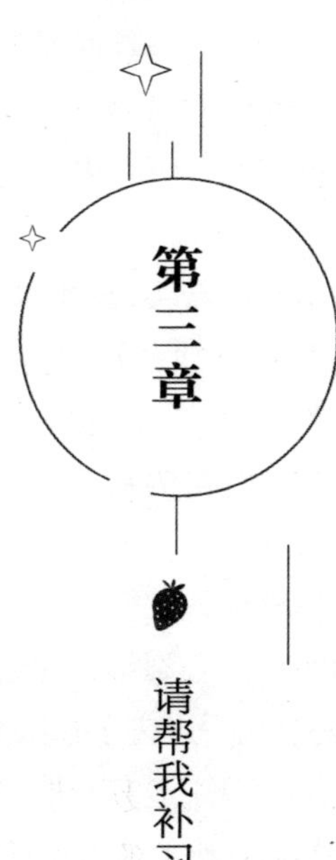

第三章

请帮我补习

最令人头疼、令人呼吸都困难的高三终于来临。

可梁好的成绩依旧垫底，毫无进步，上半学期的一次摸底测验考得一塌糊涂，班主任把叶青请到了学校，当着她的面把梁好骂得狗血淋头。梁好满不在乎，与其说是叛逆，不如说是她向往自由，她不愿意走和别人同样的道路，不信高考是唯一的出路。

叶青站在办公室，低着头，听着老师的埋怨和指责，一直没说话。

离开学校的时候，梁好低着头跟着叶青走到校门口，见叶青一直沉着脸，也不骂她，也不打她，反而心虚了起来："妈，我……我下次争取考好点……"

她讪讪抬头的那一刻，叶青捂着头，身子晃了晃，倒在了地上。

"妈！妈！"她吓得整个人都颤抖了起来。

她抱着叶青，瞬间哭得撕心裂肺，冲着马路上走过的行人大喊大叫："来人救救我妈，她昏过去了！我求求你们救救我妈！"

她都忘了具体过程了，只知道有一群人围了上来，不一会儿来了一辆救护车，几个人架着她上了救护车，然后，仿佛一瞬间，她就到了医院，坐在了病房门口的长椅上，闻着医院里消毒水的味道发呆。

医生告诉她："你妈高血压，还有强直性脊椎炎，不好好调整休养的话，严重时会导致残疾甚至引起诸多并发症。"

她的世界仿佛霎时崩塌。

她哭得浑身颤抖，打电话立刻叫来了梁岩。梁岩跑到医院的时候，背上的汗水浸透了校服，他走过来把梁好搂进怀里，用颤抖的声音对她道："别怕，没事的，妈没事的，有哥在。"

梁好听着梁岩强而有力的心跳声，心里的那一份慌乱才减轻了一点。

叶青醒过来的时候看见自己的一双儿女正红着眼圈坐在她旁边，不错眼珠地看着她。

从那个时候，梁好终于明白了，青春期、懵懂期向往的爱情，它的终点是婚姻，然而就是像自己母亲这样的婚姻吗？一个人拉扯大她和哥哥，肩负着本不应该是一个人肩负的压力，包括生活、经济、孩子的成长等等，多少年了，她不曾见过叶青的笑容，不曾见过叶青买过一件新衣服，她甚至觉得叶青的未来像一个巨大的黑洞，深不见底，也不会有光明。

“你们也都知道了，妈有脊椎炎，说不定没几年就瘫在床上动不了了，到时候就管不了你们兄妹俩了。你们想清楚自己的未来，是想像我这样一生都寄托在别人的身上，结果那个人跑了，我就变得一无是处，还是靠自己，在这个复杂的社会上好好生存，两条路，你们自己选，我不会再多说一句了。”叶青半睁着眼睛，看着天花板，眼睛里有渐升的雾气。

梁好“扑通”一声跪在地上，哭得撕心裂肺：“妈，我错了，我知道你在生我的气，我发誓一定考上大学，我一定靠自己让自己活得好好的。”

叶青的眼泪顺着眼角流了出来：“妈信你。”

第二天，梁好一进教室，就立在了陆竟骁的身旁，深深鞠躬。

陆竟骁一只手托着一本书看得正入神，抬头看到梁好，挑起眉道：“搞什么？”

“请给我补习！”她态度异常诚恳。

陆竟骁还以为出了什么事，刚放松却见抬起头的梁好两只眼红肿得厉害，他意识到了什么，却没多问。

“以后你没有课间休息，每个课间十分钟做一道以前的错题。”陆竞骁继续托着书看，冷冷道。

梁好笑起来：“你答应啦？”

他没理她，一脸冷漠。

梁好偷偷翻白眼，坐在他旁边开始复习功课。她一坐下来，陆竞骁意识到了一个问题，给她补习，她成绩上去了，他还怎么跟她坐在一起？他抬头看着墙上贴着的高考倒计时，心里无奈一笑，在这丫头的前途面前，哪还能计较这种小事？

从那天起，梁好是真的开始认真了，她再也没去过网吧，把所有的时间用来学习，而陆竞骁的所有时间都给了她。

梁好在陆竞骁的突击辅导后成绩开始慢慢提升，梁好之前的成绩上不去是因为她连基础知识和基础公式都懒得背，陆竞骁在短时间内了解到她薄弱的环节，突击训练，一个礼拜之内逼着她默写所有科目的必备基础知识和公式。没想到效果还不错，临近的一次小考测验，梁好考了班里第十五名，她难以置信地看着自己的考卷，再抬头看向黑板上贴着的名次表，陆竞骁还是稳坐第一。那一刻，她竟然感到一颗心又急速下坠，她忽然不想换座了。

还没来得及感伤，有同学喊她：“梁好，班主任找你。”

她本以为班主任叫她过去是表扬她成绩提高了很多，没想到进去后，班主任阴着一张脸张口就问：“梁好，你是不是作弊了？”

她呆愣在原地，一口气没喘上来，胸口闷了一下，她低声问：“老师，您说什么？”

班主任很不屑地扫了她一眼，那个眼神她到现在长大了还记得，充满了怀疑和鄙视。

“如果你主动承认这次考试你作弊了，我不会上报给校领导的，也不会通知你妈妈。”班主任一脸严肃地盯着她问，那眼神里带着笃定。

她心里一寒，反问：“就因为我忽然不是班里垫底了，您就怀疑我的成绩不真实？”

“不然我应该怎么想？”

班里，本是到了上课时间，却还不见班主任走进教室，班长刚从办公室回来，通知大家：“班主任有点事，让大家先自习，我现在收一下昨天的作业。”

陆竞骁看着旁边空空的座位，起身对着班长道：“我来收。”

班里顿时一片哗然：“冰块陆要帮班长收作业？”

班长一脸茫然，也不好意思拒绝他，就让他收了。

陆竞骁快速地收好各组的作业，也没管谁交了谁没交，抱起一摞作业就往办公室走。

“我没做过的事情为什么要承认？”梁好气得整张脸通红，扯着嗓子喊了起来。

陆竞骁刚进去就看见了这幅场景，他走过去把作业放在班主任的桌子上之后并没有离开。

“你有个什么测验就爱偷看陆竞骁的，你当我瞎吗？”班主任问。

“是啊，我是以前爱抄他的，但是不能否认我现在改正错误了，想靠自己考个好成绩，你有什么证据说我这次也作弊了？”

“你！把你妈叫来！”班主任气得拍了一下桌子，怒吼道。

梁好顿了一下，转而什么也顾不上了，咆哮着：“你老找我妈过来干什么？！我妈要每天上班养活我和我哥本来就辛苦，没时间过来听你训话！”

“你要是没那么让我操心，我也用不着天天喊你妈！你还有脸说我了！”班主任气得起身瞪着她。

梁好拼命地忍住眼泪，她告诉自己绝对不能哭，但是酸涩的感觉不停地蹿上鼻尖，涌进心里。她想哭不仅仅是因为老师对她的不信任，更是因为她怕叶青再因为一场误会被气得病倒。

“她没作弊。”这时，一直站在旁边了解原因的陆竞骁开口道。

班主任这才发现他，愣了一下："你怎么来了？"

"她以前是喜欢耍小聪明爱看我的，但是我从来没让她得逞过。"陆竞骁淡淡道。

"万一她看了，你也不知道呢？"班主任继续追问，心里明显是认定了梁好作弊的事实。

"我针对她的弱点给她做了重点补习，就算你不信她，也不该怀疑我的实力。"陆竞骁目光冷漠，高傲地看着班主任道。

班主任顿时哑口无言，沉默了一会儿道："行吧，这次既然有陆竞骁给你做证，我就不再追究了。既然他那么厉害能给你补习到班里前二十名，到毕业前你们俩就一直坐一块吧！"

梁好赌气地扭头就跑。

班主任气得够呛，没想到陆竞骁临走时，又把她气得差点当场晕倒。

"当老师的要有师德。"

他冷淡地说完，扭头就走。

到了后来，两个人就一直坐在一起，梁好那个时候已经没那些歪门邪道的小心思了，安心坐在陆竞骁身边，每天听他辅导，誓要考上好大学，不让叶青担心。

而陆竞骁是属于那种极少数过目不忘的天才，"复习"在他眼里就是一个毫无意义的词汇，平时听讲也是选择性听，剩余的时间还不如钻研一些自己不了解的领域，他的灵魂更加崇尚自由，不想被束缚，也不愿被征服。

高考的压力压得每个人都喘不上气来，也是从那时开始，梁好的经期紊乱得厉害。

在某一天的晚自习过后，她的经期居然提早半个月来了。

她起身的那一瞬间，就感到了下身的不适，当场红了脸，见同学们渐渐地收拾好书包回家了，她还愣在原位不敢动弹。

陆竞骁一边收拾书包一边斜睨她："把我给你的那几道题做完了明早拿给我看，不用耍小聪明找答案，题是我出的，没答案。"

梁好一个字都没听进去，含糊地应了一声。

陆竞骁见天气渐渐转凉了，窗外秋风萧瑟，本想"顺道"送她回家，可这女人收拾书包的速度跟他完全不在一条线上，他还怎么假装顺道？

"你不走？"他挑眉问。

梁好摇了摇头："你先回去吧，我再写会儿作业。"

他憋着气，掉头就走。

梁好见教室里的人都走光了，才舒了口气，赶忙从座位上起身，椅子上果然有了印记。她翻出纸巾，撅着屁股擦椅子，刚擦了一半，陆竞骁猛然推开教室门道："再不走都关校门……"

他咽下没说完的话，一眼就扫到了不该看到的……某个画面。

当时的场面，已经不能用"尴尬"来形容了。

梁好一屁股坐了回去，整张脸通红，心里祈祷了几百次希望他没看见。

陆竞骁一脸尴尬地站在门口，梁好坐在那儿假装写作业，空气一时间安静得可怕。这几天阴雨绵绵，校服外套被叶青拿去洗了，没晒干，她今早就穿着一件衬衫来的，想用外套遮一遮都没办法。

她的心"怦怦"跳得厉害，感觉到了他走近的脚步后，她埋头趴在了桌子上，不敢抬头见人。

她趴在那儿，听见身边拉开拉锁的声音，紧接着是陆竞骁的声音："还不赶紧围上？"

心间被猛地一敲，她抬起头来，直直撞上他宁静、深邃的目光。

她羞赧地接过陆竞骁的校服外套，赶紧系在腰间。

"你赶紧收拾，关校门了。"陆竞骁说完，走出教室，在门口等她。

梁好收拾好东西，出来见陆竞骁还在，咬咬下唇："你……你不许告诉别人！"

"我有病吗？"他瞪了她一眼，率先走在前面。

陆竞骁直接拦了辆出租车送梁好回家，路上，梁好只能把他的校服垫在屁股底下，不然连人家出租车都要弄脏了。她尴尬地一边揪着校服一边小声道："我洗完了还你。"

"嗯。"

那一声特别温柔，梁好还以为旁边坐的是别人，她下意识地转头看他，他却还是那副面无表情的样子，可能是幻觉，那个音调一出，她以为他在微笑。

到家后，陆竞骁没多看她，坐在车上淡然道："喝点中药，调理一下。"

然后，那辆出租车开走了，迅速消失在看不到尽头的夜色里。

在梁好心里，陆竞骁一直都是冷漠、孤傲、脾气很差的一个人，从来都不曾温柔过。

在高中毕业全班拍合影留念的时候，她也只忧心忡忡地觉得，这一别，很可能就是永远不再相见了。从此以后，大家各奔东西，再也不会坐在一起，安安静静地听一节四十五分钟的课了，而他，也不曾对她有过特殊的感情。

她正回忆着两个人高中时候的事情，车子停在了学校门口。

今晚，她不仅假冒海归被抓个现行，还稳稳丢了单子，错失提成，简直痛不欲生。

陆竞骁看了一眼手表，还差几分钟就关校门了，催促她："回去吧。"

梁好知道这位少爷一直不喜欢住校，而是自己在学校附近租了套公寓住，也就不等他一起了。

下了车，她像是想起来什么似的，连忙凑到车窗前道："对了，下周一的广场宣传摊位留给我卖面膜吧！”

陆竞骁斜睨她一眼：“明天再说，我累了，回去睡觉了。”

“那我明天在哪儿等你？”

“中午十二点，会议室。”说完，他发动车子，绝尘而去。

梁好回到宿舍，宿舍里的人见到她的第一句话就是：“你把陆竞骁搞到手了？”

梁好一愣一愣的：“什么意思？”

“别装傻！我们刚刚在窗户看到你从他的车上下来的！”宿舍三位姐妹围住她，盘问起来。

“那是因为我兼职公司要谈的客户是他啊！别四处乱传啊！”梁好一脸慌张。

几个人眯起眼，根本不信：“梁好，别怪我们没提醒你，现在陆竞骁就是学校的香饽饽，别说咱们计算机系了，就是别的系的各路美女，什么班花、系花都盯着呢，你小心成为众矢之的啊！”

她再清楚不过了！所以，她对于陆竞骁一直都避之不及。

懒得和这几个八卦女解释，她洗了洗，直接上床，倒头就睡。

第二天十二点，梁好为了早日成为商业大亨，准时到了约定好的会议室。

没想到陆竞骁已经到了，两个人谈判了十分钟后，没谈拢，均不耐烦起来。

此时此刻，陆竞骁坐在梁好对面的位置，所有的情绪毫无保留地暴露在了那双冰冷的瞳孔里，飞扬上挑的眉形更是衬出他的一丝烦躁，梁好一脸淡然无畏地直视他。

此时，除了她以外，来帮她震场的同宿舍好友们都是一副胆战心惊的样子，她们早就有所耳闻，陆同学不好相处，难以亲近，脾气也不太好，她们虽义正词严地表示这种男人绝对不能拿来当男友，但见到本人后又禁不住沦陷于人家的颜值，看得挪不动脚。

陆竞骁身边的保镖阿光都有点被他即将爆发的情绪震慑到了，下意识地往后挪。就在这时，陆竞骁抬起了右手，整个会议室的人吓得倒退一步。

阿光毕竟是有经验的，立刻冲上去拉住陆竞骁的胳膊，在他身后小声提醒道："少爷，她毕竟是一个女人，而且这里是学校，影响不太好。"

陆竞骁停顿了一下，侧脸对着阿光，俊美的眉眼向上挑了一下，眉头微皱："我拿打火机。"

阿光嘴角一僵，一脸尴尬，松开他的手臂退到后面。

陆竞骁纯白色 polo 衫口袋里翻出一个私人定制的 Zippo，银白色的，阳光刚好以一个微妙的角度从窗口投射进来，照在上面。

梁好眼尖，一下子看出了刻在 Zippo 表面的图形是一个心形，得是多么闷骚的男人才会选一个刻着心形图案的打火机！

之后，他行云流水地又从牛仔裤口袋里翻出一盒香烟，轻轻抖出一根，再用唇夹住，右手大拇指轻巧地弹开 Zippo 的盖子，点上，微蹙双眉，优雅地吸了一口。

光是这一套吸烟动作，那几个花痴舍友已经沉醉了，刚刚誓死要护卫梁好生命安全的闺密现在齐刷刷地成了陆竞骁的新粉丝。

学校为了鼓励大学生自主创业，新批下来了政策，每天中午都可以在广场宣传兼职公司的产品，或者分享创业心得。

陆竞骁要在最好的摊位推销他爸公司新推出的产品，梁好想要那个摊位推销她的面膜，两个人谈不拢就开始沉默。

"两天，不能再多了。"陆竞骁终于做出了退让。

涉及钱和尊严的问题，梁好一拍桌子，立刻就从椅子上弹了起来，撸起袖子，指着陆竞骁的鼻子怒吼："陆竞骁！这就是你的不对了！本来周一到周五学校广场的摊位就是我的，你这忽然要抢我位置推销你老爸公司的产品，这天理不容啊！你总得有个先来后到吧？我为了要那个最好的摊位跟我们年级主任写了一万字的市场营销理论论文！重点是，我是计算机系的啊！”

陆竞骁根本懒得理她，继续吸他那根高级货，轻飘飘地扫了一眼窗外的云之后淡然道：“一周七天，我要五天，给你两天已经算是对你不薄了。”

梁好都快哭了，他给她的那两天是周六、周日啊！谁在学校？当她傻啊？

“不行！虽然周六、周日有外地的住校生，但是周一到周五才是市场的黄金时间！陆竞骁，你不要欺人太甚！我梁某人可不是那么好欺负的！”梁好气急败坏地说道。

更何况，这人昨晚才毁了她的提成，现在又来抢她的平台！

陆竞骁看了半天窗外，终于舍得瞟她一眼了，嘴角勾起了一个微妙的弧度：“高二下学期，化学实验课。”

梁好一愣，有那么一瞬间，心间止不住地一跳。

陆竞骁没等她反应过来，继续自顾自地说道：“是谁不听老师讲课，把过量金属钠直接往水里扔，导致坐在一旁的我差点被你炸到毁容？”

梁好没想到，陆竞骁这种高高在上的少爷对她这么一个微不足道的同桌做过的小事竟还有印象！

可仔细一想，当年她没好好听讲，造成她的实验台角落轻微爆炸的事情，陆竞骁对周围的事物再漠不关心，也不可能会忘记她差点炸了他的脸这件事。

想到这里，梁好心有余悸地抬头看陆竞骁的脸，嗯，很好，完美，皮肤嫩得跟水煮鸡蛋似的。

“如果我没记错的话，你化学成绩最高的一次也就是七十三吧？”过了一会儿，陆竞骁道，眼神里透露出了一点点轻视，他那根烟竟然还没抽完。

梁好撇撇嘴，不以为意，俗话说得好，好汉不提当年勇！好女不提当年衰！她心里暗笑：反正我现在跟你当年担任了高中三年的校草和现在依旧担任校草的陆竟骁上了同一所大学，诋毁我就是诋毁你自己！哈哈哈！

“你该不会是为了当年那点小事打算报复我吧？当年我没有放那么多的钠，只是稍微多了一点点，引起了一点点小爆炸，就算爆炸先毁的也是我的脸啊。再说了，你也没毁容啊！这不好好的吗？白皙嫩滑，肤若凝脂，吹弹可破……”

“总有一天，你要为自己的无知负责任。就这么定了，周一到周五，摊位是我的，周六、周日，你随意。”陆竟骁说完，手里的烟也刚好抽完了，刚要掐灭，一直站在窗口往底下看的阿光走过来对陆竟骁低语了一声。

陆竟骁面容淡然地起身，瞟到梁好，他的嘴角勾起一抹邪恶的笑，大步子迈过去，停在她的面前。

梁好见陆竟骁在冲着她诡异地笑着，那笑容像极了当年他看着她留在教室罚写英语单词时的笑。

只见他顺势把抽完的烟头塞进她的手里，淡然道：“小小年纪，少抽点。”

然后他转身两步就跨出了会议室。

阿光担忧地看了一眼梁好，跟着走了出去。

会议室的门一关，没过几秒又是一开，梁好还在研究陆竟骁抽的什么牌子的烟呢，再抬头竟发现她们计算机系的系主任站在了她的身边。

主任推了推鼻梁上的眼镜，眼中寒光一闪。

梁好立刻反应过来是怎么回事了！他们学校明令表示校园内禁止吸烟！她慌张地把烟头扔在了地上，疯狂地摆着双手嚷嚷道：“主任！您听我解释！这烟不是我抽的！是陆竟骁抽的！您不信您现在去抓他，闻一闻，他身上一定还有烟味！”

“对啊，对啊！梁好平时不抽烟的！”这时，身后的姐妹团终于起到了一点点关键性的作用，帮梁好解释着。

“不用多说了，我只相信我看到的，再说了，陆竞骁是你们系的优秀学生，我不信他会抽烟。你现在马上回宿舍写一份检查给我，明天中午在广播室念！”

梁好欲哭无泪，还想开口解释，年级主任一个眼神就把她的话瞪了回去：“别以为你们上了大学就可以为所欲为了，社会永远都是一所不会毕业的学校！”

——陆竞骁，你给我等着！

梁好一回到宿舍，气得拉开椅子一屁股坐上去。

宿舍姐妹团之一邹晓音叹气：“梁好啊，这陆竞骁来头不小，你还是不要招惹他了。”

紧跟着进来的欢欢和安冉也道：“是啊，我听说今年他爸以他们家公司的名义向学校机房捐了几十台新电脑，校长亲自接待，还请他爸出去吃饭了呢。年级主任肯定不想找他麻烦的，而且人家要在学校招贤纳士和宣传公司产品也不为过，你的生意要不先放放？”

梁好一听就来气：“我说你们三个！不要被他的脸蛊惑了！否则人间的正义和公平何在？我们要杜绝一切暗箱操作与裙带关系！校园操场是大家的，摊位也是我先抢到的，凭什么他五天，我两天，还在周末？”

“主要是你推销了两个星期的补水面膜除了我们三个根本没人买啊，我觉得这家补水面膜口碑不是特别好，不然也不会着急找推销员！你要不再多了解一下产品，再决定这份工要不要继续打下去？”邹晓音在一边提醒道。

梁好想了想，其实这款面膜她自己也试过几次，效果确实不是特别理想，正所谓良效才是最好的宣传手段，看来她有必要做一下市场调研了。

但是，在做市场调研前，她得先把吸烟检查写了……万恶啊！

第二天中午的午休期间，意外地没播放即时新闻，反而是一个从没出现过的女声从喇叭里传了出来。

梁好是出了名的人缘王，从小到大一路靠着好人缘混到现在，高中时候班里除了陆竞骁没搞定以外，基本上性格正常的人都被她拿下了，关系跟她都算不错。家庭的缘故让她过早成熟，知道该怎么在这个社会上好好生存。

广播朗诵检查这件事情绝对是她眼中的人生耻辱之最，所以她一早就靠着好人缘，联系上了负责播音室设备的同学提前把话筒的线给剪了。

设备管理的同学拉着梁好急匆匆地往主任室里奔，一脸急躁中带着无奈的演技差点就能瞒天过海了，他道："主任，今天话筒不太好使，我怀疑是哪根线失灵了，接触不良，今天的广播站被迫休息了。"

梁好低着头，拿着一份检讨书一脸委屈样，表示：没能念上，我很遗憾，可这又不能怪我对吧？

可惜主任推了推眼镜，一脸平静地道："广播站的柜子里有备用设备，去换上。"

中午十二点，梁好拿着一份检讨书，对着话筒开始念："我是一年级计算机新生梁好，我违反校纪，在校园内吸烟，给校园风气造成了严重的影响……"

喇叭声传遍整个校园，陆竞骁刚好从食堂出来，双手插在口袋里，仰头看着远处传来声音的喇叭，情不自禁地勾起嘴角。

峰子跟在他后面走了出来，一听广播来了精神，道："嘿！

咱学校还有会抽烟的女中豪杰啊，这我得会会啊！万一我们俩合得来呢！”

峰子本名徐子峰，是唯一一个能忍受陆竞骁怪脾气的多年好友，两个人小的时候因为一言不合打架相识，后来上了同一所初中，感情慢慢变得好了起来，再到后来徐子峰中考发挥失常上了一所普通高中与陆竞骁被迫分开，这反而让两个人关系更好，经常有事没事就约出来打篮球、打电玩，直到最后两人因为都不太想远赴他乡上学，就报考了本市的重点大学，这才又同校。

后来，也是因为徐子峰的出现让梁好觉得陆竞骁原来是可以正常和人交往的，心里那个孤僻少年的印象仿佛没有那么强烈了。

听完峰子的一句话，陆竞骁本能地蹙起眉头盯着他道：“不适合你，别想了。”

“你知道是谁啊？那你得帮我联系联系啊！峰爷我可就喜欢这豪爽类的！”处于空窗期的峰子发现对方是陆竞骁的熟人，更是来了兴趣。

陆竞骁脸色一沉，声音阴森恐怖：“我不认得，你想都别想！”

随后他径直往前走去，留下峰子一头雾水地挠头，心中纳闷：“怎么了这是，你闹什么情绪啊？”

梁好可谓“一午成名”，吸烟检查全校喇叭播放完毕后，熟悉她的几个同学赶忙联系上了她，内容可一致概括为：梁好，有好烟吗？借两根抽抽？你这销售达人肯定有好货存着吧？

梁好无语，嘴角抽搐着，只想把手机摔出去，一考虑到摔碎了还得花钱去修，才按捺住了内心暴怒的情绪。

她无暇琢磨怎么报复陆竞骁，吸烟事件刚过去，她就开始各种逃课，跑出校园去参加公司的面膜宣传培训。

会议上，她拿一个小本子听得可认真了，之后准备凭借混迹江湖多年的朋友网做微商，在自己的朋友圈疯狂推广补水面膜。

微信好友多，留言评论自然也如潮水般涌来，她每天的任务就是抱着手机回复客户的微信，偶尔想要大批进货的客户还会不停地找她私信要货。她正幻想着大把大把的钞票从天而降，在钞票的海洋里自由泳呢，梁岩发来微信问：干起微商了？

梁好直接回：没工夫理你，我很忙。

梁岩又回复：今晚约了 T 大的那帮爱装的小子打比赛，我们四缺一，赢了有奖金！

梁好顿了一下，指尖快速地在屏幕上敲出三个字：准时到！

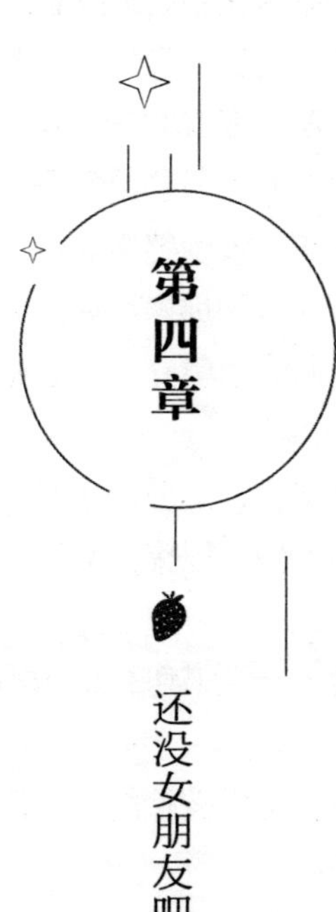

第四章

还没女朋友吧

她的人生真是丰富多彩啊，各种兼职不落下，偶尔还要参加校园电竞比赛，照这样下去，小康生活指日可待。

梁好正抱着手机嘻嘻鬼笑着，欢欢推门进来，拿着一张名片过来道："梁好，我一个朋友在帮忙宣传咱学校对面那家新开的酒店，那边正好人手不够，你看看这份兼职你需不需要？"

"哪有什么需不需要的，只要是兼职我就做！"梁好接过名片，抱了抱热心肠的欢欢，表示感谢。

后来她直接拿着名片去了那家酒店找到人力资源部，问了问具体该怎么做，一听他们的简单介绍后，她就深深感到这家老总不简单。

因为离他们这所大学近，老总决定开一家小规模酒店，价格实惠，设备简单，基本上酒店只提供浴室和床。

缺德！道德败坏！

她回到宿舍，收拾了一下书包和宿舍姐妹团一起去上下午的商务英语公共课。

这节课是百人大课，主讲教授经验丰富，语言幽默，所以很多同学都选修了这门课。

梁好是被宿舍姐妹团强行拉过去一起上的，她觉得学英语有可能对以后的经商事业有帮助就答应了下来。

刚走到教学楼门口，梁好就被人截住了，她惊愕地抬头一看，是英语系的风云人物孟惜月。你们想多了，不要一听风云人物、英语系、名字好听的就觉得是系花，孟惜月从背影来看就是一个一米七五的粗壮汉子，一条胳膊有梁好两条小腿那么粗。

上个月，孟惜月参加校内女子篮球队比赛，因为身形彪悍、力大如牛，每次运球过人的时候都能不小心把高挑纤细的女队员撞翻在地，经过校内篮球协会的一致协商，最终把孟惜月调到了校内男子篮球队。

孟惜月面无表情地看着梁好，语气颇为直爽："我是英语系的孟惜月，你叫梁好是吧，我也不跟你绕弯子，我听说你做微商，搞代购什么的，我想从你那儿拿两条进口烟，最好是高级货，多少钱你随意开价。"

梁好快被气哭了，无奈地道："这位同学，我真不是卖烟的，上次抽烟那事儿我是被人陷害的！"

孟惜月表情有些错愕，狭长的眼眯了一下，问："这样啊，那你卖什么？"

梁好也算思维敏捷，赶忙问："你想要什么类型的货？给一个大致范围，我能联系人给你拿到就尽量联系好吧？"

孟惜月觉得这姑娘仗义、热心，立刻伸出大手拍了拍梁好单薄的小肩膀，颇有江湖气概地道："说实话，我其实是打听到了你跟你们系陆竞骁是高中同班同学对吧？"

听到陆竞骁这个名字，梁好的心猛地一缩，她怕孟惜月误会他们俩关系暧昧，连忙撇清："我说孟同学，我和陆竞骁就是老同学，可没有任何暧昧关系！"

孟惜月一脸鄙视，表示她想多了，继续道："不是，其实我是听说他抽烟才想买两条进口好烟送他，不过你这儿没有，我再去别的地儿淘货就是了。你告诉我他还喜欢什么行吗？你们俩高中一个班，总会知道点什么，这信息费姐不差你的，信息准确的话，五百块。"

她今天这是财运大发啊！碰到有钱的金主了啊！

梁好赶忙凑过去跟孟惜月称兄道弟："孟兄，实不相瞒，我高中一直跟他同桌，就算是高二分班都没能逃脱这个悲惨的命运，主要是我们那个高中变态，每次考试成绩都对称式分座位，他总考第一，我总考倒数第一，这就很悲剧了，你知道吧？"

孟惜月听得格外认真，不住点头，对于她的万年吊车尾事迹表示感慨与同情。

梁好继续道："我这个老同学性格孤僻，不合群不说，脾气还不好，除了一张脸以外没什么好的地方了，你确定你要追他？"

孟惜月看着她，目光诚挚："老娘这辈子就豁出去脸干这么一件事儿，你说我认不认真、确不确定？"

梁好无奈，只好道："我那老同学他爸是陆氏电子科技有限公司的你知道吧？就是给学校机房捐电脑的那个陆总。"

孟惜月一愣，赶忙点头："知道知道！那是他爸爸啊！"

"对，最近陆氏要推出一款新游戏，就是每周一到周五在广场推销的那款，你想办法多买点，然后让他知道是你买的……那……你懂的，这是一个好的开始！"梁好眯起眼睛，神秘兮兮地道。

孟惜月恍然大悟，一把揽过梁好的肩膀道："梁好，你这个朋友我交定了，留下微信号，有时间放学出来喝酒！"

"对了，我去淘货了，这节商务英语逃了，回来找你要笔记抄。"孟惜月说完就走了。

她刚走，宿舍姐妹团赶忙凑过来叽叽喳喳地问："不是吧，这孟惜月还有少女心啊？这陆竞骁果然是咱学校的香饽饽啊！可这孟惜月的先天条件不足，明显抢不过啊！"

梁好也替孟惜月暗自感慨了一番，不过这又不关她的事。

走到教室里刚好打铃，梁好一边听讲做笔记一边在课桌底下一条条回复客户微信，还有一大群人在找她要不同的货，忙得她根本无法专心听讲。

不一会儿，没想到孟惜月的微信发了过来：我刚四处打听了一下，陆竞骁也报商务英语课了，你一会儿看到他，帮我拉一下线。

她整个人都僵住了，此时她正坐在教室中央，中央的位置最多一排能坐下五个人，宿舍姐妹团坐在她左边，她右手边还空着一个位置。

紧接着教室里一阵骚动，一群女生的暗笑声传来。梁好刚发现异动，抬头便看见了陆竞骁站在了她旁边位置的空地上，正面无表情居高临下地看着她睁大的一双圆眼，岿然不动。

陆竞骁身后跟着峰子，那是梁好第一次见到峰子，他穿着黑色皮夹克配牛仔裤，五官端正，长得还挺帅气，就是看起来有些猥琐。

峰子眼见一排美女旁边正好空着一个位置，哪肯放过，一脸嬉笑地凑过来，丝毫不见外地跟她们宿舍四个人打招呼："嗨，你们是哪个班的？这儿正好空一个位置，不介意的话……"

峰子刚要挤过陆竞骁，一屁股坐在梁好旁边，陆竞骁一把揪住峰子的衣领把他活活拎到后面一排，冷冷道："你滚到后面去。"

峰子叫苦，暗骂：这泡妞的地理条件你就非要跟我抢？

眼看着陆竞骁坐在自己旁边的位置，梁好都快哭了，心想：拜托，陆竞骁，这都上大学了，我实在是不想再跟您老人家同桌了啊！

陆竞骁这一坐下，旁边的同学瞬间睁大眼睛，张大嘴不可思议地看向梁好，喉咙里发出起哄、怀疑、调笑的声音。

梁好嗅到了一丝危险的气息，连忙对周围的同学道："别误会，别误会，我和陆同学要商量大事！"

她咽了咽口水，保持平常的心态，不过，她并没有忘记陆竞骁耍她那事儿，所以对陆竞骁，她没什么好脸色。

陆竞骁斜睨她一眼，装作没看到她眼神里的不满，正视前方，开始听课。

两个人互相沉默，跟不认识一般，倒是左边的宿舍姐妹团偷偷暗笑，还不停戳梁好的胳膊，示意她摒弃前嫌，搞好同学关系，但都一一被她无视了。

梁好低着头，回复客户微信，终于闲下来的时候才想起来要推销酒店的事情。当然，她没有那么丧心病狂地推销给宿舍姐妹，眼看着离她最近的人只有陆竟骁了……她觉得他也一定用得上啊！

想起生意上的事情，她就真的摒弃前嫌了，把被栽赃陷害的事情忘到了脑后，转而从口袋里翻出名片，凑过去小声问陆竟骁："陆竟骁，还没女朋友吧？"

陆竟骁的身体明显一僵，他似乎感到了什么，警觉地扭过头来，看着她挑起一边的眉毛："干什么？你有想法？"

"你好好说话，别诬陷人啊！"

他冷漠地扫了她一眼，等她继续说下去。

"大家都是成年人，都懂的，平常晚上没事的时候……挺寂寞的吧？"她赔上笑脸问道。

陆竟骁气得脸上的肌肉直抽搐，他眯起眼，扭头低声吼她："你到底想说什么？"

"你都这么大了。"她继续怂恿道。

陆竟骁额头上的青筋突起，不怒反笑："你是想约我吗？"

他这么聪明，难怪从小到大都是学霸！她赶忙把酒店的名片塞进他的手里，神秘兮兮地对他道："今晚八点，不见不散。"

陆竟骁愣了，挑眉："你来真的？"

梁好不好意思地低着头，笑了笑，狠狠拍了拍他的手臂，羞赧地道："哎呀，都是老同学嘛！我想找一个熟悉的嘛！而且你也长得帅嘛！"

陆竟骁沉默了半天，随即把名片顺手塞进了裤子口袋里。

下课铃一响，梁好抱着书，像火箭一般蹿出教室。

宿舍姐妹团跟着她跑出来的时候个个气喘吁吁地问："我说你跑那么快干什么？教室里有蛇？"

梁好鬼笑着："有仇不报，不是我梁某人的性格，你们就等着好玩的吧！对了，晚上我去网吧跟我哥打比赛，晚点回来，要是有人找我，你们一律说不知道！”

几个人面面相觑，一脸茫然。

梁好转头就把陆竟骁可能会去那家宾馆的消息透露给了孟惜月。孟惜月不傻，立刻表示明白，还说事成之后请她吃饭。

梁好抱着手机在宿舍的床上笑得打滚，既推销了酒店生意，整了陆竟骁，又帮着孟惜月来了一次意外偶遇，地点还不错！这计划一箭三雕，她简直太机智啊！想起陆竟骁今天晚上在酒店门口看到孟惜月时的那张脸，她笑得肚子都要炸了。

梁岩的大学和梁好不是一所，但也在市内，坐车二十分钟就到。只不过梁岩他们T大以计算机系享有盛名，这一届又忽然涌出来一帮自以为是的小伙吹自己从十几岁开始打职业电竞比赛，后来退役了考入T大计算机专业，论电竞不输给任何人，放眼望去，觉得计算机系的男人们，不值一提。

这话一放出去，就传到了梁岩的耳朵里，梁岩那脾气，谁敢跟他叫板，他就得叫那人跪下来给他唱《征服》，唱跑调都不行。

于是，梁岩立刻在学校里组织了一群电竞技术超群的战友，只是筛选过后只剩下了三名队友，加上梁岩正好四缺一，梁岩一下子就想起了自己的妹妹。

晚上七点半，梁好穿着一件黑色棒球服，戴着一顶黑色鸭舌帽和口罩，像特务一样出现在了梁岩学校附近的网吧门口。因为梁岩对外宣称这个队伍是男子队，所以刻意嘱咐梁好过来的时候伪装一下，看起来像一个瘦小的男人就行了。

她了然，乔装打扮了一下就过来了。

电竞圈多少还是有点“男尊女卑”的观念的，梁岩的队友一听说顶替的人是一个女的，那几个人当时就不乐意了：“不是吧，梁岩，这场比赛可是男人的脸面之争啊，你找你妹过来打？不等着输等什么？”

梁岩蹙起眉头，目光一寒，即便是自己的朋友，他也不满对方说自己的妹妹：“你又不了解我妹，在这儿喷什么喷？不打你就走，我再找人。”

知道梁岩脾气上来了，有人赶忙劝架：“行了行了，都这个时候了，再找人也是不可能的了，我们就相信他妹妹吧。”

刚好这个时候梁好从远处走过来，几个大男人都觉得要是平时能有个妹子陪自己打游戏能高兴坏了，只可惜今晚不是普通的比赛，而是涉及尊严问题，当初梁岩不满那几个人气焰嚣张，先挑的事儿，如今怎么也不能输了比赛，万一输了，那以后他们在T大别想混下去了。

几人踏进网吧，找了专门的五人比赛位。对手还没来，这个时候几个人商量起了分别负责哪个位置，梁好把鸭舌帽往下压了压，小声道：“给我一个输出位置就行。”

其中脑袋染了一头灰色的队友最看不上女选手，恼怒道：“你还要输出位置？打打辅助，加加血、加加盾不就完了？我们四个男的带你。”

梁好愣了一秒，随即抬起屁股，一把就揪住灰色头发队友的衣领，鸭舌帽的阴影刚好投在她的眉眼处，让她的眼神变得阴冷，她冷冷道：“我打游戏的时候你还不知道在哪儿呢！哪儿这么多废话，你给我来打辅助，就你了！”

这梁岩的妹妹比梁岩脾气还暴躁啊！那队友想着不能跟女人一般见识，没吭声。梁好甩开他坐回去，瞪着旁边没说话的另外两个队友，问道：“你们俩有问题吗？”

两人猛地摇头：“没……没了！”

没等一会儿，网吧门口另外一支队伍也现身了，这帮人个个扬着下巴进来，还给自己的队伍起了一个没水准的名字，叫“碾压一切”。

他们的队长是一个身高一米八几、体形微胖、四方脸的细眼男，他一看到梁岩就把本来就不大的眼睛眯了起来。

梁岩作为这边队伍的队长，赶忙起身，冷傲地看向细眼男。

两支队伍一见面，网吧的气氛都严肃了起来。

网管往门口瞟了一眼，深感气氛不对劲，赶忙迎了过来。平常这网吧发生这种非职业选手的叫嚣战比较多，网管也明白，开口就问："两个队伍打比赛？注意安静，别太吵影响到别人。"

"老板，拿五杀还送可乐吗？"细眼男问。

网管一笑："送啊，当然送，看你们今天架势够足，外加一盒鸡腿饭吧！"

"好！"

梁岩冷哼一声，回头小声对队员们道："听见了吗？为了可乐和鸡腿饭的尊严，今天给我拿出最好的状态，谁坑了，谁自掏腰包请客一礼拜！"

"好！不过我们这个队伍叫什么？"灰色头发队友忽然问。

梁好啧啧嘴："他们不是叫'碾压一切'吗？咱们就叫'秒杀碾压一切'。"

几个人一愣，纷纷笑起来："就叫这个了！"

为了不让"碾压一切"看出来自己是女的，梁好坐在最里面的位置，开始后开机测网速。

十个人落座后，比赛正式开始了。

可能是十人阵仗够足，引得网吧其他的人都好奇地纷纷拿着椅子凑到后面开始观看比赛，大家都出奇地安静，怕打扰到他们。

各自队伍分好自己的位置，灰色头发队友当了多年的斩杀型刺客选手，这次梁好一来，他只能被迫去给她打辅助，自然有些不满。不过，开局不到五分钟，灰色头发队友那股子瞧不起女人的劲儿明显弱了，他目瞪口呆地看着梁好的精准操作，自己也跟着振奋了起来。

一场比赛下来，灰色头发队友全程就跟在梁好屁股后面帮着她斩杀敌人，渐渐地都忘了其他队友的存在。其中一个打肉盾抗伤害的眼镜仔大怒，对着灰色头发队友大喊："她满血你给加血干吗？我都阵亡了，也不见你帮我一下！"

灰色头发队友一愣，不好意思地刮刮脸颊道："习惯了，习惯了！"

梁岩这把打得更是如鱼得水，他玩的是刺客型角色，好几次巧妙灵活地越过障碍，快速冲脸，直取对方输出位选手的项上头颅，真可谓"吾善于千里袭人"啊！

一场团战下来，对方少了主力输出队员，一下子就被团灭了，这让最先被杀的那位大哥气得忍不住狠狠砸了一下键盘！

梁好笑了笑，自己老哥实力丝毫不减当年，简直就是电竞男神，值得嘉奖。

比赛快结束的时候，梁好的装备已经登峰造极，她手指灵活地操作着人物，精准地计算对方的走位和技能冷却时间，趁着对方没有还手之力的时候顺利拿下四杀，还差一个！她一个闪身过去，躲过剩下那个人的致命技能，一个暴击，对方的血条瞬间空了，她拿到了五杀！

瞬间，全网吧的人一阵欢呼，纷纷看向坐在角落里安静、沉着的小个子"男人"，情不自禁地流露出羡慕的情绪。

比赛结束后，毫无疑问，"秒杀碾压一切"取得了胜利，梁好还意外收获了网管赠送的可乐和鸡腿饭。

细眼男气得指着自己队友的鼻子大骂："你们这帮废物！"

梁岩摘下耳机，双手插进口袋里，倨傲地扬起下巴，语气冷硬："怎么着？比赛前说好的，输的队伍一人付给对方五百块当奖金，我还记着呢。"

细眼男咬咬牙，吐了口痰在地，随即掏出钱来交给梁岩。

他的其中一个队友灰头土脸地凑过去，委屈地小声道："不是吧，老大，咱们下个月就要跟陆氏签约了，怎么能输给这种非职业队伍，这要传出去……”

“闭嘴！”细眼男赶忙瞪了他一眼，示意他别多话。

可惜这话还是被耳尖的梁好听到了，她愣了一下，赶忙抬头看向那几个人，陆氏？不会吧……应该没有这么巧的事情吧。

拿着象征着尊严的奖金，五个人当下决定去旁边的烤串店好好吃一顿庆祝一下，这还是他们五个人在没有任何训练和经验的情况下取得的第一场胜利呢。

到了饭馆以后，梁好一直觉得闷，一把摘了帽子和口罩，大大咧咧地拿起一串鱼豆腐啃了起来。这伪装一撤下来，一桌子人忽然安静，没想到这凶丫头不仅游戏技术精湛，长得还不错。

灰色头发队友愣了一会儿，把椅子往梁好身边挪了挪，给梁好倒了一杯啤酒，贱兮兮地道：“妹子，哥来敬你一杯，今天你那个五杀拿得太精彩了，以后我们几个可以在T大吹嘘好久了！”

剩下两个人也纷纷巴结起来，又是给她夹菜，又是给她递纸巾：“是啊，是啊，女中豪杰，电竞女神啊！妹子，加个微信吧？”

梁岩一把推开他们，皱着眉头吼道：“一边儿去！我告诉你们，想追我妹，先过我这关。”

“大舅子，给行个方便啊，让我们加下微信啊！”那几个人不要脸地喊了起来。

“谁是你大舅子，我揍你啊！”梁岩笑骂。

梁好撇撇嘴，正觉得梁岩这帮朋友真贫气呢，手机一阵振动，她本能地拿出手机来，低头一看，瞬间整张脸都僵住，是某陆氏大公子发来的微信：我限你二十分钟内赶到酒店门口。

她一看手机都八点半了，这才猛然想起自己今天耍陆竞骁那事儿，不是吧，他真去了？紧接着还来不及思考，她又收到了孟惜月发来的微信：我见到陆竞骁了，他说他等的不是我，难不成外界谣传他一直没有女朋友，是他为了保护自己女朋友而制造的假象？

——大姐！你还去质问人家是不是在等你？智商堪忧啊！

梁好一口血都要喷了出来，喉咙一紧，刚想喝口啤酒润润嗓子，陆竞骁一个电话就打了过来，她猛地一颤，手机差点掉地上，也不知道她当时是怎么想的，本能，对，一切都是出于本能，并不受自我意识所控制，她把陆竞骁的手机号和微信号同时拉黑了。

瞬间，手机安静了下来，她隐隐觉得她的好日子要到头了。

那晚她自然是没有去酒店，跟队友吃过饭后便急匆匆地回了宿舍，一路上戴着帽子和口罩，生怕被人认出来般快速闪进校园大门，匆匆跑回宿舍，脱了衣服躲进了被窝里，倒头就睡。

隔着被子，她听见宿友的声音传来："梁好，你这么早就睡了吗？貌似刚才外面有人找你！"

她假装没听见，很快便进入了梦乡。

第二天中午，社团的朋友约梁好一起去食堂吃饭。

说起她与这位社团的朋友实，还是因为一些少女心思。

她参加的这个社团专门是为了教人谈恋爱或者治愈失恋者而成立。

是的，她们社团名字叫恋爱实习社，都是一些缺乏恋爱经验的人去的地方，梁好犹豫了一下还是决定报了名。谁年轻的时候没暗恋过一个人呢，真是的，有啥好丢人的？去就去呗！

报到第一天，梁好去得有点晚，看到教室最后一排一个女生旁边正好空了一个位置，就匆匆跑过去坐了下来，主要是她有点颜控，不管男女，看见颜值高的就打心眼里喜欢。那漂亮妹子正双手撑着脸颊全神贯注地听团长讲话，没发现坐在一边的女"痴汉"正在看她。

梁好看了一会儿，怕打扰她听讲，索性不看了，自己也听了起来。团长主要讲了讲他创立这个社团的初始目的和原因以及一些自己经历过的感情。说完了之后，团长让大家发言，说说自己的恋爱苦恼。班里的人大多数都比较内向、拘谨，面对陌生人不愿意敞开心扉，只有两个女孩举起了手，两个人一愣，互相看了对方一眼，正好还坐在了一起，不由得勾了勾嘴角，微微笑了一下。

团长先叫了那个漂亮妹子，妹子站起来就问："团长，我暗恋我们系的系草，不对，很可能是校草。"

梁好一听就愣了，校草不是陆竟骁吗？不会吧，难道狭路相逢了。

团长点点头："说说吧，然后呢？"

妹子哭丧着脸，眼皮垂了下来："也没有什么然后了，我最近才知道他有女朋友了。"

"你不想着去争取一下？"团长问。

女孩摇头："不喜欢争抢，不喜欢我的就不是我的。"

教室里的人情不自禁地轻叹，仿佛这句话戳中了大家的心事一般。

团长叹了一口气："你是一个理智的好姑娘，放心吧，最好的一定在等着你。"

女孩轻轻笑了一下，卧蚕深了几许，看起来可爱极了。

她正愣神，团长让她发言，她起身之后竟然觉得脑海里一片空白，愣了许久才问："我都不知道自己是不是喜欢他，就知道我和他距离太遥远，不可能在一起，所以就没生出过想要追求他的念头。团长，你恋爱经历丰富，帮我分析分析呗？"

团长一看就是经验老到的人，笑逐颜开，对她道："既然你都问出来了，他在你心里的位置难道是一个路人甲吗？"

这句话说得语气柔和，梁好却感到当场有什么东西猛地敲在心房上，呼吸蓦地一滞，然后她默默坐了下来。

社团活动结束后，梁好真的像一个女“痴汉”一般尾随着刚刚坐在她旁边的妹子。跟了一会儿，梁好发现妹子正往经济系的女生宿舍里走，才惊觉对方既然跟自己不是一个系，那对方喜欢的系草就可能不是陆竞骁，她心里莫名其妙地松了一口气。

在她思忖之间，女孩偶然回头，“呀”了一声，匆匆两步跑过来：“你不是刚才社团的人吗？”

梁好怕被她发现自己的跟踪行为，赶忙换上一脸自然的笑容对她道：“是你啊，我刚好到这边有事。你叫什么名字，要不加下微信吧？”

天啊，她可能真的是“痴汉”啊！居然见了漂亮妹子就情不自禁地主动要加人家微信！

妹子倒是爽快：“好啊！”然后掏出手机调出二维码让她扫。

梁好的内心情绪剧烈翻腾，她颤抖着双手，拿着手机扫了妹子微信的二维码。

“食堂出新菜单了，要不要一起去尝尝？”妹子问。

梁好想都没想：“好啊！”

唉，人总归是要遵循本心去生活才会比较快乐吧？她有些悲哀地想。

梁好与林阡陌就是这么认识的，源于林阡陌的颜值，以及梁好严重的颜控属性。

之后两个人因为经常在一起参加社团活动，下了课约着一起去食堂吃饭，就慢慢熟络了起来。

这天，就是林阡陌约的她去食堂吃饭，两个人坐在一起有说有笑，刚吃了没两口，她就感觉周身传来一股浓烈的杀气。梁好神经敏锐，立刻回头四处看，然后就见食堂门口的陆氏大公子迈开步子向她这边直直地走过来，目光如炬，神色里透着一股捕猎者的狠意和势在必得的信心，脚下生风，他身后的峰子小跑着才能跟上。

梁好抬头看着他斜飞入鬓的眉毛和阴冷的眼神，咽了咽口水："好……好啊！"

"谁给你的勇气让你拉黑我的微信，还屏蔽我的电话？"陆竞骁挑起一边眉毛，质问道。

梁好赶忙摇头："不是，可能弄错了，我昨天手机坏掉了！"

"编，你继续编！"

梁好："……"

"不是，我就是跟你开一个玩笑，谁知道你竟然当真了，真去等我啊！"梁好一急，声音不觉高了几分。

食堂里的同学们立刻把目光投向这边，林阡陌瞪大双眼，嘴边的筷子都停下了。

陆竞骁神色一怔，随即勾唇一笑："你以为我稀罕你？"

"我没想啊！"

"那你塞名片给我！"

"我在做这家酒店的推销员，再说了，都说了是开玩笑！你这人怎么这么不识逗啊！"她也急了。

陆竞骁站在原地，气得眼皮子都在轻颤。

两人正闹着，林阡陌怕他们俩打起来，连忙劝架："那个什么，好好的，别吵啊！这位同学，你是男生，让一下女生！"

陆竞骁把目光转向林阡陌，转移话题问道："你是她朋友？"

林阡陌有点害怕眼前这个长得还蛮英俊的帅哥，点了一下头。

随即，陆竞骁翻出手机对林阡陌道："把你电话号码给我，如果以后她再删除我的联系方式，我就骚扰你。"

……

林阡陌一脸怨念地看着梁好，梁好挨不住她谴责的目光，赶忙把陆竞骁的联系方式恢复了回来。

陆竞骁收起手机，瞪了她一眼，转身就走了。

峰子屁颠屁颠地跟在后面，终于看明白了一切，走到食堂门口斗胆问了一句："骁儿，你是不是没成功，失望了？"

陆竞骁停下脚步，冰冷的目光扫过他，挑眉狞笑道："你活腻了？"

"都是兄弟，你别动粗啊！"他那眼神让峰子以为他要动手，峰子悲催地喊着。

谁知道，食堂吵架一案被当时同在食堂里吃饭的新闻部社员目睹，然后他们就有了这周校园周刊的劲爆话题。

报纸是由新闻部社员到全学校每个宿舍都发一份的，不到两天，梁好又出名了……

宿舍里，梁好看着手里摊开的一张校园报纸，生无可恋。

标题黑体大字：计算机系男女感情不和，食堂吵架。

报道者还算有良心，并没指名道姓，但是从报纸上模糊的照片来看，熟悉梁好的人一看就知道女主角是她。梁好气得嘴角抽筋，眼睛往报纸最下角瞟，果然，这个缺心眼的报道者把自己的专业、班级、姓名都写上了，报道者：新闻广播系一年级二班张韬。

梁好正和宿舍的姐妹团商量着该如何让张韬写一封对不实报道的道歉信，孟惜月的微信忽然发了过来，梁好一愣，本能地觉得此时此刻孟惜月的来信跟食堂吵架一案有关，她赶忙打开微信，上面写着：梁好啊，我咋看今天的新闻上那个女主角侧脸那么像你啊？

梁好觉得面对这种情况，只能把这口大黑锅往外人身上推，干脆坦白道：是我，不过内容不实，我是给陆竞骁推销那家酒店的推销员，这不想着你正在追他吗，万一用得上呢，就提前宣传一下，谁知道那新闻部的听错了！

孟惜月瞬间回复：原来是这样！那我就放心了，说实在的，有空的时候你帮我想想怎么把陆竞骁追到手吧，你这个朋友姐姐交定了啊！事成之后，你想要什么，直接跟姐姐说。

梁好没回，她现在首要任务是去解决张韬。

安冉要打工提前脱离组织，先走了，就剩下她们三个。还是邹晓音点子多，她从话剧社那里借来了三套黑色皮衣和三副墨镜，得意地跟她们两个人道："有一种狗仔，你不对他来硬的，他是不会道歉的。"

梁好和欢欢认真地看着那三套黑色皮衣，严肃地点了下头。

下午，她们三个身穿黑色皮衣、戴着墨镜就来到了新闻部，全学校的社团就属新闻部最腐败，成天打着给学校学生普及时事新闻的幌子剥削学校拨发给社团机构的资金，大到电脑，小到A4纸，只要是他们能抢来的资金就没有他们会放过的。

也不知道那团长跟校领导说了什么，还把全学校最好的一间活动教室分给了他们，走进去是一间大的活动教室，摆满了桌子和电脑，活脱脱一间网吧，看这架势，梁好忽然手痒痒了。右手边的内侧还有一间内室，专门用来打印资料和存储新旧报纸的。

门一推，那张韬正好在外间用电脑上网，他一回头就吓了一跳，眼看着三个女生不像善茬儿，赶忙警觉地问："你们是谁？"

梁好打头阵，慢慢走过来，腿一伸，一脚踩在张韬正坐着的转椅上，摘了墨镜，表情凶狠："我可是食堂吵架一案的女主角，你想不起来了？"

张韬明白过来，不死心地继续问："干吗？我写的不对吗？"

"废话，对的话我还找你干吗？给我写道歉信，那是我和陆同学闹着玩的，你非要写成我们俩相恋已久，感情不和，这种不实报道对我的个人名誉造成了很严重的影响，你知不知道？"梁好挑着眉毛看他。

张韬这会儿反而不怕了，理直气壮地道："大家都成年了，谁还不知道男女那点事儿啊？你何必掩饰呢？"

“你嚣张个什么劲儿啊？你知道这片儿青龙帮帮主的女儿是谁吗？”梁好阴险一笑。

张韬果然收住笑容：“青……青龙帮？”

“哼，识相就好！赶紧给我写道歉信，就贴在下周校园周刊的正中间，听见了吗？”梁好奸笑。

张韬咽了口口水，又问：“不是，陆竞骁他那是什么人，他爸给学校捐电脑的事情大家都知道了，你跟他闹绯闻有什么好吃亏的？”

“笑话！我告诉你，我喜欢谁也不会喜欢他的，再说了，那陆竞骁你认得他？脾气那么臭，退避三舍都来不及，谁稀罕跟他闹绯闻？”

就在这时，右手边的内门被人从里面一把推开，梁好定睛一看，腿瞬间软了。

只见陆竞骁从里面带着怒气走出来，手上还拿着一摞 A4 纸，走过来时冷冷地扫了梁好一眼，对张韬道：“借完还你。”

临走的时候他又定住，侧脸看向梁好，嘴角微微上挑：“青龙帮女儿？”

梁好一张脸变得通红，刚想解释什么，就见他头也不回地扭身出去了。

“你不早告诉我陆竞骁在！”梁好气得一把揪住张韬。

“你也没问我啊！”

简直要被他气死了，她甚至怀疑他是因为知道陆竞骁在里面，故意拿话激她的。她松开他，道：“总之，下周看不见你的道歉信，我跟你没完！”

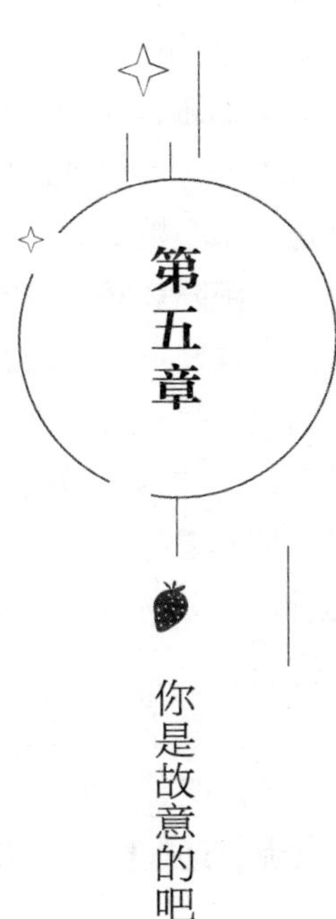

第五章

你是故意的吧

只可惜还没等到张韬的道歉信，周末回家的时候梁岩想借一本梁好他们学校的英语书看看，结果翻书的时候就看到了一张被叠起来的报纸，梁岩好奇地翻开一看，光是一个标题就足够他奓毛了。

此时，梁好正在房间里记账，卧室门“砰”的一声打开，她被吓了一跳，最近她最听不得这个声音，赶忙回头看。

梁岩拎着一张报纸走过来跟她对峙：“你跟陆竞骁好上了？”

这高中时代因为陶乐然跟陆竞骁结下的梁子，到现在梁岩还记得，当时他还严重警告过妹妹：“我告诉你，以后要是连你都喜欢上陆竞骁的话，我们梁家就不认你这个闺女！”

梁好看着梁岩这架势，一种熟悉的感觉涌了上来，她几乎瞬间就想起了高中时候梁岩带人去打陆竞骁，结果被陆竞骁的保镖打个半死的事情，她跑去抵着门道：“你干吗，又要去打陆竞骁？”

“不然呢？”梁岩挑眉。

梁好无奈，只好把这件乌龙事情给梁岩解释清楚。

梁岩瞬间没气了：“这样啊，老妹啊，你要把持住，你现在不仅跟那小子在同一所大学，还在同一个专业，不过幸好不是一个班了，不许跟他好！”

“知道，知道！”梁好一阵心烦，赶忙挥开他。

谁知道，第二天她就碰到了一个熟悉的人，打死她，她都不敢相信陶乐然居然跟自己念了同一所大学。

当时高考结束，梁好象征性地打听过梁岩最后和陶乐然怎么样了，每次提到这个人，梁岩都是一脸不耐烦地让她别管，她索性也没再多问，反正如果两个人谈恋爱，梁岩要把这个女人领进家门那是不可能的，她会想尽办法让这女人知难而退，谁知道她摆好架势，准备了好几个月都没见这个女人再有什么风吹草动，也就把这个人忘到了脑后。

直到陶乐然看到了校园报纸，在她的宿舍门口等她。

很久不见，这个女人已经长到一米七三了，身材没怎么变，依旧完美的模特身材，容貌也没怎么变化，按她这个条件来看，在校园里应该是被一大把一大把男生捧在手心里的角色，可是等她找到梁好，开口的第一句话就让梁好愣住了：“你和竞骁在一起了吗？”

看来这女人对陆竞骁始终念念不忘，即使升入大学了，身边的选择变得更多了，高中时期的那点情意也没能忘怀，梁好倒是对这个女人莫名地生出一股敬意。

她勾了勾嘴角，笑道：“看来高中的时候你没追上陆竞骁？也难怪，我看他总一个人独来独往的，没见你们俩在一起过。”

陶乐然气质高傲地抿唇一笑：“你这是在跟我炫耀吗？”

“没，放心好了，那新闻是假的，你要是喜欢就继续追，只要你别在追陆竞骁的同时勾搭我哥就行。”梁好道。

“梁岩？他还好吗？”陶乐然目光一颤。

“跟你有关系吗？”她挑眉。

“他是我的初恋。”陶乐然面不改色心不跳地道。

“后来你不移情别恋了吗？”她觉得这女人实在可笑。

“难道你没有过初恋吗？女人这一生都不会忘记自己初恋的。”陶乐然理直气壮。

梁好笑着摇头：“抱歉啊，我不谈恋爱，不知道初恋是什么，麻烦你以后别缠着我哥就行，谢谢！”

陶乐然淡然一笑：“可是我感觉你哥到现在还喜欢我，毕业后他在我生日的那天寄过礼物和生日卡。”

“所以你觉得被我哥追求只是一种享受和炫耀自己有人气的方式？”梁好是真的不明白，这种女人梁岩到底看上她哪儿了？

陶乐然面容一僵，修养还算良好，转移话题道："你帮我谢谢他的礼物，告诉他我很喜欢。"

"你还有事吗？"她挑眉：帮你谢谢？搞笑呢？可能吗？

陶乐然没说话，转身走了。

见了陶乐然后，梁好的好心情被一扫而光，想要劝说梁岩迷途知返，悬崖勒马，但是又觉得梁岩有的时候比她还固执，喜欢上了一个人，别人怎么说都不听劝，可是她又不希望陆竞骁跟陶乐然在一起。

就算你要找，也要找一个比我好的姑娘啊……她悲哀地暗自叹了一口气。

梁好逃掉了下午的课，一个人去了学校门口的网吧上网打游戏排解郁闷。可能是因为带着杀气，所以她今天发挥得不错，接连拿下好几次三杀四杀，惹得网吧的几个男孩儿又跑到她身后围观，还一个劲儿地给她加油。她皱着眉头，觉得一阵厌烦，结束了一局游戏刚想离开网吧，就被旁边一直观战的一个小平头喊住了："妹子，你接代练吗？我看你技术不错，是职业选手吗？"

梁好愣了一下："代练？"

她怎么到现在才想起来这么一个发家致富的行业啊，太适合她了吧！

最近几年才兴起的电竞行业，普遍的赚钱手段就是做职业代练，客户把游戏账号密码发给你，你负责给人家的号打到一个他想要的段位水平，好拿着高段位账号到处炫耀，一般平均按照个人收费标准价格在两百元至五百元一单，段位不同价位不同，越高段位，价钱也越高。梁好两只眼睛里面溢满了金光，赶忙凑过去问小平头："我是啊，我接代练！你想要打到什么段位？"

小平头憨厚一笑："我那个号太菜了，没段位，能给上到钻石段位吗？"

梁好一掌拍在小平头的肩膀上："包在我身上！五百一单！"

钻石段位太简单了，她那堕落了三年的高中，没想到还隐藏着赚钱的商机。

"小姐姐，看你人漂亮，技术高超，给便宜点呗？"小平头讨好道。

梁好深谙经商之道，人脉才是王道，她假意不满地挑眉问："不行吧，我给别人的价格都是五百一单，我跟你也不熟，主要是你那个号没段位，上钻石要花很长时间。"

小平头有点失望，刚想说点什么，梁好立刻道："看你长得老实忠厚，便宜点算你三百行吧？"

小平头一脸喜色："妹子，你是一个好人啊！"

"不过，你也照顾一下我的生意，多问问周围朋友还有没有要代练的，你的朋友我都均价三百行吧？够义气吗？"梁好道。

小平头一脸感激："好好，我这就去问问，我记得我宿舍的哥们段位都不高，回来我联系你！"

互相留了联系方式后，小平头把自己游戏的账号密码给了梁好就走了。梁好心想也没什么事情做，干脆开始"工作"吧。

自从认识了小平头，她这个代练事业做得风生水起，平时除了卖面膜，做酒店、医院的推销外又多了一项拿手的副业，三百一单赚得也算不错，就这么忙碌了几个月，她自己的私房钱越攒越多。新年来临之际，她终于舍得给自己买新衣服穿了，想想就心酸，她都不记得自己上次买衣服是什么时候了。

冬季的第一场雪刚刚落下，她就接到了一笔大单子，小平头的一个朋友问她能不能把他的账号直接打到最高段位，她当下就应了下来，这大哥也是心急，说什么要再拿一个账号跟着她一起打，今天就要鉴证自己的账号登上最高荣誉段位的光辉时刻。

她想了一下发短信过去：一晚上打到最高级别不可能的，也就能上一个段位，三百。

大哥爽快回复：好。

之后，两个人约在学校门口的网吧见面。说来也奇怪，跟网友见面一般，大哥要求两人分别手持一朵玫瑰花作为信物。

梁好无语，直接回复：别整这些没用的了，买花不要钱啊？我就直接站在网吧门口等你吧，你找一个戴茶色围巾的人。

商量好了见面方式后，梁好离学校近，先到了网吧门口等，等着等着没想到在马路对面看到了一辆熟悉的车，等她看清车牌号后瞬间一僵。

车子停下，陆竞骁手插口袋，笔直地往这边走了过来，她刚想躲进人群里装作没看到，老远就看见一个小个子男人向她这边跑了过来，手持玫瑰花，大喊："嗨！茶色围巾的电竞女神，我来啦！"

本来陆竞骁没看见她的，这大哥这么一喊，整条街的人都看向她了……

她站在原地，直勾勾地看见陆竞骁瞬间把目光转到她这里，并往这边走来了。

只可惜，优雅高贵的陆少爷是走过来的，热情奔放的客户是跑过来的，还是客户君先到达，他大大咧咧地把玫瑰花往她怀里一塞，聊表谢意："收下吧！我就佩服你们这个行业的！"

梁好扯扯嘴角，斜眼一看，陆竞骁穿着黑色大衣，随意围了一条灰色围巾，气质颇为高冷地看着眼前的小个子男人，面无表情。她刚想解释点什么，客户君又道："还等什么？走啊！"

梁好决定先无视陆竞骁，把生意价格讲好，于是道："先说清楚了，一套下来要八百啊！"

客户君一听就不乐意了："不对啊，你刚才短信里不还说了，你一晚上三百吗？"

……

瞬间，周围的空气骤降，梁好看见陆竞骁的脸色铁青，脸上的肌肉轻颤。

梁好心想：你一晚上才三百呢！

她咽了口水，赶忙把话说清楚："大哥，你能好好说话吗？我们这个行业叫代练，一套指从无段位打到最高段位，一晚上三百是一晚上保证打到上一个段位收费三百！"

陆竞骁冷冷地盯着她，没说话，始终沉默，不过看起来比刚才脸色好多了……

"哦，这样啊，那行，进去吧！"

客户君刚推门进去，梁好就感觉空气一阵寒冷，紧接着就听到陆竞骁问她："什么时候干起代练了，你不是推销酒店的吗？"

"副业，副业……"她刮刮脸。

陆竞骁忍俊不禁，继续说："你给我账号上王者（最高段位），我给你一千。"

梁好当时就抬起头来看着他，反问："你也玩，真的假的？"

陆竞骁往前迈了一步，推门进去，扭头问："我骗过你吗？"

骗过啊！"选 B"啊！

陆竞骁今天来网吧是打算跟网管商量一下把他们陆氏最新推出的一款游戏安装进去的，结果一碰到梁好，生意也不谈了，干脆跟着她坐在了一边开机找到游戏，打开登录界面，登了自己的账号，加了她的好友，陪她一起"工作"。梁好也想不到一个拒绝的理由，索性跟着客户君他们三个人一起组队打了起来。

进去选择位置的工夫，陆竞骁秒选的两个预备位置都是输出位，梁好眼明手快，赶忙按住陆竞骁的手背提醒他："你来辅助我！输出位置让给我！"

陆竞骁看着她白皙的指尖正覆盖在自己的手上，稍稍怔了一下，也没甩开她的手，挑眉问："凭什么？"

"我是工作来的，不给我输出位置赢不了啊！"她急切地道。

陆竞骁转过头，淡淡道："躺好了。"——这句话是游戏里的专业术语，所谓“躺好了”的意思就是，你只要进去随便选一个人物在草丛里躲起来，一直躲到游戏结束就可以了，有人会带领你胜利。

梁好一看，为了避免跟陆竞骁在游戏里打起来，干脆首选了一个四处游走帮忙支援的位置。

进入游戏后，梁好不知道陆竞骁什么水平，不停在他耳边碎碎念着：“你需要我帮忙告诉我啊，别把兵线压过去，我升到二级去你那里游走一波，你发……”

这话还没说完，她就听到电脑里传来一声“first blood（滴一滴血）”，陆竞骁面无表情地杀了第一个人……她决定闭嘴了……玩得这么溜，不如你来帮我打单子？她又情不自禁地把生意做到了昔日同桌的身上。

客户君全程打酱油，选了一个辅助位过来帮帮陆竞骁加加血，又去找梁好加加血，几乎没什么存在感。梁好正准备再次拿五杀抢可乐喝，正杀到第四个人的时候，她兴奋地快跑过去，眼看着人头就在手中，陆竞骁鼠标轻轻一动……就把她的五杀抢走了……她的可乐啊！

一局游戏结束，梁好瞪着眼睛看他：“你是故意的吧？”

陆竞骁装傻：“什么？”

休息时，恰好陆竞骁出去接电话，趁这会儿，梁好偷偷拉过客户君道：“一会儿你选辅助的时候别给他加血，听见没？”

“不是吧，大哥玩得那么好，不给加血容易被对面针对直接秒杀，咱们要保证大哥活下去才能拿到胜利！”客户君认真地分析着。

“你不要管他，看我的血条就够了！他就是一个打酱油的，听见了吗？”

正说着，见陆竞骁打完电话过来了，梁好正气鼓鼓地准备开始下一局，就听见“砰”的一声轻响，眼前的桌子上放了一罐可乐，她一愣，抬头一看，陆竞骁已经面无表情地坐回原位开始下一局了。也不知道怎么回事，她脸上的温度蹿升了一下，心里慌乱了起来。

客户君一脸委屈地问："大哥，我的呢？"

陆竞骁侧过脸，语气丝毫不友好："自己买。"

客户君一脸悲伤。

三个人一直打到晚上八点钟，由于有陆竞骁这个强悍的队友存在，比预计的时间提早完成了订单，客户君抱着他全新的账号段位、留下三百块美滋滋地走了。

门外，忽然又飘起了细细的小雪，天空早已暗了下来，梁好张开手接住一片雪花，听见站在一边的陆竞骁道："吃饭去吧。"

没有任何请求的意思，只是通知她，她来不及犹豫，就见他走到车边开了车门，回身看她，她没多想就坐上了车。

"说真的，咱们俩高中同桌三年，又考上了同一所大学，从来没像今天这样单独出来吃过饭。"在一家餐厅里，梁好忽然感慨道。

陆竞骁沉默地抬头扫了她一眼，没说话。

"谢谢你今天帮我工作，你的账号自己打就好了，用不着我！"她又道。

陆竞骁没接话，反而道："毕业后有打算了吗？"

她一愣，摇摇头。

一直以来她似乎都在靠着各种旁门左道、耍小聪明过日子，从未想过自己的明天会是什么样子。

"有没有兴趣来我爸公司当职业女选手？"他忽然问。

她眨了眨眼，反问："陆氏电子？你爸爸开始做电竞了？"

陆竞骁点了下头："最近正打算要签一支队伍，为了公司营销，他打算找一些懂电竞的女孩子做周边项目。"

“怎么营销？”梁好问。

“偶尔要做游戏视频、视频解说、现场直播主持人，或者网络直播。在这个市场，男性客户比女性客户所占比率大很多，所以他的公司现在要懂这块的女性。”他解释道。

梁好想了想这简直就是给自己专门设立的一个职业啊，可是那岂不是每天都要见到这位陆少爷？

吃完饭，她还在考虑中，陆竞骁也算有绅士风度，没等她问就主动载她回学校。到了学校门口，梁好看门口的奶茶店还没有打烊，连忙要求下车，对陆竞骁摆摆手道：“你先回去吧，我买杯奶茶再回去。”

陆竞骁抿抿唇，没说话，打算去学校图书馆借点杂学书看看。

他把车子开进校园里，停好车后，往学校门口方向瞟了一眼，没见到梁好回来，买杯奶茶那么慢？他皱着眉头，心里一阵烦闷，刚想下车去门口看一眼，眼前出现了一个高挑的身影，他愣在原地，大脑拼命地回想了一下，才想起来这人是谁。

陶乐然面色红润，笑逐颜开，问他：“这周末有空吗？”

“你怎么找到我的？”陆竞骁问。

陶乐然嬉笑一声：“想找到自己喜欢的人不难呀！不过我已经不是当年碰了你一下就被你吼到想哭的小女孩了！”

陆竞骁冷漠地看着她：“我不喜欢别人碰我，你再碰我，我一样会吼你。”

“那我不碰你，我们慢慢接触行不行？”她讨好道。

“没必要，我不喜欢个子高的女人。”他把目光转到一侧。

陶乐然震惊，这么多年自己引以为豪的身高倒成了自己追不到陆竞骁的绊脚石？

“我不管！这周六中午十二点，我在四号路那家咖啡馆等你！”陶乐然说完就跑走了。

陆竞骁冷笑一声，抬步往校门口走。

他走出去，看到那家奶茶店门口没人，以为她买完回宿舍了，又返回学校里面，一路走到计算机系的女生宿舍楼底下，刚走到门口就见到几个女生结伴打水回来。几人看到他都一脸惊讶，害羞地嬉笑着，拎着水壶跑了进去，嘴里还碎碎念："是陆竞骁啊！"

他无视别人的视线，直接找到宿管阿姨问："计算机一班的梁好回来了吗？"

大妈正嗑着瓜子，听着广播，见来人是一帅小伙，和颜悦色地笑笑："她男朋友？她没回来呢，没看见她。"

陆竞骁一下子就急了，在门口随便找到了一个刚回来的女生道："你能帮个忙吗？"

那女生抬头的刹那觉得自己头晕目眩，她极力稳住慌乱的呼吸，连忙点头："能！能！"

"你去帮我看一下 317 宿舍的梁好回去没有，行吗？"

女生脚下生风，立刻跑去看了，没一会儿她气喘吁吁地回来道："她们宿舍的女生说她还没回来呢。"

陆竞骁转头就走，一边往校门口走，一边打梁好的电话，响了好几声没人接听。他烦躁地把手机塞回口袋里，加快脚步往外面跑。

如果梁好知道这一场劫难来自一场电竞比赛的话，打死她她都不会答应陪梁岩去打比赛，谁知道他们 T 大出来这么几个杂碎，输了比赛不行，还玩跟踪调查，把除了梁岩外那四个队员调查了个底朝天，自然也知道了那天拿了五杀、气焰嚣张、追着他们五个杀遍整个地图的队员其实是一个女的。所以，梁好买个奶茶的工夫就被他们劫走了。

大晚上，她被五个男人围堵在巷子里，脸上的表情却很镇定："我说你们几个输不起就开始围堵？像男人吗？"

队长细眼男冷哼一笑："我看你倒是不怕啊，信不信我们哥几个今天还就不放你了？"

"你们想干什么？"她警惕地往后一缩。

那几个男人笑着，语气阴冷："让你哥规规矩矩地把钱还回来，一共两千五百！"

"好笑！你们几个男的下好赌注，现在输了又要回去？我都替你们害臊！"

眼见钱要不回来了，细眼男当时就急了，对着梁好拉拉扯扯地打算让她还钱。

就在这时，有人大喊："梁好！"

说真的，认识陆竟骁四年之久，梁好从来没这么渴望见到他！她连"救"这个字还没说出口，陆竟骁眨眼间已经一拳打在了细眼男的脸上，细眼男"哎哟"一声跌倒在地。

这群人本来没想打架的，就是单纯地想找梁好来要钱，陆竟骁这一拳挥出去，性质彻底变了，顷刻间，那四个人也围上来，他们五个人打陆竟骁一个也占不到什么便宜，纷纷挨了几下。

但是他们终究是人数上有压倒性优势，陆竟骁的后背不知道被谁踢了一脚，身子趔趄了一下，倒向一边的墙。

梁好咬咬牙，转身从附近找到一块砖头冲着正打算扑过去揍陆竟骁的细眼男就是一拍，瞬间，细眼男眼前一片漆黑，倒在了地上。

梁好愣在原地，傻眼了。

那四个孬种眼见着细眼男倒地不起，头上流着血，都被吓得转身就跑了。

陆竟骁喘着粗气倚在墙边，皱着眉头抬手抹了一把裂开的嘴角。梁好赶忙跑过去跪在他脚边，焦躁地问："你伤哪儿了？"

陆竟骁低着头，闭上眼深吸了一口气道："叫救护车，别让他死了。"

她看了一眼躺在地上流着血的细眼男，也意识到了事情的严重性，马上翻出手机来叫了救护车。

两个人把细眼男送到医院后，梁好顾不上细眼男死活，送他进去抢救后，就拉着陆竞骁挂了急诊。

陆竞骁看着她忙碌的身影，低声道："我没事。"

"你说没事就没事啊？不检查检查，留下后遗症怎么办？"她焦急地瞪着他。

陆竞骁目光直视她，没说话，明明是面无表情，却看得她耳根子发红，她赶忙转移了视线。

没一会儿，陆竞骁的贴身保镖阿光赶到了医院，连忙道歉说是自己没保护好他。陆竞骁平时不喜欢有保镖跟着，经常一言不合就把他轰走，他这份工作做得也是极其心累。

"少爷，通知陆总吧？肇事者是谁？我马上查清他的底细。"阿光道。

"别告诉我爸。"陆竞骁皱着眉吩咐道，转头看向梁好，问，"那几个人找你干什么？"

梁好一五一十地把网吧竞赛的事情告诉了他，还把那几个不要脸的男人找她要钱的事情说了出来。

陆竞骁了然，抬头示意阿光迅速去查清那几个人的底细。

之后，陆竞骁接受检查，只是简单的皮肉伤，拿了点药就出了医院。阿光则留下来盯着细眼男的情况。

梁好一路跟着陆竞骁出了医院，她心里一股怒气，真想不明白怎么还会有这种把钱要回去的男人，简直丢脸丢到家了。

第六章 天大的误会

车子停下来后，梁好扭头再一看，这哪里是学校门口，她眨眨眼，扭头问："这是哪儿？你不是送我回学校吗？"

陆竞骁熄火，淡然道："你知道现在几点了吗？校门早关了。"

梁好一愣，翻出手机一看，居然都十二点了！苍天啊！

"这这这……"她似乎意识到了什么。

"今晚住我家。"

她在内心挣扎了几分钟，考虑到这大半夜的，自己打车去学校附近的酒店住一晚更危险，还是算了。

她从来没想过有一天会在陆竞骁家借宿，她简单地打量了一下他的单身公寓，简约风，黑色与原木色为主色调，没有多余的装饰。

"你睡卧室，我睡客厅。"他没看她，言简意赅。

梁好一直跟座雕像似的站在玄关，这么扭扭捏捏、矫揉造作实在不是她的风格，干脆，她大大方方地走到里面一间房门口，道："那，晚安，今天谢了。"

陆竞骁鄙视地扫了她一眼："那是厕所。"

她一阵窘迫，看着门上的手工雕花，暗叹：怎么他家连厕所门的装饰都这么精致啊？

陆竞骁从沙发上起身，双手插进口袋里，径直走到旁边一间房门口，打开门，开了灯。梁好没看他，低着头往里走，环顾了一下他的卧房，同样的简约风，屋内整洁，一尘不染，地板上还泛着光，这家伙该不会是有洁癖吧？

"明天早上我叫你，早点睡吧。"

他说完，刚转过身，梁好叫住他："那个……药用不用我帮你抹？”

陆竞骁侧目看了她一眼，沉默了一下，说：“不用。”

这么冷淡……她一定是多想了，亏了她刚才对于他的英雄救美还有些感动。

她刚躺下，就觉得疲惫不堪，又觉得忧心忡忡，翻出手机发了一条朋友圈：天哪，我开启了前所未有的洪荒之力，但求那大哥别出事啊！我这样的恐怕嫁不出去了。

发完，她心中焦虑了一阵，本以为会是难眠的夜晚，没想到焦虑了不到一分钟就睡过去了。

门外躺在客厅沙发上的某人翻出手机看到朋友圈有一条更新，他扫了一眼，笑了起来。

清晨，梁好被敲门声吵醒，可是睁开眼的那一刹那就觉得腹部一阵疼痛，她睡眼蒙眬，脑子一片模糊，一秒后她瞪大了眼，心想：坏了！

“你起床了吗？上课要迟到了。”门外，陆竞骁问着。

她忍着疼，极速地跳下床，掀开被子一看……完了……这下子是真完了……

“我……我马上好！”她慌慌张张地应声。

陆竞骁在客厅边吃早餐边等她，等了十几分钟还没见她换好衣服出来，干脆起身过去敲门：“你在里面干什么呢？”

梁好满头大汗，决定忍着腹痛也要把陆竞骁的这张床单掀起来偷走！

他家这张床单还是那种整个包住床垫子式的床笠，她费了九牛二虎之力，才一个角一个角地将床单抽出来。她简单叠了两下，一股脑塞进包里，又把床铺整理了一下，才匆忙出了房门，开门就撞见了陆竞骁，她吓了一跳，一秒内恢复镇静：“早。”

陆竞骁蹙着眉看她：“忙活什么呢？”

“没有啊，吃早饭吧，我都饿了。”

两个人吃过早饭后，陆竞骁开车送她回学校，她一路上都心惊胆战，想着反正陆竞骁他们家的那张床单花纹样式很普通，没了应该也没什么吧。

陆竞骁在计算机二班，一直跟她一路走到班门口，两个人各怀心事，都没发现早就引起了校园路人的注意。

“进去吧。”他送她到一班门口，扭头走向旁边的教室。

梁好心里还在忐忑中，根本没见到教室里的宿舍姐妹团一看见她立刻一脸八卦的表情，她心不在焉地抬头看见她们，走过去坐好，扫了她们一眼，问：“安冉没来？”

欢欢道：“她睡懒觉，不来了。”

邹晓音笑嘻嘻地凑过来问：“梁好，昨晚你到底跟谁一夕巫山去啦？”

梁好听得心里一阵恶心：“去去去！我是那种人吗？”

欢欢一笑：“得了吧你！一夜未归，你当我们瞎啊？说吧，昨晚干吗去啦？”

不提倒好，一提梁好就来气，这几个人见自己一夜未归，连一条短信都没发，也不说问问是不是出什么事了。

这两位八卦女异口同声：“我们都懂！”

“行了，你们几个谁带暖宝宝了？借我一个，我难受着呢。”

邹晓音一副了然的模样，赶忙从书包里翻出一个递过去。

梁好用课桌挡着，偷偷贴好暖宝宝后趴在桌上就睡着了。

这一睡，她竟梦起了以前的事情。那次也是赶上了她经期紊乱，陆竞骁便脱下外套让她围上，还送她回家，事情的结尾却模糊成一片。

下课铃响起，梁好从这个很长很长的梦里醒来。

可能是暖宝宝起作用了，她觉得小腹没那么疼了。

邹晓音见她醒了，立刻拿手机给她看：“你快看看这条新闻！

这面膜不是你兼职卖的那款面膜吗？”

梁好一看热搜新闻，瞬间清醒了。

坏事了！出现烂脸顾客了！

梁好急得跟什么似的，立刻联系了公司的负责人，问问新闻是怎么回事。负责人接到她的电话，把她骂了一通：“还能有什么事！这绝对是同行的恶意诋毁，买的水军！你有没有脑子？还质疑我？”

“大哥，我不是在问你谁揭发的，我只是想要确认一下产品质量！”

“没有质量问题！”

那负责人一下就把她电话挂断了，她赶紧让邹晓音她们几个别用了，然后用最快的速度把朋友圈以前发的宣传消息都撤销了，这都什么事啊，都没卖出去几片，先摊上了丑闻。

这一天，她没干别的，一直在刷网络消息，观望面膜丑闻事件。

到了晚上，消息实在压不住了，她咬咬牙，立刻把宿舍里的藏货全部扔了，幸好这面膜没人从她这儿买过，不然她这微商信誉值非要大打折扣不可。

眼看着这兼职算是干不成了，一时间又没有其他货源拿到朋友圈去卖，昨天刚给客户君打完游戏单子，暂时又没有代练工作，她只好让邹晓音帮她找找附近有没有什么咖啡厅、餐厅招人。

她烦闷地发了一条朋友圈：最近太倒霉了！

几个好友纷纷关切地评论问她怎么了，她懒得回，直接关机。

晚上，她觉得心里烦闷得要命，想出去找家酒吧喝上一口消消愁。

有的时候她觉得自己挺可笑的，她这个人的格局就这么大，不过就是丢了一份兼职，就感觉这个世界黑暗得可怕，命运似乎从来都没有眷顾过她，经济压力让她变得容易失去安全感，失去那些她本该看重的所谓女人的优雅与大方，是现实一步一步将她逼近了世俗的圈子里。

她慢慢在马路边上走着，从远处传来一阵摩托车飙车的声音，她心里正愁生计呢，连这动静都没注意到，远处有人大声喊：“快躲开！我停不下来了！”

她一愣，扭头一看，一辆疾驰的摩托车向她驶过，她吓了一跳，赶紧躲开，但还是不小心擦着了一下，打了个趔趄，摔在了马路上。

远处轰隆隆的飙车声渐渐停了下来，她揉了揉胳膊肘，疼得厉害，应该是哪儿脱臼了，她今天怎么这么倒霉？

没一会儿又听见有摩托车驶来，她站起来想骂人，却发现浑身疼，再抬头一看，摩托车停在自己身边，从上面下来一个男人：“你没事吧？我送你去医院！”

“马路上不允许竞速飙车，你不懂吗？”梁好急了。

男人一脸歉意：“这不是晚上了，我见没人嘛。对不起，我马上送你去医院。”

梁好被这飙车男送到医院后，做了一次全身检查，左手臂脱臼、擦伤，医生建议上夹板，左边太阳穴擦伤，缠了绷带，再出来的时候，她形似木乃伊。

飙车男正在窗口缴费，梁好残着半边身子，姿势怪异地几步跨过去，飙车男扭过头来的时候，她决定淑女点：“谢谢你帮我付医药费。”

刚才她疼得厉害，没仔细看，这飙车男长得……挺不错的。

“别这么客气，是我对不住你，医生说什么了？”

“没什么大事，就是建议戴两天夹板。”她表情很平静，内心掀起了一股巨浪。

飙车男这桃花眼一弯，她半个魂都要没了，她恨自己太年轻，经不住纷乱世界的诱惑。

“那就好，我送你回家吧。还有，这是我的联系方式，有任何情况随时联系我。”飙车男递给她一张名片。

她接过来一看，飙车男叫凌霄，但是没有公司地址和职位，就一个手机号。

凌霄送梁妤回到学校，刚好赶上门禁时间，梁妤快步冲进去，门一关，她扒住栏杆对着校外的凌霄道：“你有……那个啥吗？”

凌霄纳闷：“什么？”

梁妤隔着栏杆对着他比画了一个吸烟的姿势。

凌霄一怔：“你抽？”

然后他拿出一支，从栏杆缝递过去，还提醒她：“你不怕被老师看到？”

梁妤哪管得了那么多，她今天实在心情郁闷，没喝上酒还不能尝尝烟吗，不都说这是消愁利器吗？

她拿着烟转头就走，就像偷了糖的小朋友一样。

凌霄比她还操心，又喊住她：“女孩子家的抽什么烟？多不好看。对了，打火机送你了。”

她笑笑，接过打火机来，冲他摆摆手。

梁妤在校园里找到了自动贩卖机，实在不行，只能凑合喝自动贩卖机里的水果酒了。

此时此刻的她，就是一个在孤寂的月光下，佝偻着背，残着半个身子，塞硬币买酒喝的可悲人士。

买完酒了，她才发现一只手使不上劲儿，拉环拉不开……

她气得一把将酒扔了，翻出那支烟和打火机。她根本不会抽，猛地吸了一口，半个肺都要被她咳出来了，她又气得把烟和打火机扔了。

这哪是借酒借烟消愁啊！这分明是给自己添堵！

她有气无力地躺在小花园的长椅上，看着旖旎月光发了一会儿呆，本想吟诗作赋，借月抒怀，半个小时后，发现自己没这个才华，起身回了宿舍。

没想到这一幕又成了校园新闻的头条。

第二天的计算机系教室，个个收到了一份最新的报纸，配图是她脑袋缠着绷带、吊着一只胳膊、佝偻着背看着月亮的侧影。

标题是：少女身残志坚，借月抒怀，但求一举成为再世李白。

记者：张韬。

……

“张韬！我今天跟你拼了！”此时，梁好刚上完早上第一节课，下了课，她扒着门，张牙舞爪地要出去找张韬算账。

邹晓音她们几个赶忙把她按在门口：“你都这样了，还不好好休养啊！”

“怎么我干什么都有他的事儿？气死我了！他大半夜不睡觉，举着部照相机满操场溜达是不是有病啊？”梁好愤愤道。

一群人在门口正闹着，隔壁班的门一开，走出来一个人。

梁好愣了一下，安分了。

陆竞骁双手插进口袋，腿长，两步就走到了她们班教室门口，同学们陆陆续续地下课，见陆竞骁面无表情地立在自己班门口，女生们花痴地看着他，舍不得离开。

梁好没理会他，准备继续去新闻部找张韬算账。

陆竞骁忽然开口了：“我家床单呢？嗯？”

……

全场石化。

梁好真的是本能的，下意识地立马捂住了自己的包，坏了！昨天被凌霄搞得都忘记把床单从包里拿出来了！

陆竞骁一眼锁定她欲盖弥彰的包，伸手就抢了过去，拉开一看，果然在，他愤怒地抖出来，瞪着梁好：“见过偷钱的，没见过偷床单的，你变态吗？”

就在他抖床单的那一刻，包括梁好在内，周围围观的同学一眼就看到了床单上的那血迹……

这回真的是跳什么河都洗不清了！

此时，陆竞骁也不经意瞟到了床单上的血，当时就愣了。

全场安静，没人敢说话。

也不知道是哪个八卦女最先反应了过来，开口道：“天哪，陆竞骁跟梁好竟然已经……”

说完，此女赶紧闭上嘴，一溜烟跑走了。

天大的误会啊！

陆竞骁也反应过来了一切，难怪昨天早上这女人那么慢，原来是……但是现在在别人眼里貌似是另一个版本了……

陆竞骁面无表情地甩手把床单重新扔进梁好怀里，扭头就走。

“好啊，你还不承认！”邹晓音大喊道。

梁好闷着头把这两个八卦女赶忙拽走了。

三个人跑到楼梯间，梁好一通解释，两个人才相信，欢欢贼兮兮的：“完了，完了，这下你可出名了，陆竞骁刚进大学那会儿就不知道被多少人盯上了，现在你还在人家家里睡了一觉，想洗白都难！”

邹晓音拍拍她的肩膀：“自求多福吧，少女！”

梁好眼下愁的不是这种破事儿，她急得蹙眉：“你们俩先帮我找份兼职做好吧？”

邹晓音这才想起来梁好拜托她的事情，赶忙翻出一张海报：“这家小酒馆最近在招人，你要不要去试试？”

梁好不管三七二十一接过来，扫了一眼地址就决定要去试试了，她不能断了收入来源。

中午时间，梁妤让邹晓音带饭给她，她自己在屋里搜面试技巧温习。

食堂通常都是这个学校最好的消息情报网聚集地，刚到饭点，一群人蜂拥而入，计算机系的一些人叽叽喳喳地议论某两个人疑似春风一度的八卦。

陆竞骁难得来学校食堂吃饭，一般这种高岭之花都是去校外高档餐厅的，所以邹晓音排队买饭的时候，偶然看见身后面无表情盯着自己看的陆竞骁时，吓得饭卡差点没甩出去。

“你好啊！”邹晓音笑了笑，打了声招呼。

“好。”陆竞骁比邹晓音高一个头还多点，再加上面无表情，居高临下地盯着她，她瞬时感到了一阵压迫感。

“来吃饭啊！”她尽量保持气氛不尴尬。

“不然？”陆竞骁挑眉。

邹晓音也觉得自己挺傻的，索性笑笑，回过头不再说话，没想到后背被一只大手按住了，她吓得一激灵，扭过头一看，陆竞骁盯着她，像审犯人一样，语气低沉：“她手怎么了？”

邹晓音眨眨眼，愣了一会儿才明白过来陆竞骁是在问梁妤怎么缠着绷带去上课，她如实回答：“昨晚她不小心被一辆摩托车撞到了，不过没什么事。”

听她说完，陆竞骁勾起嘴角，按在邹晓音肩膀上的力度微微加重了一些，他明明是在浅笑，邹晓音的冷汗却被吓出来了。

“不要告诉她，我问过你。”

邹晓音咽了咽口水：“我……我知道了！我对八卦不怎么感兴趣的！”

陆竞骁收回手，继续面无表情地立在后面。

这时，刚好轮到邹晓音买饭，她只想买完饭赶快走人。邹晓音刚要拿着饭卡往前面感应器上刷钱，可身后一只手比她快了一步，越过她，“嘀”的一声刷完了，她回头一看，陆竞骁收回自己的饭卡，淡然道：“封口费。”

她感激不尽：“谢……谢谢！我保证不说！”

邹晓音为了躲避可怕的陆竞骁，干脆选择打包回宿舍吃……

当晚，梁好就去了小酒馆面试。六点刚开始营业，酒馆一楼没什么客人，她拿着海报找到一个服务员就问：“您好，我是来应聘的。”

服务员了然，领着她到吧台后找到了领班：“我们小老板还没来，这是我们领班苏姐，你找她吧。”

那苏姐一看她，啧啧两声：“履历呢？”

梁好转转眼珠：“我还是大学生。”

苏姐赶忙摇摇手：“不行不行，大学生不要。”

“别啊，您这不是急缺服务生吗？我学校就在这附近，来这儿方便，也好帮人替班。”梁好道。

苏姐一把年纪了，就见不得年轻漂亮的小姑娘，有意让梁好知难而退，眯起眼道：“小姑娘，咱这小酒馆虽然说就是客人们来喝酒的，可是你知道是什么人来吗，不害怕啊？”

梁好哪里管得了那么多，干脆道：“您就给我一个机会吧，大不了先试用一个星期？”

苏姐不耐烦地开始往外轰人：“不行，不行，你看你这儿还缠着绷带，能不能干粗活都不知道，再说了，前些日子已经来一个了，现在不要了！”

梁好正被苏姐往外面轰，到了门口就撞上了一个人的胸膛，梁好趔趄一下，抬头一看，愣住了。

“小老板，您今天来得够早啊！”苏姐立刻换上笑脸。

“嗯，没什么事就来了。”凌霄眯眯眼，浅浅笑了一下。

“你是这儿的老板？”梁好瞪大眼，惊得表情僵硬。

凌霄看到她的时候也是一脸惊讶，他抬头问苏姐：“这小姑娘怎么了？”

苏姐又换上一脸不耐烦："嗨，大学生来兼职的，我看她细皮嫩肉的肯定干不了重活，就想轰她走。"

"你来应聘？"凌霄低头看她。

梁好点头，也不知道这深藏不露的大哥能不能通融一下。

凌霄抿唇一笑："当然没问题，不过你胳膊还没好，休息几天再来？"

苏姐一愣，这是开的哪道门啊？她家小老板就是这点不好，太好说话！

梁好喜上眉梢，连忙点头："好，好，我拆了夹板就来，每天六点上班是吧，我正好五点下课！"

凌霄迈步走进去，冲她招招手："来，请你喝饮料。"

晚上七点钟的时候，凌霄换上普通的工作装跟其他员工一起当起了服务员，一点架子都没，还笑容可掬地给每桌的美女送了一束玫瑰花。几个女孩子笑得花枝乱颤，直往他上衣口袋里塞名片。这家伙眯着眼睛，如沐春风地笑了笑，也没拒收，看样子像一个情场老手。

梁好看着眼前他亲自调的饮料，五彩缤纷的，叹气："有钱人的人生就是华丽。"

她正愁着呢，凌霄走到了吧台前，一边擦酒杯一边问她："怎么了，你的手臂还疼吗？"

梁好摇摇头："没事。怎么样，刚才几号桌的美女入了你的法眼？"

凌霄笑笑："你胡说什么呢？要是我当面拒绝人家，下回谁还来？"

梁好想想也是。

"对了，我们店里有几个常来的熟客，那些男人都是背着老婆在外面乱来惯了，要是你碰上了，小心点。"凌霄一板一眼地道。

梁好心里有数，点点头："我知道了。"

"怎么样，上次借你的烟好抽吗？"凌霄又恢复一脸笑容。

梁好摇头："别提了，我不会抽，猛吸了一口，半个肺都要咳出去了。"

他笑出了声："原来你不会抽啊，女孩子家的别沾烟酒，不好。"

又聊了一会儿，酒馆来了位美女，点名要找凌霄，梁好见那位红衣美女身材傲人，五官精美，眼角还有一颗泪痣，在这个五彩缤纷的夜场里更显妖媚。

她偷偷往角落里瞄了一眼，二话不说，颤抖着身体就扑进了凌霄的怀里。

凌霄皱着眉头，礼貌性地将美女从怀里推了出去，说了几句话后，美女哭得梨花带雨，转身就走了，留下一阵浓郁的香水味。

得，看样子是单相思，还没一个结果，梁好不免替美女哀怨了两声。

结账的时候，梁好刚掏出钱包，凌霄就止住了她："说好了我请你的。"

"别，我这一愁，不知不觉喝了四五杯。"

"行了，我还不小心撞了你呢，当是赔罪，你回学校小心点。"

梁好心里挺感激的，起身冲他摆摆手："我拆了夹板就来！"

晚上，她发了条朋友圈：最近遇到了一个不错的人，长得又帅，嘿嘿！

一群八卦女评论：谈男朋友啦？

某人看到她发的这条朋友圈后，极其不爽，打了字又删除了，最后直接关机。

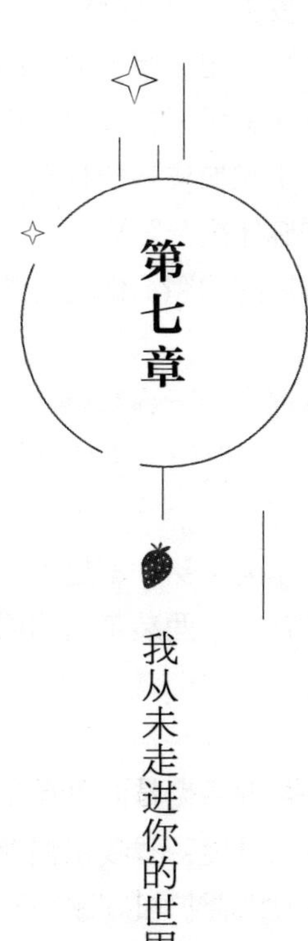

第七章 我从未走进你的世界

周末，梁好和梁岩约好一起回家陪叶青，梁好去医院拆夹板，耽误了点时间，好不容易快到家了，梁岩一个电话打了过来，语气有些急躁："你回学校去，先别回家。"

梁好一听这声音就知道出了事，急忙问："出什么事了？"

"别问了，你别回来就是了！"梁岩说完就把电话挂了。

梁好哪能回学校，干脆加快脚步赶回了家，刚到门口就听见梁岩扯着嗓子喊："你说什么？"

"我只是来传达梁总的意思，你没必要对我有什么不满。"一个陌生的男子声音。

梁好心里一颤，蓦地生出一阵寒意。

她两步跨进家门，只见叶青面无表情地端坐在客厅沙发上，看见她时，眉头微微一蹙。

梁岩瞪了她一眼："死丫头，不是不让你回来？"

站在他们面前的还有一个西装革履的男人，面容冷峻："这是梁总的女儿吧？"

梁总？听上去怎么那么好笑？

"你是谁？"梁好带着警惕看向男人。

那男人的语气没什么温度："我是梁总的助理，今天来是想替梁总跟叶女士谈谈儿女的监护权问题。"

梁岩冷哼一声，眼底的寒光渐渐显露："监护权？终于舍得出来离婚了？这几年不是玩消失吗？"

助理解释："梁总以前的事情我并不了解，这几年梁总创业比较辛苦，大部分的时间都在公司里。"

叶青一直坐在那里，没有表情，也没有说话。

梁岩逼上前一步，眯起眼睛看着助理道："你不了解，我告诉你，你家梁总四年前骗了我妈把房屋抵押给了银行，结果他拿着一大笔贷款钱和家里所有值钱的东西消失了，现在是我们每个月在替你们梁总还债给银行！”

助理沉默，没说话。

“要是没那笔贷款，你们梁总哪里来的创业资金，你哪里来的工作？”梁岩继续逼近他。

“我也是替梁总打工，他的家事我不想过问，今天来就是想问问叶女士，可不可以协议离婚，之后把梁岩交给梁总抚养。”助理的语气依旧冰冷，这句话仿佛是从一台机器人的口中说出。

然后，家里死一样的沉寂，梁岩极速地瞟了一眼梁好。梁好站在那里，感到浑身冰冷，她咬了咬下唇，想要稳住轻轻颤抖的身体，情不自禁地，她的指尖已经嵌到了掌心里。她想要掐出一个印子，好让那股疼代替心里的酸。

“梁总的意思我已经传达了，如果叶女士有任何疑问可以随时联系我。”助理说完，便离开了家。

过往的日子在脑海里模糊成一片，梁好已经快要想不起来梁帆的样子了，她只记得小的时候，叶青和他在家吵得翻天覆地，每到这个时候，梁岩就拉着她跑出去。

有一次，寒冬将至，窗外飘起小雪，她想不起来当时父母为何吵架了，只记得梁岩帮她穿好外套，围上围巾，然后拉着她的小手跑了出去。

两个人漫无目的地在大街上散步，渐渐地，雪越下越大，寒风裹挟着雪花吹来，似锋利的刀片在脸上割着。两个人冻得发抖，干脆跑到附近的小花园里，挤一挤，躲在了小朋友玩的滑梯底下，等雪停。

梁岩拉着她的一双小手放进了自己口袋里，问她：“冷吗？”

梁好摇摇头，懵懵懂懂的她终于问了一个沉重的话题：“哥，爸妈会离婚吗？”

梁岩瞬间愣住，他没想到自己的妹妹竟然一夜之间长大了，他揉了揉她柔顺的头发，露出一个笑容：“傻丫头，说什么呢，当然不会了！”

“真的吗？”梁好似乎信了。

“你还小，不懂，其实每对夫妻都这样的，天天吵来吵去的。”

“那为什么大人们还要结婚啊？”梁好皱着眉头，一脸认真的模样。

“因为爱情啊！”

“爱情是什么？”她歪头。

梁岩叹了一口气，又揉了揉她的头发：“等你长大就懂啦！”

后来，梁好长大点了，叶青和梁帆依旧争吵不断。

那天，梁好在卧室里又问了梁岩一遍：“哥，爸妈会离婚吗？”

梁岩凝视着她，知道终于骗不了这个丫头了，神色疲惫地道：“会吧。”

从那天以后，梁岩说他们会离婚，她再也没对自己的家庭抱有任何希望，干脆就让结局平静地来临吧。

梁好还开玩笑般问过梁岩：“如果爸妈真离婚了，你打算跟谁走？”

梁岩瞥了她一眼：“这不废话吗，我当然跟我妹走！”

梁好哈哈大笑，扑过去，在梁岩怀里撒娇，撒着撒着就哭出了声。

梁岩抱着她，无声地叹气。

梁好一边哭一边闹：“哥，你不能跟我分开，万一爸爸把你带走了，我怎么办啊？”

“哥不走，一直陪着你，哥还等着你嫁人、生娃呢。”

那个时候，他们都小，因为安全感的缺失，让他们更加依赖彼此。

父母紧张的关系让他们就像站在一张摇摇欲坠的网上，随时等待坠落的那一秒，每天都过得心惊胆战。

可是，没想到两个人等到的不是父母离婚的消息，而是梁帆消失了，带着家里所有的财产，还欠下了一笔贷款。

如同灭顶的日子让梁好变得固执、叛逆，她用尽所有的办法来表达着对命运、对世界的不满，可到最后遍体鳞伤的是她自己。

闹够了，折腾够了，在她短暂的青春里，再也没有什么可用来当赌注的了，也是因为知道叶青的脊椎炎疾病，她终于肯收心，步入正轨，坚强地面对未来。

梁帆的助理走后，叶青把梁好和梁岩叫到身边，梁岩怕梁好难过，想要故意支开她，叶青却道："梁岩，你妹妹已经成年了，很多事情，逃避不能解决任何问题，让她坐下来一起听，你不要总是一直保护她，这样她永远长不大。"

刚才那一阵风呼啸而过后，梁好的心里早已平静如死灰。

"梁好，刚才你也听到了，梁帆想要你哥的监护权，他现在创业了，不能后继无人，所以很可能协商不成就要请专业律师跟我谈。"叶青平静地说着。

梁好点头，故作轻松："我知道，没想到我们家还真有'王位'要继承啊！"

"梁岩，你怎么想的？"叶青转头看向梁岩。

梁岩冷笑："我都多大了？我成年了好吧？根本涉及不到监护权、抚养权的问题，况且我用他抚养？他以为自己是谁？"

叶青浅浅笑了一声，心里的大石落了地。

晚饭过后，梁好跑到梁岩房里问话，梁岩跟没事儿人似的还在那儿打游戏，见她来了瞟了她一眼，没说话。

"哥，我有要紧事。"

"你说吧，我听着呢。"梁岩头都没回。

"你不会……因为他那边比较有钱就……"

“你把你哥想成哪种人了？他有一个亿跟我有什么关系？”梁岩瞪着眼看她。

梁好吸吸鼻子，心里酸酸的，她扑过去搂住梁岩：“哥！”

“行了行了，八十了还撒娇，一边玩去！”梁岩不耐烦地搡开她，继续打游戏。

梁好刚要走，梁岩想起什么似的又叫住她：“对了，庞猛那帮小子在学校里好久没出现了，估计是上次给打怕了，不敢跟我叫嚣了，哈哈！”

庞猛就是上次被梁好用砖头拍进医院那细眼男，想起细眼男那事儿，她心里一激灵，那男的该不会是让她一板砖拍死了吧？

梁好吓了一跳，赶忙跑到自己房间，找到手机给某人发了一条微信。

陆竞骁周末这两天一直在陆震一的公司里加班开会，晚上会议还没结束，他早已有些不耐烦，刚要走人，手机进来一条微信。

梁好：在吗？

陆竞骁看着手机屏幕，沉默半天才回复，就一个字：说。

梁好这边隔着屏幕仿佛都能看到陆竞骁那张臭脸，她回复：上次躺医院里那男的没事了吧？没死吧？

陆竞骁：没死，要求赔偿，给了五万。

梁好从床上蹦了起来，气得她一个电话打了过去。

会议室里陆竞骁的手机铃声突然响起，陆震一皱着眉头低喝：“关了！”

陆竞骁拿起手机就往会议室外走，理都没理他。

“你！”陆震一刚要骂人，坐在一旁的秘书赶紧稳住了他。

陆竞骁站在会议室外的走廊，一只手插进西裤口袋里，一只手接起电话，依旧一个字：“说。”

“你怎么能赔钱？五万啊！”梁好替他心疼。

“不然公了？你要去警察局接受笔录？”陆竞骁反问。

梁好顿时没了气势，她知道是自己惹得祸，咬了咬牙果断道：“我会还你钱的。”

“不用。”

“不行，事儿是我惹的，他脑袋也是我砸的，不能让你赔钱。”

“说了不用。你还有事吗？”他蹙起眉头。

梁好的心微微一颤，空气忽然间安静得可怕，她不知该说些什么好了，干脆道了一声谢，挂断了电话。

陆竞骁回到办公室，刚打算收拾东西回家，陆震一的秘书敲门进来，有点着急：“小陆总，陆总还在开会，这份文件麻烦您帮忙代签一下。”

陆竞骁眉头一蹙，接过来浏览了一遍，原来是陆震一新谈下来的电竞队伍。他对陆震一的项目没什么兴趣，刚想随便签个字回家，笔尖一顿，倒回去一看，有一个人身份证上的照片有些面熟。

这时，阿光匆匆忙忙跑了进来：“少爷，少爷！没想到被梁小姐拍伤那男的是电竞队的，还跟梁小姐她哥哥有过节！”

陆竞骁把手里的文件拿给阿光看：“是不是这个人？”

阿光一愣：“对啊，这不就是那个庞猛吗？”

没想到陆震一要签的队伍竟然是他们！陆竞骁把文件塞回秘书手里：“不签了。”

秘书眼看他要走，急忙拦住他：“小陆总，别为难我啊！”

陆震一刚开完会，看见陆竞骁在门口等他，他有些惊讶：“你这个臭小子，居然没走？”

陆竞骁一脸严肃：“你要签的队伍，我不同意。”

陆震一挑起眉毛：“你不是对我的事业一向没兴趣吗？”

“这支队伍前些日子刚输给另外一支业余队伍，你确定这种水平的你也要花钱培养？”陆竞骁质问道。

陆震一表情凝重了起来：“你怎么知道的？现在培养电竞队

伍这个项目还只是试水阶段，他们能给我带来多大的创收还不确定，况且也是廉价购买。”

“那还不如直接聘用赢了的那支业余队伍。”陆竞骁提议。

陆震一表情欣慰：“行，只要你肯帮公司料理事务，你想怎样就怎样。”

陆竞骁刚要走，陆震一叫住他：“等等，你既然已经决定了要去加拿大找你妈，那么在你走之前多帮忙处理公司的事情……还有，有空多回家陪我吃饭。”

陆竞骁的心顷刻柔软了下来，他没回头，声音很低：“好。”

晚上，他回到自己的公寓，看着桌面上的移民材料，又从钱包里翻出了一张照片，小心翼翼地摩挲着光滑的表面，照片里的时光在他的脑海里反复重现，他实在有太多不舍。

高三毕业那年，高考结束回校估分那天，班长哭得眼睛红肿，他提议拍张合影，女生站在前面，男生站在后面。陆竞骁面无表情地站在中间那排靠左的位置。前一排的几个女生为了抢着站在陆竞骁的前面一个个推搡着，差点打起来。梁妤本来刚好站在陆竞骁的正前面，被旁边几个女生一推，跑到了最左边。几个女生还在争抢中，班长一边哭一边不耐烦地嚷嚷：“你们几个女生快站好！”

就在班长倒数喊数的时候，陆竞骁长臂一伸，把最左边的梁妤生生拉了回来，大手扣住她的肩膀固定住了她，她还没来得及反应，快门一按，一张毕业照产生了，唯有她的表情带着惊愕。

毕业照照完后，很多同学为了纪念自己的青春，掏出手机把教室的各个角落拍了个遍，有黑板上的画、窗台上养的花、后面的英语角、讲台上的座位表等等。

还有人提议在板报上贴上自己对于高中三年的秘密心事，好多人在那天都告白了，也有很多人被告白了，每个人的心里都住着一个最纯最好的人。

梁好凑过去看着同学们的恋爱告白，心里一阵感慨，翻出便条写了一行字也贴了上去：或许，我从未走进过你的世界。

“我？”

身后突然响起一声疑问，梁好被吓了一跳，扭头一看是陆竞骁，她解释：“不是，我说的是数学。”

陆竞骁：“……”

陆竞骁冷笑一声，转身就走。

梁好叫住他：“你不写点什么吗？留个纪念啊！青春就这么一次！哪……哪怕……”

梁好的后半句没喊出来，其实她是想说：哪怕写一写关于我的事情也好啊！

陆竞骁理都没理她，冷漠地走出了教室。

梁好看着他的背影，心里的温度慢慢下降，那个时候的她以为那是他们最后一次见面，同桌三年，风风雨雨，最美的记忆都留在了那短暂的三年里，因为有他。

午后的阳光洒在教室里，某一处阳光极盛，那个地方刚好是陆竞骁和梁好的座位，安静的走廊里没一个人，大家终于说了再见，从此以后各奔东西。

大家都走光后，陆竞骁又回来了，他轻轻拉开教室的门，走进去，翻出手机拍下了唯一一张照片——他们的课桌。

之后，他们到学校交志愿表，梁好怕陆竞骁去得早、走得也早，所以她一大早就去了，第一个到的教室。她坐在自己的位子上，摸了摸充满划痕的课桌，心里惆怅了起来。

过了一会儿，同学们陆续到了教室交志愿表，她终于等来了陆竞骁。

陆竞骁自然而然地坐在她旁边的位子上，开口就道：“你的志愿表。”

梁好愣了神：“啊，怎么了？”

“拿来。”

她糊里糊涂地从包里翻出志愿表递过去给他：“你要干吗？”

“抄。”说完，他便拿出自己空白的志愿表对着梁好的那份原封不动地抄。

“抄……抄……抄？”梁好惊得瞪大眼。

陆竞骁没再理她，自顾自地抄完之后，交给了老师，扭头就走。

梁好双手捂住半张脸，心脏怦怦跳个不停，她在心中呐喊：不会吧！

陆竞骁走出教室，从后门经过的时候往里面看了一眼，某人正红着脸坐在原位愣神，他勾了勾唇，心里想：有什么好纪念的，反正以后一直在一起。

周一早上，梁好刚到学校就被孟惜月堵在了校门口，原因很简单，床单事件让孟惜月被谣传误导，以为她和陆竞骁好上了。梁好脑子转得飞快，看了孟惜月的表情就大概明白了：“孟同学，好久不见，事情不是你想象得那样！”

孟惜月倒也爽快，干脆道：“梁好，别跟我绕弯子，公平竞争，我孟惜月不是输不起的人。”

“你赢了！你赢了！”梁好说完就想绕路走。

孟惜月一把将她拉回来：“你和陆竞骁到底是不是男女朋友？如果你说是，我从今天起就要拿你当情敌了！”

“我们俩真的不是啊，谣言不能信啊！”她急得都快哭了。

“好，既然你说不是，那你帮我一个忙吧，劳务费不差你的。”

听到有钱拿，她立刻严肃起来：“你说。”

“帮我偷点陆竞骁的私人物品，我想收藏。”

“私人物品？你指的是？”

“随便你能拿到什么，纽扣、领带啥的……”说着，孟惜月脸红了。

梁好傻了。

她被吓得飞一般地跑走了。

她匆匆回到教室，刚坐下来发现安冉又不在，连忙问邹晓音她们："安冉又翘课？"

"她说她不舒服。"邹晓音摊手，一脸无奈。

她刚想给安冉发条微信问问，就看见孟惜月的微信进来了：五千块。

她眼睛一亮，心里犹豫起来，孟惜月不是真的要她去把陆竟骁的东西搞来吧？打死她也不可能啊！

她纠结了一天，下午下课时，她才想起来晚上要去凌霄的酒馆打工，赶忙收拾好东西往小酒馆奔。

刚开始的一个小时由苏姐带着她熟悉环境和教她最基本的一些工作，她一听就会了，点点头，充满干劲地撸起袖子先把所有桌子擦了一遍，又把地拖了一遍，正忙活着，和她一样在这儿打工的阿慧凑过来小声对她道："别傻兮兮的了，小老板还没来，你这么用功给谁看啊？"

梁好愣了一下："我又不是给他看的，这是我的工作啊！"

阿慧翻了一个白眼："得了吧，咱们小老板哪看得上咱们这种清汤挂面啊，你死心吧！"

梁好无语，没理她，继续拖地。

一直到晚上八点钟都没见凌霄露面，梁好一阵好奇，环顾了眼四周。

阿慧又凑了过来，一副"果然如此"的模样："别看了，小老板今天不来了！很失望吧？"

梁好微笑着看着这个八卦女："不要以为你稀罕的别人也稀罕好吗？"

阿慧被戳穿心事，脸一红，咬咬牙忙自己的事去了。

夜场来临，小酒馆的所有灯光都暗了下来，前台有一个驻唱歌手在弹奏着吉他，声色忧郁撩人。

没过一会儿，迎门来了几个人，看样子是熟客，刚进来就径直走到一个角落里，阿慧一脸谄媚地跑过去招待。

梁好正在吧台学习调酒，突然听到坐在那儿的几个人大声嚷嚷："安安啊，好久没见了，你快喊她出来！"

阿慧笑吟吟的："安安今天晚点来，您看您先喝点什么？"

原来这几个人就是凌霄说的那些不正经的熟客，没想到她第一天上班就碰上了，她尽量避开那些人，跑到远一点的地方打扫卫生。

那些人连续点了不少好酒，每次上酒，梁好都借机上厕所或者打扫卫生躲过了。

苏姐见她挺勤奋，也没多心，就一直让阿慧帮忙上酒。

那些人喝得差不多的时候，梁好往那边一看，座位上多了一个穿着黑吊带长裙、披着鬈发、身材妖娆的美女，美女背对着她在一杯杯地敬酒，看样子有说有笑的，很是开心。

房顶的霓虹灯一闪一闪的，她站在远处看不清，但总觉得这人的背影有点熟悉，她一阵好奇，慢慢走过去想看个清楚。

刚走到一半，手臂被人一拉，她吓了一跳，再看是苏姐边瞪着眼看着她，边往另外一边拉她："来客人了，阿慧忙着招呼一号桌呢，你过来给客人点餐，推荐一下酒水。"

她应了两声，刚要过去，苏姐又拉住了她："等一下，要不你换一条裙子吧。"

梁好愣了："换裙子干吗？"

"酒托你懂吧？"苏姐一脸狡黠。

梁好一秒内反应过来，正纠结着，苏姐风风火火地把她拉进了更衣室，门一关，大吼："快换上一条性感点的裙子，卖出去一瓶酒给你百分之十提成！"

她一听到有提成，立刻换上了更衣间准备的裙子，她出来后总感觉怪怪的。

她选了一条稍微保守点的过膝连衣裙，慢慢挪着步子，心里背着要推销出去的酒水单，刚走到二号桌旁，就听见一个熟悉的声音："我说这服务员怎么还不过来点餐啊？"

她愣了一下，透过幽暗的光线，就看到坐在靠外侧的是峰子，她不敢相信地往里面一看，被吓得立刻扭过头去。

峰子这时注意到了她，兴致来了："还有陪酒的？来啊！"

峰子一把将梁好拉了过去，梁好始终别着脸，企图不让自己的脸被里面的那位看见。她也不敢出声，怕被认出，就一个劲儿地往外挪。

峰子力气大，一把将她拉过去按在中间的位子上，她赶忙捂着脸。

峰子爱开玩笑，嬉皮笑脸的："嗨！别紧张，我们不会乱来的，你帮忙推荐几款好喝的酒呗？"

里面那尊佛爷始终面无表情，跷着腿，双手交叉叠在胸前，旁边坐下来一个长裙美女也无动于衷。

峰子凑近梁好，问道："美女，你叫什么名字？"

梁好捂着脸，不出声。

峰子觉得有点奇怪，又问了一遍："别害羞啊，叫什么名字？"

梁好气急了，咬着牙根，压着嗓音道："王翠花！"

旁边的陆竞骁眉梢一动，终于有了点表情，侧过脸来看着坐在旁边的女人。他第一时间就认出了她，带着怒气地伸手一把掀开她捂着脸的手。她被吓了一跳，胆战心惊地看了看他。他不可思议地凝视了她一会儿，转而大吼："你在这儿干什么？"

梁好索性也不躲了，看着他："我在这儿打工啊！"

"打工？打什么工？！你不是卖面膜吗？"他瞪她。

"服务员啊！"

"服务员穿成你这样？"陆竞骁挑眉。

"我……"

她一时百口莫辩，急得面红耳赤。

一边的峰子早就傻了眼，他刚要劝架，陆竞骁怒气冲冲地一把拉起梁好就要走，她被他拉得手腕生疼，用力挣脱时，不小心往后仰了过去，她心跳加速，就落到了一个怀抱里，扭头一看，竟然又是凌霄。

凌霄刚来就看见有客人在纠缠梁好，二话不说就来维护梁好。梁好被他抱在怀里，脸颊一热。

陆竞骁看着眼前这个男人，眼睛眯起来，嘴角透着一丝冷笑。

"这位客人，我们店是做正经生意的，不要为难我们的服务员小姐。"凌霄保持着礼貌的笑容。

"你们店的服务员都穿成她这样？"陆竞骁目不转睛地看着凌霄，眼神里透着一股凌厉。

"也许是她来晚了，忘了换衣服了，对吧，梁好？"凌霄笑笑。

梁好点头："对，我刚来。"

陆竞骁冷笑一声，重新坐回去，双手抱胸，目光犀利地盯着梁好："那我可以点餐了吗？"

"有事叫我。"凌霄拍拍她的肩膀，在她耳边小声道，那动作带着一丝暧昧。

之后，凌霄就去忙了。

陆竞骁看着凌霄的背影，目光冷冽。

"你……你点吧！"梁好道。

陆竞骁看都不看她，像大爷一样坐在那儿，伸出一只手："菜单呢？"

她扭头去拿，递给他。

陆竞骁一边翻看一边问："你们店最贵的酒是哪一款？"

梁好抿抿唇："我们店新进了一瓶 2007 年的 Petrus，您只是和朋友出来小聚的话，建议随便点点便宜的就好。”

梁好是真的不想坑他。

这话一出，陆竞骁却挑眉看着她：“怎么，你以为我买不起？”

“没没没！我绝对不是这个意思！”

“那就它了。”陆竞骁甩手把菜单扔在桌子上。

梁好目瞪口呆地看着陆竞骁，咽了咽口水，提醒他：“先生，那瓶酒我们店卖两万八。”

“怎么？”他一脸从容。

梁好凑过去，咬牙切齿地小声道：“我是酒托，你看不出来吗？不想被骗赶紧走！”

陆竞骁很淡定：“我偏不。”

这人怎么这个时候非要耍小孩脾气啊？！

这时，阿慧应付完前面那桌客人，见二号桌的帅哥是一个阔气的主，连忙笑嘻嘻地凑过来，想趁机把这单生意抢走，挤走了梁好，道：“你去忙别的吧，我来给客人推荐。”

陆竞骁冷冷道：“你走开，我就要她。”

阿慧当场觉得脸上臊得慌，瞪了梁好一眼就走了。

梁好抬头见一号桌客人竟然已经走了，心里还想着刚才那个黑裙女人眼熟呢，被陆竞骁这么一搅和，也没看见那人到底是谁。

“所以，你今天非要被我宰一顿才好，是不是？”梁好很严肃地问他。

陆竞骁没看她，命令道：“快上酒。”

“行，喝死你！”

梁好气冲冲地扭头就走，进了厨房。

凌霄正在跟厨子训话，看见她，问了声：“那个客人没再为难你吧？”

梁好摇头：“没，他点了2007年的Petrus，你放哪儿了，我拿给他。”

凌霄明显没想到，表情一怔，他抿唇一笑："你跟那个客人说，那瓶酒被我早买走了，就说是为了庆祝你今天第一天开工上班用的吧。"

"啊？"

梁好没明白过来怎么回事，就被凌霄赶了出去。

她重新走到二号桌，原封不动地说完那句话才反应过来，可惜，太迟了。

陆竞骁的表情沉了下来，似乎他下一秒就要掐死她一般："所以？"

"酒没了，你还不赶紧走？"梁好跟他使眼色。

谁能想到这凌霄在社会上混久了，看人功夫了得，几秒内就了解了陆竞骁的性子，果不其然，陆竞骁开口就道："我出两倍价，把酒拿来。"

"你傻啊！"梁好真的急了。

这时，凌霄笑盈盈地走过来道："还不帮客人把酒拿过来？等你下班，我再开瓶别的酒庆祝你开工吧。"

陆竞骁眯着眼睛看着凌霄，心里有如明镜，表面不动声色。

陆竞骁是明摆着被凌霄用计给坑了，梁好心里难受极了，明明坑的不是她，她却觉得心里堵得慌。

隔一会儿，陆竞骁又叫了两瓶白酒，她搞不明白他到底是跟谁赌气。

梁好好不容易挨到下班，陆竞骁却还没走，他跟峰子两人仰躺在那儿，面色潮红，两人都有点喝多了。

凌霄忙完事，走过来问梁好："我请你吃夜宵？"

梁好扭头瞪了他一眼："凌霄，那是我朋友！"

凌霄一愣，见她跑过去扶起两个人准备叫车。

凌霄还算义气，主动帮忙叫了车，付了车费。临上车时，他脸上带着点歉意："你早不说是你朋友。"

梁好坐在车里，不满地看着他：“你是不是就喜欢坑人？”

凌霄一脸无奈：“梁好，我是一个商人。”

梁好没再理他，关上车门，也不知道峰子家在哪儿，索性把两人都送回陆竞骁的公寓。

幸好，半路峰子醒了过来，看来他喝得比较少，迷迷糊糊地问坐在前面的梁好：“我这是在哪儿？”

“正好，你醒了，快告诉我你家地址，我先把你送回去。”梁好扭头道。

到家门口下车后，峰子扭头看她：“那个，你叫梁好是吧，谢谢你啊，要不留一个联系方式吧？”

梁好翻了一个白眼：“不留，回家去！”

她吼完就关了车门，出租车径直开走。

峰子挠挠头，小声嘀咕：“那么凶……”

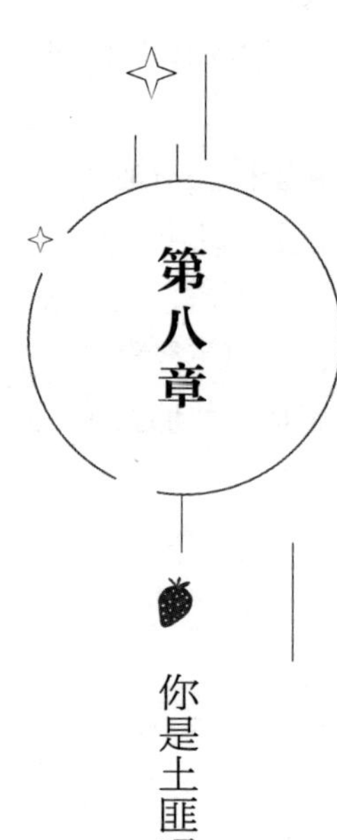

第八章

你是土匪吗

在回公寓的路上，梁好回过头看着陆竞骁的睡颜，安安静静的，一副纯良无害的模样，侧脸轮廓分明，英气逼人，这人不开口、不瞪人的时候多养眼啊，唉……

到了家门口，她费尽力气把陆竞骁拖到了楼上，一看手表，又过了门禁时间，她不禁叹了一口气。

把一个一米八几的汉子生生拖到了卧室的床上，她感觉自己肌肉都要被拉伤了，在客厅喘粗气歇了好一会儿，才去卫生间拿了条毛巾帮他擦脸，擦着擦着，她觉得自己不对劲了，手悬在空中，看着他微微蹙起的俊眉，心潮澎湃。

她起身，把被子帮他盖好，手刚收回来就被他一把抓住了，她吓了一跳，以为他装醉，再一看，他仍旧闭着眼，嘴里哼唧着什么，看样子是真的喝多了。她用指尖戳他的脸："逞什么能啊？你有钱了不起啊！"

"我舍不得你……"陆竞骁小声念叨着。

梁好没听见，趴在他面前，凑过去想再听一次，他却睡着了。

她抽出自己的手来，叹了一口气，此时电话响了起来，她怕吵醒陆竞骁，拿到客厅接，是邹晓音。

邹晓音声音很低："喂！你又不回来了吗？"

梁好也不知道该怎么解释，半天没说出个所以然。

"我知道你在陆竞骁家，不用解释，好姐妹无须多言！"邹晓音道。

不知道邹晓音怎么那么神一下子就猜到了。

"喂！不是你想的那样！"

"你和安冉都不回来了，我帮你们俩都跟宿管阿姨请假了，放心吧！"

"啊？安冉也没回去吗？"

"是啊，她说她家里有事，回去了。"

梁好挂下电话后，心里沉甸甸的，这么一提，她觉得今晚在酒馆看到的那个黑裙女人的背影很像安冉，可是安冉是直发，也许她们只是背影很像？

她一阵心烦，决定还是早点休息。她从陆竞骁的卧房里拿了床被子打算去客厅睡，临走前，见陆竞骁睡得安稳，像一个大孩子一样，她浅浅笑了一下。

被金钱驱使，梁好第二天一大早就约了孟惜月。孟惜月捧着掌心的衬衫纽扣，一脸惊异的同时还透着一股兴奋："你真的搞到了？这是陆竞骁的衬衫纽扣？"

"是。"

昨晚，她刚躺下，就想起孟惜月的委托，心想陆竞骁喝醉了，这不是一个绝妙的机会吗？

两人在学校附近的奶茶吧正进行不正当交易，孟惜月刚想微信转账给梁好，忽然想到什么，抬头看她："不对，你怎么能证明这纽扣就是陆竞骁的？"

她眨眨眼："这还能有假？"

"还有，你是怎么弄到手的？"孟惜月狐疑地眯起眼。

这话问得直戳梁好脊椎骨，太犀利了，她总不能跟孟惜月说自己昨晚住陆竞骁家吧？

她正想着说辞呢，奶茶吧的大门被推开，她下意识地抬头一看，嘴里的奶茶差点没吐出来。

陆竞骁两步跨过来，无视表情痴呆的孟惜月，看着梁好直接问："我衬衫纽扣呢？你是土匪吗？每次住我家都得偷走我一样东西？"

她是真的不太懂，为什么陆竞骁每次都能精准定位到她的地理位置？她都怀疑自己身上被他安了监控器。

“我……我没有啊！”梁好张口就否认起来，又想到孟惜月大雇主还在一边，哪儿能承认这纽扣不是从陆竞骁那里偷来的，真是……

“是……是我偷的！”她改口。

孟惜月哪还顾得上梁好，起身，一脸沉醉地对陆竞骁自我介绍：“嗨！还记得我吗？”

陆竞骁这时才察觉到旁边有人，侧目一看就反应过来了一切，包括她偷他纽扣的事，他冷眼瞪着梁好：“上次安排我们俩见面的也是你？”

梁好哑口无言。

孟惜月不死心，还要开口套近乎，话还没出，陆竞骁扭过头来，目光犀利，言辞狠辣：“抱歉，你不是我的菜，以后也不用费尽心思追我，更不用找你对面的这个女人帮忙。”

孟惜月一点也不恼，反而一脸崇拜，双眼迷离。

“再打我的主意，饶不了你！”这话是陆竞骁看着梁好说的，警告完，他扭头就走。

在那之后，孟惜月整个人都神神道道的，不知道是失恋后遗症还是什么。

然后，某一天深夜，她发微信给梁好：那天我没忍住又去找了他一次，他说他有女朋友了，我死心了，以前麻烦你了。

梁好见到这条微信后，心先是空了一秒，然后又被一阵微妙的酸楚感涨满。

那天深夜，她一个人孤零零地坐在宿舍电脑面前，开通了微博，起名“微笑浅浅”，写下了一句话。

微笑浅浅：原来你惦念的早就成为别人的人了，可是生活仍在继续。

梁岩跟她说过，人的一生中会有很多遗憾，不必拘泥过去，要微笑面对未来。

然而就是这位说着不必拘泥于过去的人居然被他初恋女神陶乐然一个电话就给叫了出去……

高中毕业后，梁岩再也没见过陶乐然，只是还深深地记着她的生日，送过一次生日礼物还是邮寄的。

临走前，梁岩在家换上了一身西装，还喷了半瓶香水。

梁好正好在家，看见这一幕时吓了一跳，忙凑过去："哥，你要去约会？"

梁岩故弄玄虚地沉默了一会儿，装得一副成熟而又深沉的模样："嗯。"

"男的女的？"梁好情不自禁地脱口说道。

"滚，揍你啊！"

梁好拉着梁岩的胳膊，不让他离开："你快说，你是要跟谁出去？！"

梁岩皱皱眉："大人的事儿，你一个小孩子瞎掺和什么？玩泥巴去！"

"妈！妈！我哥谈恋爱了！"梁好冲着厨房大叫。

叶青从厨房探出头，一脸淡定："谈就谈吧，你管他干吗？"

梁好瞪大眼："你不好奇是谁？他不告诉我！"

"别在外面过夜，我警告你。"叶青隐晦地提醒梁岩。

梁岩有点羞赧："不是女朋友！"说完就出去了。

梁好隐约觉得有什么不对劲，这么多年了，能让梁岩这么上心且方寸大乱的不就一个陶乐然，难不成是她？

两个人约在市中心的法式餐厅。

陶乐然穿着尽显身材的短裙套装，一双长腿夺去了餐厅内很多男人的目光，她装作没看见那些垂涎的目光，扬起下巴，带着笑容，高傲地走向餐厅一角。梁岩今天打扮得格外帅气，脱了学生的稚气，颇有一番成熟男人的韵味。

老实说，陶乐然见到他的时候，心有一瞬动摇，记忆里，梁岩还是那个有点痞气、爱冲动的少年，如今看起来大不一样了。

“嗨！”陶乐然大方地打招呼。

梁岩抬起头来，陶乐然的笑容夺目刺眼，那一刹那那个笑容仿佛将他带入了一个幻境，那里有他放肆疯狂的岁月和放荡不羁的青春。

“好久不见。”他声音低沉，尽量做到平静。

“谢谢你上次送我的生日礼物，我很喜欢。”陶乐然也一直保持优雅。

“不用客气，我请客，你点餐吧。”梁岩把菜单递过去。

陶乐然接过菜单一边慢慢翻看，一边说着：“没事的，一顿法餐而已，我来吧。”

就是这样一句简单的话，一副轻松的语调，梁岩刚刚还在怦然而跳的心脏忽然平静了。

他觉得胸口被吹了一股冷风，之后他的一腔热情和眷恋也被这股冷风无声地带走了。

“其实是这样的，我爸爸是投资公司的，最近他比较看好电竞市场，想找一个电子平台投入点资金，现在还在寻觅合作方。我知道你电竞方面挺擅长的，到时候我希望你能签约我们的合作方，成为他们的签约主播。”陶乐然微笑着说明来意。

梁岩勉强勾了勾嘴角：“原来是这样，等你们找到合作平台，我会考虑的。”

陶乐然有点惊愕，试图让自己的语气变得公式化，不带有任何感情色彩，好凸显自己的高高在上、遥不可及，没想到梁岩的态度比她更冷漠，她不免有点失望。

之后两个人也没提学生时代的往事，只是讲了讲未来的工作计划，临走时，陶乐然刚要翻出钱包结账，梁岩起身，冷冷地扫了她一眼，语气淡漠："我付过了，一顿法餐而已。"

然后，梁岩头也不回地离开了餐厅。

在那一刻，梁岩第一次有了这个念头，原来男人的尊严比一个自己喜欢的女人更重要。

他知道，陶乐然潜意识里瞧不上他，曾经她对他的喜欢也是建立在他们都还是高中生，没有步入社会，没有经受现实的拍打的基础之上。

如今他们都长大了，似乎都明白了许多。

那天梁岩回家后，梁好能看出来他貌似失恋了，旁敲侧击地问过他到底跟谁出去了。

梁岩仍旧不肯说。

梁好抿抿唇，有了一个想法："哥，你驾照考下来了吧？不如买辆车吧？我赞助你百分之五十。"

梁岩眉头一拧："买车干吗？"

"有助于你谈恋爱啊！"

梁岩揉了揉她的脑袋："行了，你先把欠银行的钱还上再说吧，别操心我的事了。"

梁好噘着嘴，心里却埋下了一颗继续奋进的种子，她觉得梁岩是世界上最好的老哥，他应该拥有最美好的爱情。

一时间，她觉得经济负担更重了，恰好这个节骨眼上，上次的大雇主小平头发了条微信给她：姐姐，还接单吗？有个新出的游戏，我没时间搞装备，市场上收的话太贵，你帮我一下，全套装备凑齐三千块可以吗？

梁好都没犹豫就立刻答应下来。

这个新出的游戏是很有名的电龙网游公司制作出品的，名叫《龙之翼》，梁好当天就下载客户端到自己的电脑上，登录小平头的账号开始工作。她大致浏览了一下游戏的属性和特色，一小时内掌握了大概的副本打法、升级捷径、装备获取方法，看来要凑齐小平头要求的装备需要不少的时间。

她耐下性子，慢慢打，每天在宿舍除了打游戏什么都不干。

邹晓音友善地提醒她："梁好，你的四级过了吗？"

梁好正沉浸在网络世界，脑子没反应过来，下意识地问了句："什么四级？"

邹晓音替她着急："英语四级啊！马上就要考试了！"

"哦……啊？"梁好扭过头来，一脸惊讶，"考试现在要报名了吗？"

"对啊！你还有时间打游戏，你不复习？"

她一慌，坏了！她完全忘了！

邹晓音又善意地提醒："快找几个英语专业的补补课，他们有答题技巧和历年复习题，很管用的！"

一提到英语专业，梁好竟然想到了刚刚失恋的孟惜月，唉，两人本来能成为不错的朋友……碍于某人的关系，她决定还是不求救孟惜月了。一想到那个"某人"，她心一沉，更郁闷了。

梁好看了一眼手里正操控着的小人，顿感悲伤，学业和事业两难全啊！

最后，她叛逆地选择了事业，放弃了这次四级考试，一心一意给小平头打装备。

邹晓音叹气："不务正业，网瘾少女！"

她充耳不闻，脑子里想的都是家里的债务和梁岩的车。

"对了，你那个小酒馆的工作怎么样了？"邹晓音问道。

想起凌霄，梁好心里有点堵，因为陆竞骁活活被他坑了几万块，她心里除了愤愤不平之外，还有点对奸商的不屑，本想着下次去打工碰见他要给他脸色看，提醒他以后做人厚道点，谁想到从那以后就没见过他。八卦女阿慧以为她对凌霄动了情，连忙提醒她：“小老板不总来的，别以为见到几次就觉得小老板是冲你来的。”

世上偏偏有这么一种爱没事找事的人，话里话外透着尖酸刻薄，仿佛刺痛别人是他们快乐的根源一般。梁好不是那种不理智的人，为了生存，为了工作，她实在犯不着因为一个不友好的同事选择辞职，她在一点点接受现实的洗礼。

“挺好的，怎么忽然问这个？”梁好问。

邹晓音撇撇嘴：“我想到我一个朋友在做游戏直播，做了两年积累了不少粉丝，月收入挺可观，想着问问你如果小酒馆做得不顺心不如试试做直播。”

梁好如醍醐灌顶，瞪大眼睛看着小财神邹晓音，急切地问：“啊？真的？哪个平台？”

“我忘了，改天给你问问。”

“好！”

梁好感觉生活又充满了希望和阳光，她在朋友圈发了一条求助平台的消息，心血来潮地又跑去微博也发了一条。

微笑浅浅：万能的网友们，求推荐一个好的平台，准备开始做游戏直播了。

她刚开微博不久，粉丝比较少，寥寥几条回复，她一一记录下来，准备好好调查一下平台背景，选择一家不错的。

调查了几天后，梁好发现各大直播平台的大神太多，动辄几十万、几百万的粉丝，要在这样强大的平台里闯出新的一片天地实属不易，斟酌之下，她反而想选择一个新开发的平台。

邹晓音都替梁好担心，她再这么玩下去非毕不了业不可。

下课后，邹晓音刚出校门就听到身后有人叫她，她扭头一看，立刻屏住呼吸，开启一级警戒模式。

陆竟骁正倚在校门口，修长的指间夹着一支香烟，另一只手插在风衣口袋里，样子有些懒散。

“您……您好！”邹晓音赶忙打招呼。

陆竞骁走过去，没什么表情：“她没报名参加四级考试吗？”

邹晓音点点头：“她最近挺忙的，这次考试就放弃了，你……你怎么知道她没报名？”

陆竞骁漫不经心地看着对面的街景：“帮老师整理计算机系的四级报名单。”

其实邹晓音早就察觉到了什么，但是她知道打死都不能说。

“她是不想毕业了吗？”陆竞骁带着怒气，挑眉看着邹晓音。

关于陆竞骁的事情，邹晓音早有耳闻，他刚进大学就得到各科老师的器重，大小任务都喜欢安排他去，本来选学生会主席的时候系主任推荐了他，谁知道这位有个性的少爷直接拒绝道：“不当，没空。”

学生会主席那可是多少官迷的向往，机会落到他头上，他倒好，直接拒绝了。

“她最近忙什么了？在酒馆打工？还有求助平台打游戏？”陆竞骁又问。

邹晓音连忙摇头表示一概不知。陆竞骁默默无声地看着她，她在闺密与性命间毫不犹豫选择了性命，又不打自招：“她最近接了替人打装备的单子，又开微博搞宣传，找新的直播平台做游戏直播赚钱，所以就没时间备考了。”

陆竞骁临走时，扭过头来，仍旧是表面上挂着浅笑，声音却异常冷：“老规矩，别告诉她，明天食堂请你吃饭。”

邹晓音有得选择吗？她只好连忙点头。

梁好在百忙之中抽出了一点时间来准备期末考试，在图书馆泡了一天，回宿舍的路上竟然撞到了安冉。她感觉有一阵子没碰到安冉了，高兴地凑过去打招呼：“我说你这几天怎么请假不在学校啊？”

安冉一直低着头走路，被她吓了一跳，抬起头后又瞬间低下头，遮遮掩掩的："有点事情。"

梁好一下子察觉到了不对劲，仔细看她的脸颊一侧竟然红肿了，连忙拨开她的头发紧张地问："你怎么了？谁打你了？"

安冉咬着下唇，拼命摇头，捂着脸就要走。梁好一怒，不由分说使出蛮力把她拉出了学校。

梁好带着她去了最近的一家医院检查脸上的伤，确认没大碍后，跑去帮她买了一个冰袋敷脸，帮助消肿。

两个人坐在医院前院的长椅上聊天，梁好一直都知道安冉的父母过世得早，她一直都住在舅舅家，从小被她舅舅带大，免不了受过不少她舅妈的白眼。

"你找你舅舅要下学期的住宿费，你舅妈不同意，一气之下就给了你一巴掌？"梁好都要气炸了。

安冉无力地点了点头，她只要一闭上眼睛，就是无穷无尽的噩梦，这几年，寄人篱下的卑微、忍气吞声的酸楚，她都饱尝了，她没有一天想要回到那个根本不属于她的家。可是除了舅舅、舅妈，她没别的亲人了，她还要活下去。她把学校的缴费通知单死死捏在手里，自嘲一般笑了。

很多事情她不想面对，却又不得不面对，终于，她站在门外，深吸一口气，推开家门，拿着缴费单给她舅舅看。

她舅舅刚想偷偷塞点钱给她，就被她舅妈看见了，那个女人当时就火了，冲过来一巴掌扇在她的脸上，叉着腰，怒发冲冠地吼着："你都上大学了还好意思找我们要钱？四年的学费我们已经给你交了，这当舅舅舅妈的已经仁至义尽了，你别得寸进尺，拿我们家当银行！"

安冉无声地倒在地上，这一巴掌把她的自尊心扇得粉碎，她想哭，却觉得在舅妈面前流泪非但得不到同情，还会迎来更多的羞辱。

"要住宿费是吧？自己赚去！"女人把缴费单撕得粉碎，扔在她身边。

安冉舅舅是一个“妻管严”，此时此刻见老婆发火也不敢出来维护她。

安冉冷冷一笑，起身就跑了出去，这个家她再也不想回来了，她一定要交了住宿费，这样她才能住在学校，离开这个家，远远的。

“除了住宿费，你还差钱不？”梁好听完后，心里万分沉痛。

这世上，不是每一个孩子都是幸福平安地度过一生的，真是悲伤千万种。

安冉抬头看了她一眼：“我需要两万块，除了住宿费还要买一些日常用品。”

梁好二话不说，翻出钱包来先是塞给了她几百块：“这几百块钱你先买你的必需品，剩下的钱我想办法帮你凑凑。”

安冉的表情有一阵木然，她低着头小声道：“谢谢你。”

“把你的卡号发给我。”

安冉摇摇头：“卡都在舅妈手里保管。”

梁好叹气：“那我凑现金给你吧。”

在学校的缴费截止日期之前，梁好向周围熟悉的朋友东凑西凑凑够了五千，差的那一万五千块，梁好又从自己打工的钱里面拿出三千，剩下的一万两千块只好找梁岩求救。

梁岩敏感得跟妇联主席似的，说什么也不借给她：“不行，你不告诉我你要去干什么，这钱我坚决不能给你！”

“都跟你说了，是我朋友交住宿费啊！我还你还不行吗？”梁好急了。

“你朋友缴费，你帮她凑钱？她自己没手没脚总有父母吧？”梁岩不信。

一时跟他解释不清楚，梁好脾气也上来了：“你快点借给我，后天就到缴费截止日期了！”

看她猴急，梁岩更担心了，眯起眼，狐疑地看了一下她的肚子。

梁好一开始没反应过来，等反应过来后破口大骂：“你以为你妹凑钱去堕胎？”

“不然你那么急干吗？”梁岩也急了。

梁好花了二十分钟给他讲了讲安冉的遭遇，他听了之后才勉强信了，借给了她钱，还嘱咐她：“叫你朋友给你写一张借条！别天天傻兮兮的谁都信！”

“神经病啊，那是我朋友，要什么借条！”

梁好风风火火地凑齐了两万块钱现金，还精心地用纸包好，正准备赶到学校给安冉，不巧下了大雨，她气得只想骂人。

无奈，她只能躲在马路边的餐厅门口避雨。她抱着两万块现金站在人来人往的餐厅门口，心里战战兢兢的，总怕不知道来一个什么人趁着雨大，视野模糊，把她手里的钱抢走。她觉得这样等下去不行，干脆不心疼打车费了，准备拦辆出租车去学校。

一辆黑车在她对面的马路上停下，一个人打着雨伞，带着怒气要过来，脚步却中途停住了。

陆竞骁在回学校的途中，没想到会在必经的路口见到梁好，她冻得直哆嗦，手里还抱着一个纸袋子，看起来可怜兮兮的。

梁好正要拦下一辆出租车，眼前的视线却被一个人挡住了，瓢泼大雨斜落下来，大滴雨水砸在她的眼皮上，让她几乎睁不开眼，她勉强认出眼前的人，不由得有些惊讶：“凌霄？”

凌霄举着伞，半睁着眼看她：“还傻站着干吗？上车！”

陆竞骁就站在马路对面，看着梁好上了一个男人的车，在密集的雨帘中他还是一眼认出了这个半路截和的男人，霎时，眼神变得阴冷了起来。

凌霄开车送梁好去学校，半路皱着眉头问她：“要不是碰巧遇到你，你就准备等到雨停再走？”

梁妤也不顾自己的衣服、头发，忙抽出车上的纸巾先擦纸袋子：“小老板，我是穷人，难免抠门一些，您多见谅！”

凌霄皱眉斜睨了一眼她格外在意的纸袋，一脸好奇地问：“那是什么东西？”

“我帮同学凑的钱，幸好你来了，万一被人抢了，我可就没地儿哭去了。”

“凑钱？怎么了？”

“没什么，我同学的住宿费，她手头紧，找我借了一点。”

凌霄微微笑起来：“看不出你还挺讲义气，你这同学能有你这样的朋友还挺不错。”

梁妤不好意思地刮刮脸颊。

“最近怎么没在酒馆看见你？”梁妤问道。

“我去国外谈了笔红酒生意，怎么？想我了？”说完，他桃花眼一弯，颇有调戏的意味。

梁妤翻了一个白眼：“不是我，是你家那个阿慧，我感觉她已经接近失魂落魄的地步了，看不出来你还小有魅力。”

凌霄无奈地摇摇头：“考虑到她家境不好，我才一直留着她。被自己不喜欢的人一直盯着，其实挺烦的。”

“嘿，说你胖你还喘上了……”

凌霄哈哈大笑。

到学校门口时，雨小了不少，梁妤提前约了安冉在校园门口见面。

停下车，凌霄目送梁妤离开，嘱咐道：“别忘了让你朋友写一张借条，友情提示。”

怎么这些臭男人成天到晚疑神疑鬼的？

梁妤不屑一顾：“行了，别啰唆了，我下周的班，跟阿慧调了，这周要复习，下周见了。”

“好，下周见。”

凌霄刚要开车离开，却见到了校门口迎向梁好的女孩，看见她的那一刹那，凌霄的笑容消失了。

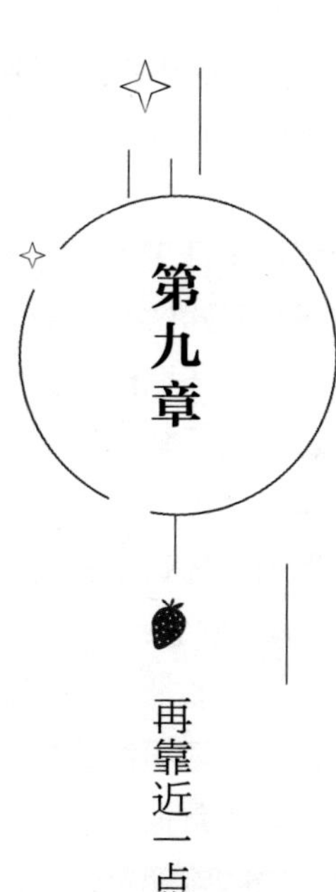

第九章

再靠近一点点

安冉如期交上了住宿费，她心里的大石终于落下，至少下学期不用在舅舅家住了，一天也不需要，她竟然情不自禁地笑出了声。

梁好的经济负担无形中又加重了，她知道安冉的情况，安冉是一时半会儿还不上钱的，她要想办法先把这些钱还给那些朋友。

想到这儿，她草草复习了几天，又开始打开《龙之翼》给小平头打装备，顺便在微博上开始做些营销宣传，找一些对游戏、电竞感兴趣的粉丝来关注她，还把自己曾经给小平头打的连胜战绩贴上去，招揽代练生意。然后她又做了一些游戏的视频解说，借此吸引了一波固定粉丝。

再加上找了几个狐朋狗友还有梁岩帮忙宣传转发，不到一个月，她的粉丝涨了不少，高兴之余，她也把最近才火起来的猫耳直播当作了最后的选择。

她开播第一天就有很多微博粉丝跑来捧场。

梁岩心眼最多，为了造势营销，故作深沉地对她道："我花钱雇了一百个水军去你直播间刷弹幕去了。"

……

梁好这还沾沾自喜地到处跟邹晓音她们炫耀自己挺有人气的，没想到都是他亲哥雇来的水军……想想也不知道是该高兴还是哭泣。

"你懂什么？这叫造势，让那些新粉知道这人原来还挺火，带着好奇心就开始关注你了，有的要看看你到底怎么火的，有的要看看你啥时候过气，什么心理都有，反正关注度就能提上去了！"梁岩教育她。

这个猫耳直播间的粉丝可以送很多种类的礼物，每一个礼物都能跟平台五五分成兑换成人民币，种类不同，价格也不同，价格低的有一块钱的猫粮、五块钱的小鱼干等等，最高的能有五百块深海鱼雷和一千块豪华飞艇。

梁好直播的第一天，看着满屏的深海鱼雷唰唰飞过，眼珠子都要掉出来了，她在电脑屏幕前流着口水，对着喇叭说话，一个个表示感谢，谁知道这些深海鱼雷都是他哥花钱找人刷的，感情赚来赚去还是自己家的钱啊！

接受了这个悲剧的事实后，她选择好好做直播，争取让更多真实的粉丝关注她！

她一边开着直播，一边打着《龙之翼》的任务。

一开始没什么人跟她互动，她话也少，玩着玩着就忘了正在直播的事情了，专心投入了游戏的世界。

有好友请求发送过来，她点开来看，这人居然叫“微笑深深”，她在游戏的 ID 和微博一样都叫“微笑浅浅”，心想这人一看就是粉丝，赶忙加了好友。

她主动发送消息过去：你是我的粉丝？

那人隔了几秒回复：是。

这大哥还挺高冷，她又发消息：用我带你吗？

微笑深深：不用。

然后梁好就不知道该说些什么了，按理说，要是她的粉丝不应该一股脑地发送成段成段的话，什么喜欢你啊，什么时候直播啊，都直播什么内容啊七七八八地说一通吗？

看来这个粉丝挺内向的？

她没多想，继续玩着。快下线的时候，她刻意去看了一眼“微笑深深”，他还在线，不过一直在原地没动，她更纳闷了，这大哥睡着了吧？

陆竞骁很晚才从公司离开，他想起那天陆震一对他说的话，打了一通电话过去："晚上我回家吃饭。"

陆震一先是愣了一下，随后脸上情不自禁地露出一丝笑容："好，好，我让阿姨给你做点你喜欢吃的。"

一顿晚饭，说简单，大鱼大肉都有；说复杂，其实都是家常菜。

陆竞骁安静地吃着，动作很斯文。

陆震一轻咳一声："最近在学校怎么样？我这段时间太忙，没怎么跟你们校长联系。"

"挺好。"他简单回答。

"如果你觉得学校学的东西没什么用就早早毕业吧，我跟你们校长沟通过了，他说你这次期末只要考到年级前五名就允许你跳级。"

陆竞骁停下筷子，略作思忖，应了一声，之后转移话题："我打算创办一个直播平台。"

陆震一喜上眉梢："小子，你操心公司业务了？不过你要做这个项目，需要联络董事会进行市场价值评估，评估的时间最起码要等上半年。"

"那算了，直接收购。"

"收购哪家？"

"猫耳直播。"

"你写一个收购方案给我？"陆震一的心里是高兴的。

"好，我尽快将它交给你。"

他们父子俩已经很久没这么愉快地吃过一顿晚饭了，陆震一觉得整个人都精神矍铄起来，趁着这个节骨眼，他想了想，终于开口："那个……下周末，你空出时间来跟你欣姨吃顿饭？"

话一出口，陆竞骁的表情凝滞了一秒，随即冷笑："你的新女朋友？"

陆震一沉默一会儿道："你们总归是要见一面的，还有欣姨的儿子——晓涛，说不定以后他就是你弟弟。”

“啪”的一声，陆竞骁扔了筷子，起身就走。

陆震一在背后叫住他：“竞骁！你算算你今年多大了！为什么有些事情还是看不明白？我跟你妈妈的感情已经没有了，我们是和平分手，和平离婚，她早就在加拿大有了自己的家庭，为什么你能接受她重新嫁人，就不能接受我重新娶妻？”

陆竞骁背对着他，声音低沉：“你说完了？”

见陆震一没说话，陆竞骁抬脚就走。

“你去哪儿？”

“玩。”他扔下这句话就走。

陆竞骁叫了峰子过来，连带着峰子的狐朋狗友，一群人去了山顶飙车，峰子提供场地和赛车。陆竞骁是新手，对赛车还不太熟，让峰子带着在山上跑了几圈，顿感心里的郁结消散了不少。

那些狐朋狗友开始起哄赛车，其中一个梳着脏辫的女孩狡黠地看了一眼陆竞骁，陆竞骁漠视她，低头喝手里的罐装啤酒。

他和峰子坐在栏杆上看远处正准备赛车的一群人，聊起天，峰子贼兮兮地问他：“陆少爷今儿是怎么了？心情不愉悦了？为了上次的王翠花？”

“王翠花？”陆竞骁一愣，转而想起来是梁好上次瞎说的假名。想到那个女人，他更郁闷了。

“不是。”

“得，你什么都别提了，今儿峰子我奉陪到底，陪你玩个通宵！”峰子很讲义气地跟他干杯。

陆竞骁到最后喝得有点多，意识都有些模糊，再醒过来的时候，发现自己正坐在副驾驶上，旁边开车的是那个脏辫女孩，她俯下身子观察他英俊的五官，声音充满魅惑：“帅哥，到我家了，要上去坐坐吗？”

陆竞骁清醒了不少，话都懒得说，开门就要下车，可车门被锁上了，他侧目看着她，目光阴冷："怎么，你想玩？"

"你敢不敢？"脏辫女孩挑逗他。

"你是不是太看得起自己了？"他冷笑。

"别这样，大家都是峰子的朋友，玩一玩也没什么。"她不恼，还笑得妖媚。

这时，陆竞骁凑近她，她竟然紧张了一下，随即坦然凑过去，噘起红唇，耳边却响起陆竞骁的嘲笑声："就算是玩，我也不会选你这样的。"

脏辫女孩睁开眼，一脸无所谓的表情："那我们再去喝点，我刚刚失恋，心里难受。大家这个点出来喝酒，谁心里没点郁闷的事，走吧。"

陆竞骁没再说话，脏辫女孩当他默许了。

两个人好巧不巧地到了梁好打工的小酒馆，也难怪了，只有这家酒馆二十四小时营业，一般夜猫子都喜欢来这儿。

陆竞骁站在门口没进去，脏辫女孩转身对着他笑："你不是吧，保守成这样？酒馆都不敢进？"

陆竞骁没理她，径直走了进去。

五分钟后，梁好把菜单直接拍在桌子上，面无表情："点吧。"

脏辫女孩只觉好笑，看着她道："你这个服务员怎么是这个态度？"

她能抱着什么样的态度？她本来开开心心地工作着，想着人民币哗哗哗地流进银行账户，简直就要欢呼雀跃飞上天了，然后就有这么一对进来给她添堵了，还碰巧赶上别的服务员在忙，只能派她来点餐。然后这对还坐在最隐秘的角落里，生怕别人不知道他们俩有猫腻似的。

这回倒好，她终于见到陆竞骁女朋友的庐山真面目了，说真的，他品位极差。

她深吸一口气，忍着心里的酸，勾起一个比哭还难看的微笑：

“不好意思，我刚刚失态了，请问两位想喝点什么？”

陆竞骁始终没看她，抱着胸看着别处，仿佛拿她当空气。

脏辫女孩懒得和她计较，冲她翻了一个白眼，看着菜单点餐：“鸡米花，炸蔬菜，两瓶啤酒。”

“不好意思，我们的鸡米花卖光了。”梁好继续保持笑容。

脏辫女孩噘着嘴：“那就炸薯条。”

“炸薯条也没了。”梁好微笑。

“你能告诉我你们这儿有什么吗？”脏辫女孩不耐烦了。

“主要是油没了。”梁好继续笑。

“油没了你还不去买？”脏辫女孩不可思议地看着她。

“好的，我这就去，您稍等。”

梁好扭头就走。她当然没去买什么油，而是直接把他们俩晾在那儿了。

十分钟后，她接到了生平第一个投诉。

“我不管，你们酒馆要给我一个说法，凭什么让这种人在这里打工？”脏辫女孩一脸蛮横地坐在那儿。

今天凌霄不在，苏姐值班，苏姐一个劲儿地赔礼道歉，还一边大骂梁好：“你吃饱了撑的？还油没了，你咋不没了？”

梁好心里本来就酸，现在看着那脏辫女孩得意地看着她，心里是气上加酸。

“跟我赔礼道歉，这事儿才算完。”脏辫女孩跷着腿，漫不经心地看自己新做的指甲。

在一边一直沉默着的陆竞骁此时终于有了反应，起身道：“够了。”说完，他扭头就走。

脏辫女孩见他扭头就走，也懒得再计较，瞪了梁好一眼就离开了。

微笑浅浅：我的世界就像是被上帝遗忘的一个角落，从来没有被眷顾过。

当晚，睡前，梁好写了一段文字发到微博上，紧跟着有粉丝评论，根据梁好多日观察，发现不是水军，是几个真粉：微笑女神怎么了？不要不开心，有我们在。

她微微一笑，心里觉得暖暖的，那股子酸涩减轻了不少。

她刚要睡下，发现又多了一条评论，微笑深深：别相信眼睛看到的。

她愣了一下，这个“微笑深深”是不是《龙之翼》加她好友那个？她实在是太困了，没多想便沉沉睡去了。

第二天打工的时候，凌霄很早就来了，一来就把她叫到后厨。

她深知苏姐这种人势必会告她的状，做好心理准备就进去了。

“昨天跟客人吵架了？”果不其然，凌霄开门见山。

“对不起，我以后一定注意，下次不会了，是我的错。”她要生存就要工作，要工作就要放下尊严，道理她都懂，就是做起来太难了，这句话说得让她心里一阵委屈。

“没事，我就想问问你有没有被欺负。”

她抬头，见凌霄目光真诚，心里挺温暖的。

“我没事。”

“你没事就好。我找你有别的事，你觉得我这间酒馆的二楼还建一个什么休闲娱乐场所比较好？反正也是空着，我打算拿出来发展一下副业。”

凌霄的这家小酒馆，二楼就是一个空出来的商铺，租是租下来了，就是一时半会儿没想到经营什么项目。

梁好想了想，觉得自己挺不厚道的：“我觉得从营销角度来考虑……酒馆楼上就得是钟点房……”

凌霄一听，愣了一下，然后哈哈大笑：“太引人注目了，别让人真以为我这里有什么非法交易就惨了，你想点别的。”

原谅她吧，她的世界就是那么的狭隘，她又道：“网吧算了，经常有人包夜不回家，你这酒馆正好也是二十四小时营业，说不定还能带动酒水和夜宵的销量。”

凌霄听了觉得不错：“好，听你的。”

梁好愣了：“大哥，我随口说说啊！别那么草率，好歹也学学电视里的大公司请几个股东来讨论啊，研究啊，写一份策划案啊，评选一个最佳方案之类的再做决定！”

凌霄笑笑：“不用，这儿就我一人，哪来什么股东。”

这人真是够雷厉风行的。

“正好你是计算机系的，有空还能去二楼帮我当一个网管，薪水少不了你的。”

梁好当时就答应了下来：“行，没问题，我免费给你当，就冲我们的关系。”

凌霄抿唇笑笑，看着她的瞳孔里闪着光。

“对了，你那个同学怎么样了？”凌霄忽然问道。

“住宿费的事儿？钱顺利交上了啊，怎么了？”

凌霄的表情有一些不自然：“没，工作去吧。”

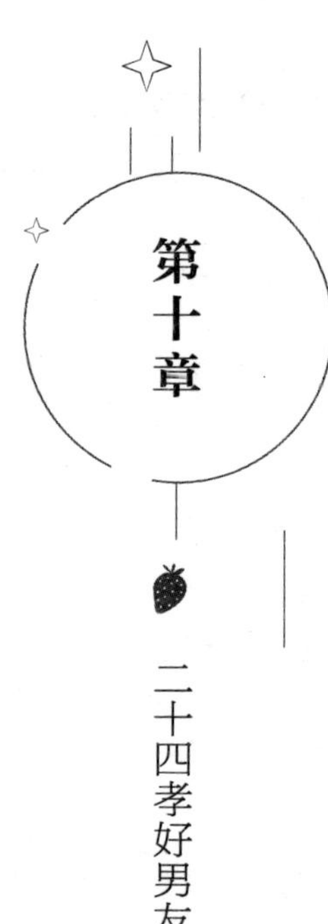

第十章

二十四孝好男友

时光飞逝，很快到了期末，闲下来的时候，梁好最后看了几眼从邹晓音那里拿来的复习题就去参加期末考试了。

果不其然，高等数学这科她挂了。

班导师第一个找到她，苦口婆心地劝她："梁好，你看看你，全班就你一个挂科的，你让我的老脸往哪里放？二班没有挂科啊！"

这句话仿佛在说她就是一锅粥里的那颗老鼠屎，简直是拉低了整体平均分不成，还让他在二班面前丢了脸。

邹晓音在宿舍戳她脑门："我说什么来着？放弃考四级就算了，期末考试还挂科！你是不是不打算毕业了？"

梁好双手抱头，哭丧着脸："我是真的没时间！我所有的时间都用来赚钱了！"

在一边的安冉侧过头来看了梁好一眼，没说话。

"行了，当务之急就是让你补考一次通过，补考再挂你就真的废了！"邹晓音吼道。

邹晓音一边骂她一边开电脑打算传点复习提纲给她，她也开机，谁知道，屋漏偏逢连夜雨，她电脑坏了。

电脑不能挂掉啊！那是她赚钱的工具啊！

她正着急，梁岩的电话打了过来："我上礼拜专业课的书跟你的拿混了，我马上到你学校门口，你给我拿下来。"

梁好抓到救命稻草："哥，哥，你正好上来帮我重新做一个系统吧，我没带系统驱动。"

梁岩头疼："你没带，我怎么可能就带着了？找你同学借。"

梁好急得脑子转不动了，刚要挂电话，竟然听到梁岩在电话那边惊讶地道："陆竟骁？"然后电话就被挂断了。

梁好脑子瞬间蒙了，她冷静了两秒钟后，心想：大事不妙！不能让这两个人见面！

她光速冲到楼下，刚匆匆跑到女生宿舍楼口就碰到了三个人，陆竞骁、梁岩、陶乐然。

我的天。

梁好抓耳挠腮地冲过去就听见了这段对话。

陶乐然很惊讶："梁岩，你怎么在这儿？"

梁岩见到陶乐然和陆竞骁在一起，心里说不出来什么滋味，各种情绪交织在一起，难以理清。他努力表现得淡然："我来给我妹重做系统。不是，我跟她拿错书了，过来拿书的。"

陆竞骁是出校门经过女生宿舍的时候被陶乐然堵住的，说什么要跟他谈合作，他没有那个时间，刚要走，就看到了梁岩从校门口走过来。

两个人的眼神一对上，一股战意立刻弥漫开来。

"你妹电脑怎么了？"陆竞骁挑眉，问了一个所有该说的话题里面最不相关的边角话题。

"你那么关心干吗？"梁岩也挑眉。

"我有系统驱动，随身携带。"说着，陆竞骁扬扬眉，从口袋里翻出一串钥匙，上面挂着一个 U 盘。

"用不着，凭我的本事，一个破系统驱动还非得找你要？"梁岩对着他扬眉。

"反正我也没事，可以勉强帮你妹去做一下。"陆竞骁冷笑一下。

梁岩眯起眼："这还有佳人等你呢，你舍得？你放心把她留给我？"

陶乐然夹在两个人中间，一时间脸上微微泛红，低着头细声细语的："你们两个不要为我吵架，我害怕。"

梁好在附近听完这句话，再配上陶乐然这副做作的表情，别说去年了，这二十多年的饭都要吐出来了。

世界上总存在着这种人，以为自己貌若天仙，全世界的男人都为她神魂颠倒，争得不可开交，头破血流，她假惺惺的一脸担忧和羞涩，其实内心正得意地笑得像一个傻瓜。

“那就留给你吧。”陆竞骁说着，转身就要走进女生宿舍。

梁岩见状，哪能放他去自己妹妹的宿舍，赶忙追了过去，两人正好撞见梁好。

梁好一副刚来的样子，道：“哥你来了啊，陆竞骁也在啊，哈哈哈哈！”

等她笑完了，两个男人像看傻瓜一样看着她。

“我去给你重装系统。”陆竞骁没废话，说完就往宿舍里走。

梁岩跟在后面：“我说你一个男的怎么闷头就往女生宿舍里面走，你是惯犯吧？”

陶乐然刚才还沉浸在二男争一女的戏码中，现在见两个男人都把她晾在了原地，心里产生了巨大的落差，她愤愤地看了一眼梁好，扭头就走。

梁好看到她的眼神，表示很无辜：你自恋过度关我什么事？

宿管阿姨见到两个男性生物到来，立刻戒备起来，拦住两人：“我说，你们俩招呼都不打一声就往里走？这里是女生宿舍啊！”

“给同学修电脑。”陆竞骁一脸淡然。

宿管阿姨仔细瞅了瞅陆竞骁，觉得有点眼熟，醒悟过来：“你啊，见过，小帅哥，年级第一，学霸，好得很！”

梁岩听得心里那个气：“阿姨，我是梁好她哥，帮她修电脑呸，我是来拿书的，她把我书拿走了！”

梁好赶忙凑过来证明：“是，这人是我哥。”

宿管阿姨狐疑一下：“行，你们俩进去吧，快点出来。”之后还极其负责地冲楼道里喊了一嗓子，“有男的进来啦！穿好衣服啊！”

两个人进去后，全楼的女生瞬间沸腾了。

陆竞骁和梁岩一路走着，谁也不理谁。

一群女生瞬间蜂拥而至，围在后面激烈讨论："天啊！居然是陆竞骁！"

"那个男的是谁？长得也不错啊！"

有耳闻过理工类院校男女比例是8∶2，按理说应该是男人见了女人这个反应吧？现在怎么倒过来了？这群女人难道没见过男人？

梁岩纳闷了。

进了梁妤的宿舍，梁妤立刻跟邹晓音、欢欢、安冉介绍："这是我哥，这个……你们知道。"

邹晓音和欢欢眯着眼看她，眼神意味深长，脸上笑嘻嘻的："欢迎，欢迎！"

安冉一直静默着，没什么表情，也没说话。

陆竞骁一言不发地坐在梁妤的座椅上，打开她的电脑开始帮她重装电脑。

梁岩啧啧两声："你行不行？别装错了，分清楚三十二位还是六十四位的！"

陆竞骁斜睨他："你敢质疑我？"

梁妤嗅到了不得了的杀气，立刻打圆场："你们俩别吵，这是在我宿舍！"

梁岩冷哼一声，伸手："书给我。"

梁妤迅速找到他的书轰他："你快走吧！"

梁岩眉毛一扬："你敢轰我？我可是你最亲爱的哥哥！"

酸不酸啊？

等系统安装的这段时间，陆竞骁没事做，双手抱胸坐在那儿，环顾四周，挑眉问梁妤："你这里是猪圈吗？"

梁妤一听就来气了："不好意思，让您给猪做系统了，太屈才了！”

陆竞骁冷哼：“哪天叫家政公司过来给你打扫一下卫生。”

“您的洁癖要发作在自己家里发作就好了，别管我，OK？”梁好气得牙根疼。

梁岩也不乐意了：“不是，我妹妹的个人环境卫生，身为她最要好的亲哥哥会帮她解决的，不用你，OK？”

说着，梁岩站起来了：“你有抹布吗？我给你擦擦桌子，看你这乱得，尽给我丢人！”

“你有病吧？拿着你的书快滚行吗？”梁好只求这两个人随便哪一个都行，走一个吧！

身为十指不沾阳春水的陆家大少爷没跟梁岩争抹布，看着梁岩擦梁好的桌子，指指点点：“那儿，你看不见？”

梁岩气得一把扔了抹布，抱着书就走：“我走了！闹心！”

梁岩刚走没多久，系统也刚好装好，陆竞骁帮梁好弄好后，拔了U盘，一句话都不留，推门就走。

梁好出于礼貌说了声：“谢了。”

“不用。”

两个人一走，她的世界终于安静了。怎么办，她觉得心好累。

这一切都被坐在一边看书的安冉看在眼里，她一直没说话，眼底的寒意很深。

“二十四孝绝版好哥哥。”邹晓音道。

“还有二十四孝绝版好男友。”欢欢咬着薯片，插话道。

“你们俩胡扯什么？”梁好脸都红了。

邹晓音拿出一个U盘冲梁好挥了挥：“对了，我刚想起来，我貌似有系统驱动……”

梁好气得过去就要掐死她：“你有系统驱动不早拿出来，啊？我这一个小时都在干吗？你知道我这一个小时都经历了些什么吗？”

邹晓音很委屈："我才想起来啊！"

梁好心想：真是，什么队友啊！

因为高数挂科，梁好把直播停了几天，专心复习邹晓音给她的资料，最可恶的是这次补考时间安排在了寒假期间，大家都放假回家准备过年了，她被迫留在学校苦学高数，那滋味说不出来的心酸。最要命的是，邹晓音给她的那堆资料里只有题目和答案，解析过程完全没有，这让她复习什么啊？

最郁闷的是其间她接到了邹晓音的电话，邹晓音告诉她陆竞骁全科年级第一，在校领导的一致认可下，下学期开学直升二年级成为学长了，还特没良心地提醒她，以后见了陆竞骁要叫学长。

人家倒好，学业、爱情双丰收，再看看她，辛辛苦苦赚的钱都为了帮朋友花了出去，期末还挂了最让人头疼的一科，生活简直不能再跌入更深的低谷了。

眼看着补考时间就要到了，她看着那些题目完全没有头绪，想找几个学习不错的朋友，结果人家都回老家了，根本不可能回来帮她复习，真是叫天天不应，叫地地不灵。

她索性重新开了直播准备打游戏，刚开始就见有人刷弹幕，大部分是问她这段时间怎么没直播。她打开话筒慢慢解释："这段时间我期末考试，就没顾得上直播。"

又有人刷弹幕：微笑女神还是学生？多大了？

梁好无奈："不要问女士年龄！反正我是花季少女！"

弹幕君：考了多少分？及格了吗？

梁好脸皮也是厚，这种丢人的事情统统告诉了广大网友："高数挂了！好惨，大家都回家准备过年了，我还在学校刻苦学习！"

弹幕君挖苦：哪里刻苦了，你不是在打游戏吗？

梁好几秒内哑口无言，随即才道："我舍友最坑了，给我复习题，给我答案，没给我解析过程，我复习也没有用啊！考试又不考原题！”

弹幕君表示同情，发了个表情，又道：可怜，抱抱。

接下来有人发道：微笑女神，你换爸爸了，知道这事儿吗？

梁好一愣，问道：“什么意思？”

弹幕君：猫耳直播上个月被收购啦！易主啦！

这点儿也太背了吧！她好不容易找到一个比较小众的直播平台，看着待遇还不错，有的平台黑新人太过分，直接二八分成，吞了大头，她看猫耳是五五分成，对新人也没那么多要求，各方面比较合理，就选了这家平台，没想到没直播多久就有变动，她连忙问：“那签约规则什么的有变化吗？有人知道吗？”

弹幕君很快回应：我就是看直播的，具体怎么签约主播，我也不清楚！

真是要命了，为什么生活总是一波三折？

她无奈之下只好道：“到时候万一我在猫耳直播做得不开心，转去其他平台，会有人跟我过去吗？”

很多人评论：有啊，我！放心吧，一如既往每日送上小鱼干！

她知道有几个人不是水军，每天都送她几块钱的小鱼干，虽然只有几块钱，但是她打心底觉得温暖，没想到有的时候虚拟世界带给她的温暖远远多于现实。

梁好一直在真诚地道谢，还说了点感想：“现实生活挺不容易的，偶尔来陪你们唠唠嗑倒觉得心情变好了。”

很多人立刻问：怎么了？出什么事了吗？

她郁闷地叹气：“也没什么，就是经济困难。”

有人开始煽动：其他人还愣着干什么？还不给微笑女神送小鱼干？

梁好笑笑：“不，不，我不是鼓舞大家送我礼物的意思，就是无聊感慨一下，大家别送了，心意领了，觉得我操作不错的，再送吧。”

就在这时，她的电脑屏幕飞过来一架豪华飞艇，她的表情都木了，她瞪大眼睛不可思议地盯着那架豪华飞艇飞过，还以为自己眼花了，直播那么久，从来没哪个大土豪真正送过她一千块的豪华飞艇！和平台分成后就是五百块大洋啊！她隔了几秒惊得没说话，意识到后准备道谢，再看ID，她又愣住了，是“微笑深深”。

她赶忙开口：“感谢“微笑深深”送来的豪华飞艇！”

许多网友开始起哄：参见深深土豪！

这ID起得太棒了！明摆着是微笑女神的铁粉！

膜拜！

……

梁好正笑着，没想到“微笑深深”又送来了一架豪华飞艇，她不敢相信地盯着屏幕，隔了一会儿又是一架，随即又接连发来了三架！

“感……感谢“微笑深深”送来的五架豪华飞艇！”她连忙道。

天哪！这就是一夜暴富的感觉吗？好刺激啊！

有其他网友开始贫嘴：

深深土豪，其实我也是妹子！送我礼物好吗？

“都别闹了！为了感谢“微笑深深”的礼物，我决定好好打游戏，争取把每一把都打得精彩，不让你们失望。还有其他送礼物的朋友们，可以私信我给我账号，我免费打各种副本！”梁好的侠义之心泛滥，在情谊面前，金钱就变成了粪土，她的理念就是这样。

“哎呀，本来今天好郁闷的，现在心情好多了！”她笑嘻嘻地道。

此时，某个男人正点上一支香烟，看着电脑屏幕，听着里面发出的声音，连他自己都没察觉自己竟然露出了一丝笑容。

正赶上寒假，从学校出来，除了外地住校生和等待补考的学生，学校几乎没什么人，周围的小饭馆也显得冷清了不少。梁好想换换口味，去附近的小餐馆吃点东西再回来复习，走到半路接到阿慧的电话："梁好！你忙吗？"

她疑虑地问："我很忙，干吗？"

"别这样嘛，我知道你们学校放寒假了，你要是没什么事的话能替我一天班吗？我家里有点急事，我妈喊我回去呢，店里不能没人啊！"阿慧这个时候又对她谄媚起来。

梁好对阿慧没什么好感，不是她不帮忙，是这几天她都跟凌霄请假了，为了复习。

"我跟凌霄请假了，我没时间替你班。"

"你真不来？"

"不去，我真的有事。"

阿慧当时就把电话挂了。

世界上就有这种人，麻烦别人的时候可以表现得好像两个人是多年挚友，脸皮厚不说，一旦你拒绝她的请求，她就拿你当敌人。

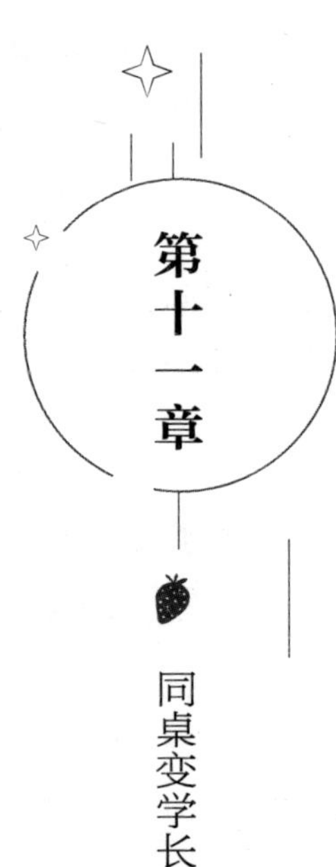

第十一章

同桌变学长

阿慧这档子事儿本就闹心，结果梁好眼皮子一抬，更闹心的人来了。

“上车。”

陆竞骁一直都是这样的，独断专行、个人主义，就比如现在，大家都在家准备过年，他在大马路上堵她，没有前因，没有铺垫，直接一句话让她上车。

“你怎么在这儿？”她没好气地问。

本就因为他跟脏辫女孩儿的事，她那股子憋闷劲儿没过去，再加上她自己挂科，他倒考了个全年级第一，还跳级，这种落差对比，让她一颗小市民的心态瞬间爆炸了。

“找你谈事。”说着，他拉开副驾驶的门。

梁好见大冷天的，外面刮着呼呼寒风，就没拒绝。

两个人随便找了家小饭馆吃饭，梁好用脑过度，饿坏了，不顾形象地大吃大喝。

“上次被你打进医院的那个男人。”

陆竞骁一提这事儿，梁好心里一紧：“怎……怎么了？”

“他是我爸原来计划签约的电竞队成员庞猛。”

她脑子转得飞快，就好比赌球的那些富豪押了一个球队赢，她现在就是把他押的队伍成员给打了，让人家无法参赛，间接导致他输了球，赔了不少钱。

想到这儿，她扔了筷子拔腿就跑，刚跑到餐厅门口就被两步跨过来的陆竞骁一把扣住了肩膀：“干什么去？”

梁好嘴边还沾着饭粒，惊恐地扭过头：“我没钱！”

“什么乱七八糟的？谁找你要钱了？”

“他是你们签约的成员，我给他打进医院了，我不用赔偿你们公司损失？”她问。

“你懂什么叫‘计划签约’吗？就是没签约，将来时，懂？”陆竞骁挑眉。

她冷静下来，佯装从容地坐回去继续吃饭。

“所以，我们公司准备签约其他队伍，想问问你哥的意思。”陆竞骁继续道。

梁好这才明白过来：“那你怎么不直接去问我哥？”

“你确定让我去找他？”

“别别别，你还是找我吧。”梁好抹了一把汗。

“还有你，跟你哥一起。”他继续道。

原来他是打算问问他们兄妹二人愿不愿意签约陆氏电子科技旗下的队伍。

她首要的任务是要把补考过了，再加上小平头的单子没完成，精力有限，当下拒绝：“我帮你问问我哥吧，我最近实在没空。”

陆竞骁瞟了她一眼，兀自道：“我帮你补习高数。”

梁好瞪大眼：“你怎么知道我高数挂了？”

陆竞骁表情有些不自然，顿了一下才道：“你不用管我怎么知道的。”

梁好转而又想，两个班就她一个人没过，这坏事想不传千里都难。

“你考虑一下，签约的话，我就帮你补习，加上四级。”

梁好又愣住了：“你怎么知道我四级没过？”

陆竞骁面上有点罩不住，拧着眉毛看她：“我说了，你不用管我怎么知道的。”

她一想，这人平时就受老师器重，什么事都让他代办，说不定整理四级报名单这种事他也干过。

当时她是实在找不到人帮她辅导高数了，只好答应下来：“好，我签约，但是我不能保证我哥的想法和我一样。”

“那好，从明天开始，上午十点到我家来，拿好你的复习材料。”陆竞骁说完，起身去结账。

梁好想，为了毕业，她拼了。

之后，她的复习战场就从宿舍变成了陆竞骁的公寓，收拾东西时，宿舍里就剩下安冉，安冉问她：“你要回家了？”

“不是，我去朋友家补习。”

她本想问安冉怎么过年，可一想到安冉家里的人，她心里一堵，只能好心好意地道：“过年你一个人在宿舍觉得孤单的话，你打我电话，来我家。”

安冉脸上没什么表情，隔了一会儿才露出一个浅笑：“好。”

本来她想问问安冉最近有没有拿到打工赚的钱，其实就是想知道安冉什么时候能还上钱，但是觉得都是朋友，太唐突了，于是没问，直接离开了宿舍。

打交过住宿费到寒假这段时间，安冉一直没提还钱的事情，梁好一开始并没在意，时间久了，心里开始有点不满了。

“你能不能专心点？”陆竞骁挑起眉毛。

此时，两人正在他家的电脑桌上复习高数，梁好听着听着就走神了，闻言，她回过神来：“哦哦，你继续。”

一上午的时间，她听得昏昏欲睡，结束后，她想起了工作：“对了，能不能借你电脑登录一下微博？”

陆竞骁一秒内反应过来，一脸紧张：“不能。”

“干吗啊？那么小气！”

“你用自己手机。”

“手机打字累啊！”

“那就别用。”

“你，我知道了……都是成年人，存点电影很正常，我保证不乱翻！”梁好贱兮兮地凑过去。

陆竞骁坐在旁边的单人沙发上，刚要点上一支烟，一听这话脸都绿了：“你高数是不是不想过了？”

“你没电影就让我用一下电脑！”

“不给。”

这人怎么这么小气？看来，电影还不少。

“陆竞骁，坦诚点，好东西大家一起看都是可以的啊！”

“叫学长。”陆竞骁一脸怒气，“我没有那种东西，还有，今天到此为止，你可以离开了。”

哼，打死她都不叫！

梁好刚走，陆竞骁起身打开电脑，把他的微博登录历史全部删除，刚删完，电话响了。

他表情稍稍一滞，愣了几秒才接听。

“竞骁，想妈妈了吗？”对面女人的声音透着欣喜。

陆竞骁皱起眉：“最近不忙了？”

“不忙了，这不是想着 Apple 幼儿园要放假了，带她去中国玩玩。”

陆竞骁沉默了。

很多年以前，许雅竹在法庭上争夺陆竞骁的抚养权失败，之后，她经常跑到陆家来看陆竞骁。陆震一不是不通情达理的人，每次都让她见自己的儿子，她往往还会住好几天。

一开始许雅竹还想再上法院申诉夺回抚养权，可是后来她明白了自己不适合带着陆竞骁，因为她年轻的时候就有留学梦，后来出于种种原因没能实现这个愿望，现在她决定把陆竞骁留给经济条件很好的陆震一，自己独自去加拿大求学。

走之前，她跟陆竞骁深刻、认真地谈过一次。

“竞骁，妈妈不是不爱你，只是觉得你留在陆震一的身边更好，现在我了无牵挂，只想去圆了年轻时候的梦，你会支持妈妈吗？”许雅竹很认真地问他。

陆竞骁的眼神黯淡下来，没做挽留：“你去吧。”

他从小就是这样，很多情绪不愿表露出来。

他以为许雅竹是不打算要他了，没想到许雅竹走后，每隔一个月就回国来看他一次，还带很多的礼物给他。因为学业繁忙再加上频繁奔波，终于有一天，许雅竹累垮了身体。

那日，是陆竞骁把她送进医院的，他看着她苍白的脸色，声音颤抖：“妈，你不用一个月回来看我一次，我知道你没抛弃我，你专心忙你的学业。”

“妈妈并不是为了让你知道我没抛弃你才回来的，妈妈只是想你……”许雅竹虚弱地一笑。

陆竞骁眼睑微微抽动，眼圈渐红。

许雅竹刚去加拿大那会儿，他们母子关系并不好，陆竞骁经常不接许雅竹的电话，直到后来许雅竹病了，他明白过来，自己的母亲不是狠心把他抛弃了。

之后他们的关系融洽起来，每个寒暑假的时候陆竞骁还去加拿大看望许雅竹。

只是后来，陆竞骁在加拿大见到了一个戴眼镜的高个男人，那个时候是他青春期里最脆弱、最敏感的时期。

男人踏着雪，阔步而来，气质温和、儒雅，陆竞骁却打心底抵触着、抗拒着，目光里透着一股冷漠和渐生的恨意。

他在去看望许雅竹的那个寒冬里离家出走了。

许雅竹和那个叫贺文清的男人找了他一夜，最后是贺文清找到他的。贺文清已经年近五十岁，自然了解一个未成年人的心思：“竞骁，我知道你还小，不能接受这个事实，但是我对你妈妈是真心的，我认识她已经很久了，却从未做过出格的事情。她打工留学的时候吃了不少苦，这些年也一直是我在加拿大照顾她。我年轻的时候跟她的经历很像，所以我更不会伤害她，相信贺叔叔一次好吗？”

许雅竹用了很长一段时间让陆竞骁适应这个事实，可他每次看着她和贺文清甜蜜出入的画面就犹如命运在一次次地提醒他：你的父母感情破裂了，离婚了，你再也不会有一个完整的家庭了。

陆竞骁也花了很长一段时间说服自己，等他不再那么抵触了，许雅竹才和贺文清结婚，并很快有了一个宝宝。

陆竞骁在电话里听许雅竹开心地跟他说起女儿出生的喜事时，他却挂断了电话，切断了一切声音。

他一个人坐在昏暗的屋子里抽着烟，想着想着，竟然冷漠地笑了。

后来的他再也没去过加拿大看望许雅竹，他感觉自己仿佛已经是一个多余的人了。

收起回忆，陆竞骁问：“就你和她两个人来？”

许雅竹答：“是啊，你贺叔叔本来想去看你的，可是他公司有事抽不开身。Apple 放假这段时间让她暂住你那里好不好？”

“你来可以，她，我不招待。”他冷漠道。

“哎呀，你怎么能这样啊，你是 Apple 的亲哥哥啊！我总跟她念叨你，还给她看过你照片呢！ Apple 可喜欢你了！”

“五岁的小孩，懂什么喜欢不喜欢的？”他冷哼着。

“你拒绝也没有儿用！我明天早上十点多就到你那儿了！”许雅竹偶尔也是一个雷厉风行、说一不二的人。

陆竞骁愣了：“你这是跟我商量吗？”

“好嘛好嘛！你最好啦！”

陆竞骁无语：“你几岁了？”

“好了，我挂了！就这样决定了！明天见，我的宝贝！”

第二天一大早，陆竞骁整个人都显得异常烦躁，他郁闷地坐在客厅沙发上抽烟，正烦着，门铃响了，他起身去开门，看见的却是梁好，他这才想起来忘记告诉她今天休息一天了。

梁好捧着一摞书，看着挺沉，他心一软，让出位置："进来。"

"你昨儿给我出的题，我都做完了，你看看。"

她轻车熟路地独自走进卧室，把东西摊在他的桌子上，一抬头又看见了他的电脑，此时，黑色的屏幕就像一个神秘的旋涡吸引了她的注意力，她就是这样，属于别人越不让她干什么，她越想干什么的典型叛逆少女。

出于恶作剧心理，她又问了一遍陆竞骁："你的电脑能借我用一下不？我查资料。"

谁知道，今天陆竞骁明显没那么紧张了，随口道："用吧。"

梁好惊讶："一夜之间，你就把你的电影全删了？"

"你有毛病是不是？"陆竞骁反应过来，表情不悦地看着她。

"凶什么凶啊，不就开一个玩笑吗？"

梁好不再招惹他，专心复习。

陆竞骁一只手撑着头，心不在焉地看着她的书。

没一会儿，门铃果然响了起来。

陆竞骁立刻起身，嘱咐她："你待在里面别出来！"

梁好脱口说道："你居然把你女朋友也叫家里来了？"

"你胡扯什么？"他挑眉。

"不就是上次那个梳脏辫的吗？你叫她来不早告诉我，那我走了！"梁好气鼓鼓地胡乱收拾了一下就要走。

梁好正往客厅走，许雅竹早就不耐烦地掏出备用钥匙开了门，两个人迎面就撞上了，都是一愣。

而一个五岁大的小女孩正躲在许雅竹的身后，大眼睛忽闪忽闪地东瞅瞅、西看看，一脸好奇。

"你！"许雅竹一脸气愤地看着陆竞骁，"你有女朋友都不告诉妈妈，你跟妈妈藏秘密？！”

陆竞骁一个头两个大，梁好则一脸茫然。

四个人坐在公寓附近的餐厅吃饭。

梁好是被许雅竹硬生生地拉过去的，她如坐针毡地坐在那里，走也不是，不走又别扭。

“哦，帮同学补习功课啊，不好意思啊，梁小姐，我刚刚误会了。”许雅竹笑笑。

“没事，没事！”梁好赶忙摆手。

梁好见坐在许雅竹旁边的小女孩一直不错眼珠地盯着对面的陆竞骁，好奇地问：“小妹妹，你看什么呀？”

Apple 立刻收回视线，低头吃手里的小蛋糕，胖胖的小手没拿稳叉子，不小心掉在了桌子上，弹到了一边。她小手短，够不到，抬头用眼神向坐在对面的陆竞骁求助。

陆竞骁冷眼看着第一次见面的亲妹妹，没有任何表情，也不想跟她说话，更不想帮她捡叉子。

梁好笑嘻嘻地捡起叉子递给她：“小心点吃，别伤着嘴。”

Apple 睁着大眼睛看着她，甜甜地应了一声：“嗯！”

“你们要待多久？”陆竞骁冷不丁地问。

许雅竹道：“一个月左右，对了，我不住在你这儿，我还有些私事要处理，你照顾好 Apple 啊！”

陆竞骁眉毛霎时拧成一团：“什么意思，让我帮你带小孩？”

“你是她哥哥嘛。”

“不可能！”

Apple 被陆竞骁凶恶的语调吓了一跳，连蛋糕都不敢吃了，低着头，脸红红的。

梁好不乐意了，也管不管合不合适，张口就道：“你这个人怎么这样？她不是你亲妹妹吗？”

“你懂什么？”陆竞骁瞪她。

“你跟我凶什么啊？”

“你有时间操心我的事，不如多想想怎么才能补考及格。”

梁好快被这个冷血动物气死了，猝然起身道：“阿姨，不好意思，我还有事，先走了。”

她实在不明白陆竞骁的个性怎么会这么差，冷漠、自我，一点也不通情达理，连自己亲妹妹都不乐意照顾。

梁好又回到了学校复习，第二天也没去陆竞骁那里补习，两个人莫名其妙地开始冷战，连她自己都说不清缘由。

她正看书，宿舍门被推开，吓了她一跳，她转头一看，竟然是邹晓音，她惊喜地冲过去抱住邹晓音：“不是吧！你特意来看我的？”

邹晓音哼哼：“这不是明天就补考了吗，我来帮你做最后的冲刺。”

“好人！”

安冉目光很冷，脸上却在笑：“晓音这么好。”

邹晓音拍拍胸脯：“当然了。对了，梁好，你那个猫耳平台的大老板易主了你知道吗？”

“早听粉丝说了，你说说我多晦气啊！”

“你还晦气？你知道背后的大老板是谁吗？”

“谁？”梁好好奇地赶忙问。

“陆氏！”

梁好噌地从椅子上站起来：“陆竞骁他爸？”

“对啊！”

“不是，他爸不是搞游戏软件，弄电竞队吗？又打算开拓项目了？”

“这些都是关联业务啊，哪个电竞队现在不靠自己的人气直播赚钱？”邹晓音反问。

梁好一想，发现也有道理。

“行了，别想人家云端之上的人该想的事了，你该想的就是补考过关。”邹晓音说着开始陪她复习。

梁好感动得泪眼汪汪，也不敢胡闹，认真了起来。

学了没一会儿，梁好手机响了，是凌霄：“梁好，我已经跟装修公司联络好了下个礼拜开始装修二楼，谢谢你的提议。还有，如果你考试完了，来店里帮帮忙，阿慧回家了。”

“好。”她二话不说就应了下来。

邹晓音离得近，听得真，连忙问：“什么提议？”

“我打工的老板问我他那个小酒馆二楼做什么好，我说网吧，他觉得不错就开始着手装修了。”梁好解释。

邹晓音立刻惊讶起来：“不是吧，你说做什么他就做了啊？你们老板不会看上你了吧？”

“那种经常在花丛中摸爬打滚的人能看上我？”梁好挑挑眉。

邹晓音贼兮兮的：“那可说不好，搞不好猫耳收购还是陆竞骁的提议呢！一个男人为了你收购了一个平台，还有一个男人为你开了家网吧，梁好，你是女主角的命啊！”

邹晓音刚说完，发现自己好像无意间暴露了什么，忙慌张地看梁好的脸色，还好，梁好皮笑肉不笑地干笑：“呵呵。”

梁好心想：快拉倒吧。

安冉眼神暗了几分，没说话，继续埋头看书。

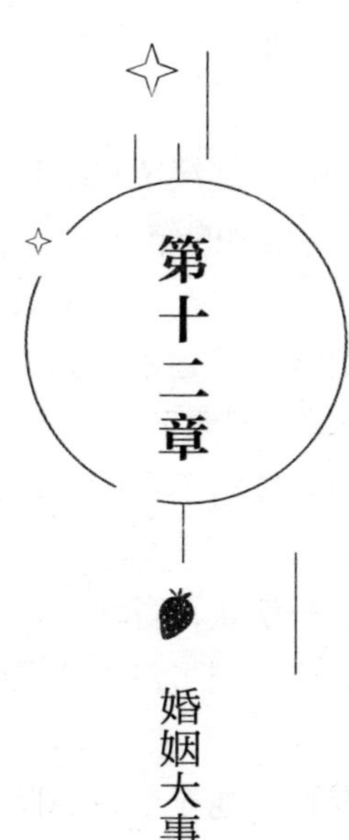

第十二章 婚姻大事

补考结束，她不仅合格了，还拿了个高分，她在心里不得不佩服陆竞骁的知识功底，给她出的题都是核心，只要会一道便能解数十道，在浏览试卷的时候，她就知道自己肯定能合格了。

她本想找一个机会感谢他一下，可一想到两个人正在冷战，便作罢了。

邹晓音也回家了，安冉继续留在学校，梁好犹豫再三，终于决定不开口要钱，那不是她的作风。

临过年，酒馆的生意忙了起来，很多人来这里聚会喝酒，闹事的人挺多，梁好慢慢也习惯了。

只是苏姐还是偶尔趁凌霄不在的时候让她做酒托，为了提成，她决定忍耐。

这天，临下班来了一伙人，看样子是几个老板出来聚会，平常在公司严肃正经惯了，到了没人认识的酒馆里，本性暴露无遗。

梁好被苏姐推了出去，她无奈只能换上裙子去推荐酒水，刚说了没几句话就有咸猪手摸上了她的大腿。她打了一个激灵，起身二话不说冲着摸她的人扇了一巴掌："流氓！"

这一巴掌打出去，那几个老板立刻急了，冲着她指指点点，骂骂咧咧，全是难听的话。她忍着屈辱，整个人气得发抖。

"你们这些服务员不都挺随便吗？在这儿跟我装清纯？"

"你才随便！我推荐了二十几种酒不见你点单。来这儿又不花钱，跟谁在这儿装有钱人呢？"梁好脾气上来了，什么话都敢说。

那人气得起身就要扇她，被一双手拦住了，凌霄一反常态，面容冷峻地吐出几个字："你不喝酒就滚！"

其他几个人连忙劝："行了，行了，走吧，扫兴！"

一群人走后，梁好气得坐在沙发上大喘气。

凌霄过去关心地问："谁让你当酒托了？"

"苏姐。"她没好气地道。

"我会跟她说的，以后你就做服务员，推销的事不用你管。"凌霄严肃地道。

"不是说有提成吗？我……我也是贱得难受。"她低头自嘲一笑。

"好了，去换回衣服吧。"凌霄摸了摸她的头。

梁好愣住，抬头看了他一眼。

凌霄一怔，随后收回手起身离开。

他走到一半扭过头来，恢复了以往的笑容："刚才你骂得挺好玩的，直戳男人心窝子。"

她咧嘴一笑。

她换回服务员的衣服没一会儿，苏姐过来喊她："有人找你。"

梁好纳闷了，没几个人知道她在这儿打工，难不成是邹晓音？

她慢慢走到靠墙一桌抻脖子一看，只是一眼，她浑身的血液都凝固了。

她感到自己的手麻了起来，可能是因为天气寒冷，也可能是因为呼吸不畅，血液不通，她站在桌子不远处，咬牙切齿地死死盯住坐在墙边的男人，有一股即将奔腾而出的劲儿在摧毁着她的理智。她快步冲过去，神色狰狞，开口的时候，声音冷至冰点："你找我？"

男人掀起眼皮，眼中无光。

几年不见，这个男人看起来有些发福，却也老了。

是梁帆。

“你怎么知道我在这儿的？”梁好忍着心里那团即将爆发的火焰，语气尽量保持平静。

梁帆随手点上一支烟，声音疲惫：“你长大了，漂亮了不少。”

梁好冷笑：“有话快说，让我劝我妈离婚，还是让我劝我哥赶紧跟你走？”

梁帆的语气也没有什么温度：“当年我也是没办法，我想创业，你妈始终不同意，她不愿冒险，说要留着家里的存款供你和你哥读书，彼此的理念不同是没有办法在一起生活的。”

“你少废话！”梁好怒目圆睁，直直看着他，“你骗我妈拿房子去抵押贷款，行，可以啊，贷款你自己去还啊！凭什么让我们给你还？你人呢？”

“我想等事成之后再告诉你们，不然我坚持了那么久，最后一败涂地，岂不是让你妈看笑话？”梁帆理直气壮。

“你给我闭嘴！”梁好气得血液直往脑顶冲，“你知道自从你消失以后，我和我哥每天都胆战心惊地过日子吗？不知道哪天住的这个家忽然就被银行收走，不是自己的了，那种心悬在半空的心情你体会过吗？你在哪儿呢？拿着贷款在外面创业，逍遥自在，你考虑过家里人的感受吗？你有一点作为男人的责任心吗？”

梁帆闭着眼睛，皱起眉头：“你这是在跟自己亲爹讲话吗？你看看你现在的样子，冲动、野蛮、无礼，没有一点女孩子该有的样子。”

梁好忽然笑了，笑出了声：“抱歉，我从小没爹，没人教育，像一根杂草一样长到现在，我就这个德行！”

梁帆把烟掐灭，叹了一口气：“我老了，管不了你了，也懒得管你了，你去劝劝你哥让他过来跟我生活，以后我的公司、我的财产，我所有的一切都是他的。”

那种不可抑止的愤怒还没来得及爆发，却被一股冷水浇灭了，她静静地看着对面男人无情的面孔，无声地笑了，随后，她抬手掀翻了桌子，桌子上的东西稀里哗啦地全部落在梁帆的衣服上。

梁帆猛然起身，掸了掸身上的酒水，抬头瞪眼：“你！”

“你给我滚，以后别让我看见你。”梁好的目光已经从刚才的愤恨转为冷漠。

“梁好，你告诉我，你一个女孩子怎么接管我的公司，我做网络媒体的，你感兴趣吗？”梁帆急切地解释。

“滚。”

因为这边的动静极大，很多客人都看了过来，一时间本是热热闹闹的酒馆变得异常安静，凌霄听到动静也匆忙跑了过来。

“你能冷静一点吗？我说什么都不给你留了吗？你能不能听我把话说完？”梁帆还在辩解。

“你滚不滚，滚不滚？”梁好发起疯来，推搡着梁帆往酒馆外走。

梁帆被推到门外，看了她一眼，气得没再说话，掉头就走。

从懂事开始，她已经很久不哭了，可是现在，她哭了，哭得撕心裂肺。

她高中考试不及格没有哭过，被老师骂是一个废物没有哭过，上大学被同学说是财迷没有哭过，出车祸没有哭过，打工受委屈没有哭过，被人欺负、误解，这些她都不曾哭过，唯有今天。

凌霄把她拉到了酒馆外面，她坐在马路边上，抱着膝盖哭得喉咙干涩，身体颤抖。

凌霄伸出长臂把她轻轻搂在怀里，蹙着眉，一脸心疼，没说话。

酒馆里面走出来一个女人，她冷冷看着门口的两个人坐在地上的背影。

"后来他创业成功了，没说还贷的事，反而跑过来要离婚、夺子，简直可笑！"哭了好一会儿，梁好终于冷静下来。

她抹干眼泪，冬日的冷空气让她刚被泪水打湿的脸颊变得干裂，似有刀片割破了她的皮肤。

凌霄沉默，眼神幽暗、深邃，随后他起身："走吧，我送你回家。"

"我不回去，这样回去了得把我妈吓死。"

"那你今晚睡哪儿？"

"我通宵在你这儿打工。"梁好道。

"梁好，你需要休息。"

"我没事，好得很。"

她起身就钻进酒馆，用袖子胡乱地抹了抹脸，换上笑容继续干活。

凌霄拗不过她，也没回家，一整晚都盯着她，怕她出事。

他很认真地观察梁好，她长得还算漂亮，却不算十分亮眼，在他的认知里属于那种看过几次就忘的女人，聪明是聪明，但不是大智慧，都是小算计，性格就更不用说了，一点就着的暴脾气，可是……她很坚强。

天空渐露鱼肚白，送走了最后一拨客人，梁好见凌霄居然没走，忙过去道歉："桌子上打碎的酒水钱从我这个月的工资里扣吧，不好意思。"

凌霄一夜没睡，坐在角落里抽了一晚上的烟，他抬头，神色有些疲惫，露出一个笑容："没事，回去吧，我送你。"

"我真没事了，没那么娇气，我自己走就行。"梁好忙摆手。

凌霄拎起外套，走到门口："走吧。"

她累了，没再推辞。

到家后，她困得睁不开眼，闷头往里走，凌霄的车子刚离开，她就撞见了刚买完早餐准备上楼的梁岩。梁岩眼睛都看直了，两步走上前："你谈恋爱了？昨晚跟那男的干吗了？"

梁好揉揉眼："我给妈打电话说我值夜班了，你不知道？刚那是我老板，送我回来的。"

梁岩眯起眼："有猫腻！"

"你好烦啊，我上去睡觉了。"梁好走到一半，想起什么又扭头道，"对了，陆竞骁他爸要签约一支队伍，问你有没有兴趣。"

"谁？陆竞骁？不去！"梁岩一脸不屑。

她就知道，劝慰道："你们俩打了这么多年也够了吧，不就为了一个女人吗？告诉你一个好消息，陆竞骁有女朋友了，不是陶乐然，我见过了，你可以放心了。"

说完，梁好便上楼去了，剩梁岩留在原地，他以为自己会欢呼雀跃，会有一股胜利者的喜悦蹿上心头，可是没有，他的内心平静无澜。

凌霄在街角的咖啡厅买了一大杯拿铁，喝完精神点了才开车回家，到家后刚出电梯，便看见一个身材曼妙的女人立在他家门口，神情落寞。

他双手插进大衣口袋里，面无表情地踏着步子过去，走到她面前的时候，语气冷淡地说："让开。"

安冉平时在学校里不化妆，素颜的样子清纯可人。几个小时前，她精心化了一个浓妆，用鬈发器烫了一个时尚妩媚的鬈发，换上短裙，拎着新买的品牌包，在他的酒馆里的最阴暗的一角哄着几个男人买了好几瓶酒，自己也不小心喝多了点。现在她正仰着头，用迷离的目光看着他，脸颊白里透着一丝红，魅惑人心的唇渐渐凑了上去。

凌霄扭头躲过了这一吻，转而视线落在里侧，他看到了她的包，某品牌的真货，价格不菲。他勾起嘴角，冷冷一笑："你哪里来的钱？”

安冉下意识地把包往身后藏了藏，低着头，眼神恍惚：“你管我？”

他几乎第一时间想到了那天下着暴雨，梁好抱着用纸袋子包好的两万块钱在街边冻得瑟瑟发抖的样子。

凌霄的目光阴冷下来：“花着别人的钱，你好意思？”

安冉猛地抬头：“我听不懂你在说什么。”

“你心里清楚，赶紧把欠别人的钱还了。”说着，他拉开她，要开门进去。

安冉一把从后面抱住他的腰，语气都变了，柔弱娇媚，楚楚可怜：“凌霄，我们重新开始好不好？”

凌霄不为所动，用力拉开她纠缠着的手：“别装了，你让我觉得恶心。”

安冉愣住了，看着他绝情冷漠地开门进去，再用力关上大门，像是心门也一并合上，她狠狠地咬了咬唇。

梁好睡了一整天，晚上七点钟才醒来，随便吃了点东西后，她心里的那份沉痛感仍旧挥散不去，梁帆那副镇定自若、理所当然的样子还在她的脑海里不停回旋。

她打开电脑，登录微博，发了一句话。

微笑浅浅：再也不想相信任何一个男人，永远单身下去才是保护自己的唯一方式。

很快，一群人发来评论：

微笑女神失恋了？

你这是被哪个坏男人骗了？

不要因为被一个男人骗就一竿子打死天下所有男人啊，我是好男人！

……

她大致翻了翻评论，刚要关掉微博，发现“微笑深深”发来了一条评论，很温柔，很体贴，语气像是一个多年的好朋友：出什么事了？

她没回复，烦躁地叹气，然后打开《龙之翼》开始工作。小平头的这个账号是一个男性法师，在她刚接手的时候就用改名卡把小平头的ID改成了“微笑浅浅”，由于她这段时间玩得比较多，一个大区来来回回就这么一些人，也就有不少人记住了她的ID，还了解到她玩得不错，有人加她好友，让她带他们打打怪，她一时无聊就陪着他们去。队伍里有一个叫“狐狸不成精”的女性玩家早就注意到了她，发了条私信过来：微笑大神，你好，明天游戏更新上线结婚系统，咱们结婚吧！

梁好蒙了，这“求婚”来得太突然，跟阵龙卷风似的，简直猝不及防，问题是……她是一个女的啊，咋结婚？一想这是网络世界，她玩的还是一个男号，倒也合理。她想了半天，回复：这个，我考虑一下。

“狐狸不成精”赶忙加了她好友，又道：你受伤了，我可以给你加血的，咱们简直是天作之合！

这求婚理由不成立，驳回！

她刚要打字过去，又收到了另外一条私信，打开一看居然是“微笑深深”，这大哥是一如既往的高冷，四个字，言简意赅：明天结婚。

梁好本能地以为他说的是他自己，连忙送上祝福：那恭喜恭喜！

“微笑深深”回复：你和我。

她愣在电脑面前，迷茫了，发了一条微博。

微笑浅浅：广大的网友们，请问如果一个男的和一个女的同时跟你求婚，你嫁给谁？

网友们炸锅了，纷纷回复：信息量太大，容我缓缓。

她又切回游戏画面，发信息给微笑深深：大哥，咱俩是俩男人啊！

信息刚发过去，她操控的人物旁边飞过来一只金色大鸟，这金凤凰全区就卖十个，超稀有坐骑，售价人民币九百九十九元，再仔细看，金凤凰上坐着一个温婉恬静的少女，ID：微笑深深。

……

闹半天“微笑深深”是一个女孩子？

她以为自己看花了眼，是别的玩家，连忙找到好友名单，确认“微笑深深”的头像，头像果然从一个精壮的汉子变成了一个妹子……

微笑浅浅：你到底是男的还是女的？

梁好实在对这个粉丝太好奇了。

微笑深深很直接：男。

梁好的心落下来了，她觉得以“微笑深深”的举动来看，如果是一个女的……那会让她觉得有点不正常，想想就可怕。

微笑深深又道：去刷怪。

紧接着他拉她进队伍。

那个“狐狸不成精”见她走了，连忙跟着她也进了“微笑深深”的队伍。在队伍频道里，表面看上去，是两个妹子和一个汉子，实际上……实际上也是两个妹子和一个汉子……

“狐狸不成精”一看到“微笑深深”这个名字就愣了，赶忙在队伍频道发了一个惊讶的表情：微笑大神，你是已经有女朋友了吗？

梁好赶忙解释：不是，不是，这是我的一个粉丝。

狐狸不成精：那就好，那咱们明天结婚吧！

梁好混游戏世界不少年了，多少了解点这些玩家的心理，很多女玩家技术不过关，就指望着找几个技术不错的男玩家，带她们刷任务、刷装备，甚至有的土豪乐意给游戏里的女朋友花很多钱，这样一来，这些人不费吹灰之力就能换一套极品装备了。

梁好的骨子里其实有男人的一面，她喜欢这种被人信赖、仰慕的感觉，觉得特别有成就感。她对自己了解得十分透彻，她就是典型的那种，现实生活里，处处不如意，拼命想拥抱网络的海洋，企图在虚拟的世界里找找存在感。

她们俩一边聊天，一边跟着微笑深深出城刷怪。微笑深深玩的是一个战士，变成女人后就成了一个女战士，属于冲在前面的角色。

梁好玩的法师是脆皮，只能站在远处躲着怪物攻击，那场面看上去就是一个女人替一个男人扛着伤害……

“狐狸不成精”也站在后排充当着医生的角色，不停给“微笑深深”和梁好加血。

一群路过的玩家，其中一人打趣道：微笑大神好福气啊，还没更新结婚系统，已经有两位夫人了！尽享齐人之福啊！

梁好竟然奇迹般地觉得，还挺有面子……她怕是骨子里男性那一面性格占据了不少。

微笑浅浅打出一行字到当前频道：别瞎说，我还没决定跟谁结婚呢！

她以为是当前频道，谁想到没看清，发到世界频道去了。

瞬间，一群人开始在世界频道起哄：

微笑大神要结婚了？跟谁啊？跟我行不行啊？咱俩等级差不多，技术也差不多啊，结婚要门当户对啊！

微笑大神别让人骗了！

微笑大神带带我，咱们私下加微信，我发你真人照片！

一群女人开始争先恐后地要嫁给梁好，梁好憋着笑，心想，还真是一时间难以抉择到底该选谁结婚。

“狐狸不成精”眼看竞争者太多，连忙在队伍里道：我也有照片，我发给你，我还能唱歌给你听！

梁好正美着呢，沉默了半天的“微笑深深”终于打出一行字：跟我结婚，我不要你彩礼。

梁好如当头一棒，她想起来自己玩的是一个男号，结婚的话要给女号一万游戏币当彩礼，“微笑深深”这句话直戳她的心窝，她几乎当下就决定了：我娶你！

这“微笑深深”也太了解她了吧，这简直是一击必中啊！

“狐狸不成精”又道：我也不要彩礼！不过婚房你来买，可以吧，才二十万。大神你技术这么好，肯定不差钱。

这游戏有婚房系统，结婚的玩家可以一并入住，在里面建造家园，种草药，一起提升战斗力，但是这婚房没规定必须男号出钱啊！

梁好当时就不同意了：婚房系统没规定男人买房啊！

狐狸不成精：可你是男人啊，男人买房天经地义！

唉，怎么在网络世界里面打打游戏，出来这么多现实问题？

微笑浅浅：最起码 AA 制吧？

狐狸不成精：我买家具，你买房，最低底线。

这谁跟谁求婚呢？梁好脾气上来了：我求着你结婚啊？一毛钱不出还想直接搬进我买的婚房里面免费提升战斗力？你是不是在逗我玩呢？

当下，她就跟“微笑深深”道：你把她踢出队伍。

公屏显示：“狐狸不成精”被踢出了队伍。

梁好气得太阳穴疼，下一秒看到“微笑深深”道：我有房，买完了。

梁好眼睛都亮了：真的假的？

然后微笑深深发了一张房契卡给她看，这简直就是大土豪啊！想到这儿，梁好连忙对“微笑深深”道：上次送我那么多豪华飞艇，这次又送我大房子，太不好意思了。

微笑深深道：不用，明天早上十点上线，在月老庙等我，领完红绳去三生湖结婚。

微笑浅浅：好！一言为定！

“婚姻大事”就这么爽快地定下来了，梁好心情大好，为了赶快迎接明天，她早早洗漱，上床睡觉。

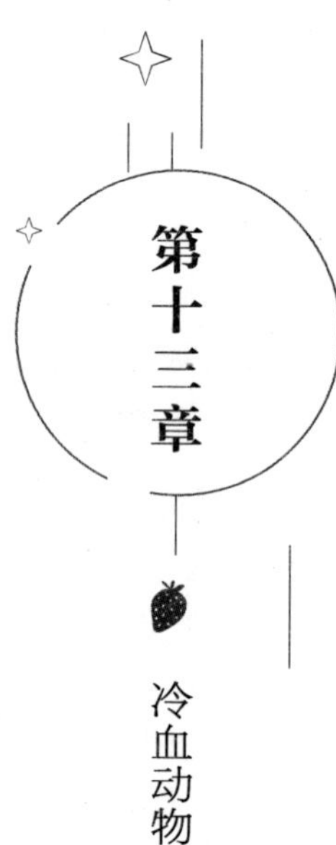

第十三章

冷血动物

第二天一醒来都九点多了，梁好赶忙去楼下买了早餐，跟叶青和梁岩在餐桌快速吃早饭。

梁岩见她这副猴急样，挑眉问：“你干吗吃那么快，一会儿出去？”

“没，跟人约了网上见。”梁好嘴里还嚼着东西。

梁岩越看她越觉得奇怪，当着叶青的面问她：“你这丫头是不是谈恋爱了？”

梁好瞪他：“都跟你说了没谈恋爱，你烦不烦？”

叶青很平静：“你还小，不会看男人，不要太草率。”

“知道了！烦死啦！”她胡乱扒拉几口，进了自己的房间。

她早早开了直播，九点五十分的时候跟粉丝说今天要结婚，求送波小鱼干。

弹幕君快速刷来，各种道喜和祝福，还有人打趣：跟你结婚那个小姐姐知道你其实是一个女孩子吗？

梁好说道：“是微笑深深，送我飞艇那个！”

——微笑女神，你最终屈服在了金钱的大腿之下！看我仇恨的眼神！

弹幕君拿她打趣，她也不在意，反而跟他们几个老朋友开起了玩笑。

很快到了十点，她操作着人物到了月老庙，这一等就是十分钟，始终不见“微笑深深”的身影。

很多人开始起哄：完，被放鸽子了。

可怜，都跟你说了男人不可靠！忘记你微博上发的话了吗？

……

梁好觉得有点尴尬：“不会吧，昨天我们俩约好的啊，他可能还没睡醒？”

一个女粉丝异常激动地提醒道：男人的承诺不能轻易相信！

等了二十分钟，见他还没来，梁好觉得面上无光，心里有点堵，刚想关了直播，手机响了，是安冉：“梁好，你现在有事吗？”

“啊？没事，刚要下机，怎么了？”

说着说着，安冉居然开始变得委屈，下一秒就带着哭腔说：“我……我在医院，有点害怕，你能不能陪我过来，顺便……带点钱来？”

“你怎么了？你舅妈又打你了？”梁好皱起眉。

“不是……我在电话里跟你说不清楚。”

她一时心软：“行，你把医院地址发给我，我现在过去。”

梁好没多想，想着安冉的人生经历太坎坷，父母早亡，舅妈又总打她，她在这里无依无靠的，不靠自己还能靠谁呢？

临走，她扭头看了一眼黑掉的电脑屏幕，心里竟然空落落的。

她带着所有的私房钱去了医院，心急火燎地冲进医院门口，迎面就撞上了陆竞骁。她愣住，表情凝固在脸上，就这么没缘由地瞪大眼睛看着身穿黑色大衣、面容憔悴的陆竞骁，她张张嘴，想到两人貌似还在冷战中，又不知道开口说什么。

“疼！”

梁好被这一嗓子吓得一怔，低头一看，Apple 居然藏在他身后，哭丧着脸，一只手还捂着一边的脸颊。

陆竞骁拧着眉毛低头对她吼：“你还知道疼？昨天晚上让你刷牙为什么不刷？！”

Apple 委屈极了，被他吼得小脸一红，当场就哭了出来。

陆竞骁气得瞪她：“还哭？天天吃那么多糖，又不刷牙！”

“你干吗那么凶啊，她是你妹妹啊！”梁好心窝子一软，赶忙凑过去把小 Apple 搂在怀里，“好了，不哭不哭！ Apple 乖，咱们不理这个臭哥哥了！”

Apple 胖胖的小手死死拉着梁好的衣服不放，哭得眼睛都肿了："姐姐，你带我去找妈妈，我不要哥哥了！"

陆竞骁冷哼："你去吧。"

"陆竞骁！"梁好起身瞪他，"我不知道你跟你妹妹有什么过节，但是她才五岁，能犯多大的错误，你怎么能这样对她？"

陆竞骁沉默地看着她，目光深邃，那双眼睛包含了太多情绪，她一怔，觉得一阵不自在。

"梁好？你怎么站在门口？"走廊里面走出来一个人，是安冉。

梁好一拍脑门，被陆竞骁闹得，都忘了自己来医院干什么了，她匆匆进去，扭头对陆竞骁道："你对你妹妹好点。"

谁知道，她刚走了没几步，Apple 哭喊着跑过来，抱着她的腿不走："姐姐，你别走，我不想跟哥哥在一起！"

陆竞骁侧着头，不说话。

梁好一时为难，见 Apple 哭得喘不上气来，也不放心，把她抱在怀里，对陆竞骁道："你回家吧，Apple 我抱回家，我照顾她。"

"不行。"陆竞骁一口拒绝。

"你不是不喜欢她吗？"

他沉默着走过去，把 Apple 从她怀里抱回来："我妈不会放心把她交给你的。"

"那你说怎么办？"她瞪眼。

陆竞骁看了一眼安冉道："我在门口等你，回我家。"

梁好还没反应过来什么意思，陆竞骁抱着 Apple 就走。

安冉拉着她的袖子："走吧。"

两个人一到妇产科，梁好心都凉了，她焦躁地用双手箍住安冉的肩膀问："你怎么了？"

安冉淡漠一笑："这不显而易见吗？我一个人没勇气。"

“你……你什么时候有的男朋友？”梁好惊得都结巴了。

“你们也一直没人问过啊！放心，只是我们疏忽了，这个孩子来得不是时候，我也不想告诉他。”安冉很平静。

梁好的大脑短暂空白了一阵，她从钱包里翻出所有的现金给安冉：“我只有这么多了。”

“谢谢。”安冉凉凉地扫了一眼她手里的钱，接过去，“我先去找认识的医生问问细节，你在这里等我就好。”

梁好点点头，一直在长椅等她。

过了没一会儿，安冉哭着从楼上下来，梁好吓了一跳，赶忙过去扶着她：“出什么事了？”

安冉哭哭啼啼地看着她：“我刚才听医生的描述觉得好可怕，我们今天算了好不好？”

“好，好，等你做好心理准备再来。”梁好只能想办法让她放松。

梁好扶着安冉出了医院，陆竟骁把车子停在门口等她，见她出来，打开车窗问她：“中午想吃什么？”

安冉抬起眼皮，见陆竟骁蹙着眉，瞳孔里都是身边的这个人，完全没把她当作一回事，连招呼都不打，她心里凄然。

梁好这会儿被安冉要打胎的事情烦得哪有心思想中午吃什么，可是看到 Apple 就坐在车里可怜巴巴地望着她，一时觉得左右为难。她走过去，表情带着请求：“你能帮我先把朋友送回家吗？她一个人我不放心。”

陆竟骁这才把目光投向安冉，只停留了一秒，语气不耐烦地道：“上车。”

安冉微笑了一下，上了车。

一路上，梁好有无数个疑问想问，却碍于车上有其他人在，她知道那是安冉的隐私，也不好提。

把安冉送回家后，陆竟骁问她们俩：“到底吃什么？”

“比萨！”Apple最先说。

“吃什么比萨，你在加拿大没吃够？”

哪有人刚从加拿大回来要求吃比萨的，陆竞骁真觉得他这个五岁的妹妹挺缺心眼的，又一想，她才五岁，能有什么心眼？

梁好心里烦心事太多，兴味索然：“随便吃点吧。”

陆竞骁带她们去吃炒菜，Apple吃得满嘴都是油，一碗米饭吃完了，抬头可怜巴巴地看着陆竞骁：“哥哥，我还想吃……”

陆竞骁冷眼瞥她：“还吃？你想变得更胖是不是？”

Apple放下筷子，噘着嘴小声念叨：“不吃就不吃。”

见梁好吃完了，陆竞骁起身去结账。

梁好是为了Apple才被迫去了陆竞骁的家，一下午都搂着她陪她看卡通片，心里想着安冉的事，又想了想自己被放鸽子的事情，真是一件事比一件事糟心。

到了晚上，看了看时间觉得有点晚了，梁好准备起身离开的时候，Apple说什么都不让她走，哇哇大叫：“姐姐，你别走！哥哥坏！”

梁好转而看陆竞骁，他坐在沙发另一侧一边看笔记本电脑一边喝咖啡，此时分过神来看着她们俩，没说话。

“你是不是虐待你妹妹了？”梁好问。

“我疯了？”陆竞骁挑眉。

梁好狐疑地看着他，一屁股坐回去：“我不回去了，今儿我住这儿了。”

Apple开心地扑进她怀里。

陆竞骁愣了一下，没说话，没答应也没拒绝，继续看笔记本电脑。

梁好好奇极了，这男人一下午都在看什么？

她佯装起身去倒水，转到陆竞骁后面，猛地回头看向他的电脑屏幕，什么嘛……居然是股市，真没劲。

"会做饭吗？"陆竞骁看都没看她，冷不丁地问。

这话戳到了梁好的痛处："不会。"

陆竞骁从电脑屏幕上抬起一双漆黑的眼，看着她，蓦地冷笑："你确定你是女人？"

"我确定！"她要胸有……好吧，她没有，那怎么了，平胸少女不能被称作女人？

陆竞骁合上电脑，起身道："想吃什么？"

梁好以为他又要带她出去吃饭，随口道："随便哪家都行。"

"我做。"

梁好愣了，难以置信地望过去："你居然会做饭？你是不是在逗我？"

等到陆竞骁端着一盘煎得尚好的牛排到她眼前时，她彻底惊了，为什么一个高高在上的少爷会做饭，还做得那么好？

她瞪大眼不可思议地看着面前的牛排，而且淋上去的黑胡椒酱汁是他亲自调制的，她只是闻了一下，香味似乎已经在味蕾上开出了花朵。

陆竞骁在厨房里一只手夹着一根香烟，另外一只手熬着培根玉米汤。梁好看呆了，她从未想过，认识这个人这么久，他还有这样居家柔情的一面！

末了，他还给 Apple 炸了一点薯条和鸡块，搭配西兰花做了一份儿童餐。

Apple 坐在儿童椅上早就等不及了，可她一看到西兰花立刻噘起嘴："不吃这个绿绿的，不好吃。"

陆竞骁一只手夹着烟，到了 Apple 身边下意识地把烟往后藏，不让烟熏到 Apple，这个微妙的细节被梁好看在了眼里，她心里一阵柔软，似春风拂过。

"你不吃我揍你，听见了吗？"陆竞骁挑眉。

"哇！"Apple 吓得赶忙往梁好怀里钻。

这人真是的，为什么总是做的事情是好的，却不乐意好好说话？最后还是梁好哄着 Apple 把西兰花吃了。

这小家伙一晚上都一脸怨念地看着陆竞骁。

陆竞骁装没看见，动作优雅地吃饭。

晚上，Apple 拉住梁好要跟她睡觉，她哄着 Apple 去刷牙，还嘱咐道："你不好好刷牙，牙还会痛，这样哥哥还会带你去看牙医。牙医都好可怕的，比你哥可怕十倍！"

Apple 被吓得赶忙点头。

小孩子就是好骗，梁好笑笑，拉着 Apple 去刷牙，两个人在陆竞骁的卧室躺下睡觉，Apple 很快就睡着了，梁好心里还想着今天没结成婚这事儿，也不知道"微笑深深"上线了没有，她没电脑，又不可能用陆竞骁的电脑临时下一个客户端，索性合眼睡觉了。

第二天一大早，梁好趁 Apple 还没醒，急着要从陆竞骁家离开，她还穿着陆竞骁的睡衣没来得及换，胡乱洗了一把脸后，跟正在客厅看电视的陆竞骁道："我不回家，我妈和我哥会担心我，我先走了。"

"不吃早饭了？"陆竞骁下巴扬了扬，示意餐桌上的刚买好的早餐。

"不吃了，我换好衣服就走了。"

这时，门铃响了，梁好僵在原地，顿感不妙。

陆竞骁走过去开门，梁好以为是许雅竹，没想到，站在门口的却是陶乐然。

陶乐然本是带着一脸笑，看到梁好穿着陆竞骁的睡衣站在客厅时，脸瞬间沉下来："你怎么在这儿？"

梁好本来就看不惯陶乐然，干脆也不解释就让她误会吧，神态自若地坐在了沙发上，跷起腿："我在哪儿跟你有关系？"

陶乐然咬牙切齿地看着她，问陆竞骁："你们俩在一起了？"

陆竞骁根本无视她的问题，不满地反问："你怎么知道我住这儿？"

陶乐然俏皮一笑："我想知道自己喜欢的人住在哪里，并不是一件困难的事吧？"

"什么事？"他皱着眉问。

"上次我跟你说的合作的事情，你考虑一下，有人拿着钱投资你收购的平台拓展业务，别人都巴不得呢，你怎么这么不乐意？"陶乐然撒起娇来，嗲声嗲气的。

"你要合作找我爸，找我干什么？"陆竞骁不耐烦地道。

"你傻啊……"陶乐然娇羞地低着头，摸了一下自己的头发，"当然是想借机跟你多说话啊！"

如果女追男的手段分级别，那么陶乐然这种绝对属于最低级的，过于直白，还不是在确保对方也喜欢她的前提下，她好歹也欲拒还迎一下吧……梁好感慨，但想想自己从小到大感情史为零，貌似也没什么资格说别人。

"我再说最后一遍，我对你没有任何兴趣。"

陆竞骁向来不会给女生留情面，上次孟惜月事件，梁好已经领教过了。

陶乐然羞恼得脸色惨白，特别是当着梁好的面被男人当面拒绝，她脸上挂不住，哼了一声，扭头就走。

陶乐然走到一半，扭头往门口看去，还以为陆竞骁能像电视剧里的男主角一样跑出来追她，为自己的失礼道歉，谁想到门早就关上了。

"冷血动物！"她气得把包摔在了地上。

"真是够不懂得怜香惜玉的，你好歹婉转一点啊！"梁好提醒陆竞骁。

"你不走了？"

“走！”

梁好走到门口，才想起来自己还没换衣服，又跑到房间门口，想着这陶乐然今天不怕被冻死，穿着超短裙、薄丝袜来的，这刻意露出两条大长腿来见陆竟骁，分明是意图不轨，这人见了后居然一点反应都没有。

她也是嘴贱，直言道：“从高中就有人谣传你不近女色，怕不是清心寡欲吧？哈哈哈！”

她正笑得猖狂，忽而感到一种危险的气息濒临身边，陆竟骁走到她面前，面无表情，居高临下地看着她，目光冷淡。

她立刻不敢笑了，慌了起来：“开玩笑，开玩笑……”

谁知，陆竟骁蓦地把一只手伸到她睡衣领口旁，那一刹那，时间定格，她全身僵硬，脑子罢工，还没完全反应过来的时候，陆竟骁已经一把拉开她的睡衣领口，冷笑道：“谁告诉你我不近女色的？”

梁好整个人石化在原地，她还没来得及换衣服，睡衣里呈真空状态，就……就这么被他全看到了？

她惊呼一声，赶忙用双手护住自己的胸口，恼羞成怒：“你你你！”

第十四章

我家没花瓶

这件事过后的第三天，梁好想起这事儿还是羞得整张脸涨得通红，她心血来潮地发微信给陆竞骁：我绝对绝对！再也再也！一定一定不会再理你了！

陆竞骁隔了一会儿回复：怎么？

这人居然一副云淡风轻的模样。

梁好：再见！

她又一次把陆竞骁的所有联系方式都拉黑了。

反正现在放假，她不在学校，陆竞骁也抓不到她，看他怎么办！梁好气得扔了手机，顿觉酣畅淋漓。

但是，她百密一疏，居然忘了陆竞骁知道她打工的地方。

想到这儿的时候，她正在吧台调酒，愣神的工夫就眼睁睁地看着门口一个高大英俊的男人阔步走来。

她吓得手一哆嗦，差点把杯子打翻。

陆竞骁二话不说直接坐在正对她的高脚凳上，声音仿佛从牙缝里挤出来的："你想好怎么死了吗？"

她理直气壮："谁让你看我胸部的，有你这样的吗？男女有别懂吗？"

"老同学关心一下你的发育状况，不行？"他还挺有理。

"不行！要关心，关心你女朋友去，干吗关心别的女人？"

陆竞骁终于不耐烦，怒了："谁告诉你我有女朋友了？"

梁好愣住，转而看着他大叫："不就是那个脏辫儿吗？想骗谁啊？"

"你能有点分辨是非的能力吗？"他怒目圆睁。

"我就知道你深更半夜带女孩出来喝酒，两人喝完还不知道干吗去了！"

她也愤怒地看着他，两人剑拔弩张地互相看着。

凌霄笑着过来问候："梁好朋友来了？上次的事情不好意思了，我不知道你是她朋友，钱我退给你，那酒当我请你的。"

陆竞骁目光凛冽地扫过凌霄，随即冷笑一声："不用，那几万块钱当我赞助你的。"

凌霄心里的怒火被一下点燃，他不动声色地压住那簇火苗，脸上依旧保持温和的笑容："那谢谢了，以后常来。"

"一定。"陆竞骁笑里藏刀。

"那不打扰了。"

凌霄一走，梁好就翻白眼给他看："你快走吧！"

陆竞骁把手机扔在吧台上："加回来！"

"不加！都跟你绝交了！咱们老同学从此恩断义绝！"她果断道。

"那你给我调杯水果酒。"陆竞骁也不恼，语气温和下来。

"什么味？"她没好气地问。

"柠檬。"

她调了一杯柠檬果酒递过去，冷冷道："一百八。"

陆竞骁明知道她这是在光明正大地抢劫，还是从钱包里翻出二百块钱放在吧台上。

梁好厚脸皮地收起来揣兜里，气还没消呢。

陆竞骁慢慢喝着柠檬酒，蹦出来这么一句："喝点木瓜汁，补补。"

梁好气得牙根疼，举起手里的抹布佯装要扔他脸上，瞪着眼："你走不走？"

两人正闹着，陆竞骁手机响了，他刚听了没几秒钟，整个人慌了起来，眉头紧锁地对电话里的人说："我马上过去。"

梁好跟着紧张起来："出什么事了？"

陆竞骁起身就走，在门口时扭头看了她一眼："加回去，不然我打电话给你那个闺密。”

想起无辜被骚扰的林阡陌，梁好无奈，只好主动把他的联系方式加回去。也是奇怪了，她竟然清楚地记得一切，他的电话号码和微信号都像烙印一样刻在她的脑子里。

看着面前陆竞骁喝了一半的柠檬酒，杯子的边缘还映着头顶的璀璨光芒，她鬼使神差地把它端了起来，找到了他刚刚喝过的位置，将唇贴了上去，喝光了剩下的酒。

晚上，她回到家，打开微博火速发了一段话。

微笑浅浅：广大网友们，我忽然发现自己是一个变态，这可咋办？貌似病得还不轻啊！

网友们热心的评论：不知这“变态”从何说起？怎么个“变态”法？

梁好想了半天，这糗事还是别说出去了，紧接着看到一群人发来的评论。

梁好无语，这群粉丝真是够了！怕不是都是黑粉吧？

她看了半天发现没有“微笑深深”发来的评论。

好奇之中，她登录《龙之翼》，没开直播，只是想单纯地上线看一眼“微笑深深”在不在，自从上次他放了她鸽子，她一直没上过游戏。

她上线第一件事就是打开好友列单，“微笑深深”的头像是黑的，系统也没提示收到他的私信，再仔细看他最后一次上线的时间，居然是那天他们刚约定好第二天去月老庙准备结婚，自那以后他居然也一直没上线？

她失望地关了电脑，趴在桌子上胡思乱想，她居然开始想念“微笑深深”了……她该不会是网恋了吧？

这个想法一蹦出来，她立刻扇了自己一巴掌，怎么可能。

陆竞骁赶到医院的时候，陆震一的情况已经好转了不少，他从病床上醒来时，苍白的脸毫无血色。

陆竞骁冲进来，额头上的汗滴落在雪白的床单上，他喘着气问：“怎么样？”

在一边的护士解释：“就是高血压引起的心绞痛，现在没什么大碍了。”

陆竞骁闭上眼，紧张的精神顷刻松懈下来，他坐在旁边的椅子上，浑身的力量都散去了。

“老毛病了，不用那么紧张。”陆震一有气无力地道。

“不是让你平常注意点吗？”陆竞骁皱皱眉。

陆震一轻笑一声：“年纪大了，怎么注意都没用的。”

“说什么胡话？”陆竞骁很烦他这样说话。

“你妈妈带着你妹妹回来了？”陆震一问道。

陆竞骁愣了一下：“你怎么知道的？”

“她给我打了通电话，问我最近身体怎么样。”陆震一神色温和地笑了起来。

陆竞骁表情怔住，心里竟然酸了一下，情不自禁地露出了一个孩子般的笑容。

“儿子，你该长大了，很多事情要看开，我和你妈之间没了爱情，却还有亲情。”陆震一慢慢说着，语气温柔。

陆竞骁沉默着，没说话。

“唉……你什么时候想见见欣姨和晓涛了，告诉我，我安排饭局。”陆震一道。

陆竞骁坐在椅子上想了很久，自从陆震一和许雅竹离婚后，他想过很多次他们复婚的场景，想到后来他经常做梦梦到，然后他在梦境的海洋里徘徊、留恋、乐不思蜀，直到每一次睁眼，发现那只是一个梦，次数多了，他才发现，这些只是奢望。

或许就像陆震一认为的那样，他还不够成熟，总是活在一个不可能的梦境里，无论是陆震一还是许雅竹都已经看开，迈进了新的人生，唯独他停在那里，不愿挪动步子。

“这周末吧。”陆竞骁终于开口道。

陆震一不敢置信地看着自己的儿子：“好，好，我马上安排！”

陆竞骁不知道该以一个什么样的姿态来面对这位很可能成为他继母的人，周六这天，他随便挑了一身休闲装准备去餐厅赴约。

许雅竹来他家看望Apple，进来的时候发现上次那姑娘不在，还旁敲侧击地问：“竞骁，最近是不是感情不顺利？”

陆竞骁正拿着钱包、钥匙准备出门，冷不丁被她这么一问，忙蹙起眉头：“我哪儿来的感情？”

“哎呀，你就别跟妈妈藏着掖着了，你跟那个姑娘是不是住在一起了？”许雅竹问道。

“我不是跟你说过了吗，她期末挂科，我帮她补习。”

“她真的不是你女朋友？”

陆竞骁沉默了一秒：“不是。”

“竞骁，你是不是太挑剔了？我不信没有女孩子喜欢你，你怎么还没有女朋友？”许雅竹一脸担忧。

“你烦不烦？”陆竞骁皱着眉头就要出门。

“亏了我为了不影响你谈恋爱，跑去住酒店，敢情你没女朋友啊！”许雅竹恨铁不成钢地摇摇头。

“你把这小胖妞放我这儿就不怕影响我谈恋爱？”陆竞骁瞟了一眼还在吃零食的Apple问。

Apple听到自己多了一个不讨喜的外号，忙冲他做鬼脸：“你讨厌，你才胖！”

“哎呀，你说你跟你自己亲妹妹这不是第一次见面嘛，我这么做还不都是为了让你们俩培养培养兄妹感情。”许雅竹道。

“烦她。”陆竞骁说完就走了。

Apple虽然年纪小，但是心思敏感，闻言立刻沉下脸来，零食都不吃了。

许雅竹忙过去笑着哄她："好了，好了，不难过啊，你哥就是这么讨厌，咱们不理他了。"

陆竞骁赶到餐厅的时候，陆震一已经带着杨云欣和晓涛到了，包厢里，三个人说说笑笑的，气氛融洽。

陆竞骁站在门口一直没进去，有服务员过来询问有什么要帮忙的，他才推门进去。

杨云欣不到五十岁，保养得还算不错，眼角的细纹不太明显，气质也还算良好。晓涛看起来也就十几岁，看见他的时候，明显有点害怕，往后缩了缩。

"来了啊，快跟欣姨打招呼。"陆震一道。

"你好。"陆竞骁语气冷淡。

杨云欣自是明白要想做半路夫妻，道路必定艰辛，她大方一笑："你好，竞骁。"

饭桌上，陆竞骁一句话没讲，杨云欣也不生气，一个劲儿地在陆震一耳边夸赞："竞骁随你，长得俊，听说成绩也很好，你多有福气啊！"

这话明显说进了陆震一心坎里，他笑笑："嗨，臭小子脾气倔得狠。"

陆竞骁抬起眼皮看了看这个与其说是挺会讲话，倒不如说是过于圆滑的女人，没什么好感。他本就吃得少，此时没什么胃口，随便吃了几口就放下筷子："我吃饱了，你们聊，我还有事。"

杨云欣面露尴尬，看着他离开的背影问陆震一："我是不是哪里说错了？"

陆震一叹气："别管他，这孩子就那样。"

第一次见面的感觉可以说是非常糟糕，陆竞骁不喜欢这个女人，即使感觉到了这个女人在极力做到最好，讨好他们父子俩，但是他的第一感觉就是这样，没有缘由。

但是与 Apple 见面的第一感觉完全不同，他对 Apple 喜欢不起来是因为那是许雅竹和别的男人生的孩子，她的存在在某种意义上来讲就是在提醒他，一切都回不到从前了，他的家庭永久破裂了。

可是对于杨云欣，他是单纯的不喜欢这个人，不管她是什么身份。

回家的时候，许雅竹和其他老朋友约了麻将馆见面，千叮咛万嘱咐陆竞骁别欺负妹妹，才放心地走了。

她这一走，一大一小站在门口，互相看着，对对方都挺不满。

陆竞骁挑眉："看什么看？"

Apple 抿着唇："我讨厌你！"

"那你走。"说着，陆竞骁就把门打开了。

Apple 抬头愤愤地看着他，还挺倔强："走就走！"

小胖身子摇摇晃晃地跑了出去，陆竞骁以为她跟他赌气，跑几步就得回来，谁知道这丫头一溜烟就跑走了。

陆竞骁站在门口吼道："我限你三秒内赶紧给我回来！"

"三！"

"二！"

陆竞骁气坏了，往外一看，人不见了。

他微微一怔，皱眉冲着空无一人的楼道喊："小胖墩儿？"

无人回应。

他匆忙走出去，把整个楼道找了一遍，这胖妞居然这么会儿工夫就不见了？

梁好这边正在游戏世界里面厮杀，忽然就接到了陆竞骁的电话，她用侧脸把电话夹在肩窝处，不耐烦地问："干吗？"

陆竞骁的语气听起来有些焦急："胖墩儿联系过你吗？"

"胖墩儿是谁？"

"我妹。"

"没有啊，她又没有我电话，出什么事了？"她嗅到了一丝不好的气息。

"她不见了。"

"啊？"

梁好愣神的工夫，控制的游戏人物就被对面的妖怪砍死了。

队里的"狐狸不成精"还在叫唤："哎呀，你怎么不躲技能？好好玩啊！"

这还玩什么啊！她扔下鼠标，拿着电话边穿衣服边道："我马上过去！"

两个人在公寓门口见了面，也没说话就开始四处找。

梁好直埋怨他："你说说你多大的人了，跟一个五岁小孩吵架，你疯了？"

陆竞骁表情阴沉得可怕，他几乎把公寓附近都找遍了，问了不少人都没看到 Apple 的身影。

中途许雅竹打来电话问 Apple 有没有淘气，陆竞骁草草应付了两句就挂断了电话。他不敢多想，更不敢耽误，直接一个电话把阿光喊了过来。

"赶紧给我找！找不到别回来！"

阿光领命，赶忙在四处搜寻起来。

梁好能从他的眼睛里看出焦虑和慌乱，她的担心不比他少几分，一个人跑到小区外面，一个角落一个角落地找。

她看向对面马路，饭店、酒吧、花店什么都有，这丫头该不会是跑进店里面了吧？

她匆匆跑过去，中途过马路还差点被车撞到，被司机骂了一通，她也完全顾虑不上，在对面的店里一个一个地搜。

她找了两家餐厅，问了问里面的服务员，都没人看到。她心灰意冷地出来，走到旁边的花店时，一个老奶奶正慈祥地看着她笑。她走过去刚想开口问，一眼就瞟到了蹲在墙角哭的小Apple，她不敢相信地两步跑过去，激动得失声喊道："Apple！"

Apple哭得眼睛都肿了，她泪眼汪汪地抬头看，见到是梁好，更委屈了，起身就冲进梁好怀里。

梁好心疼地把她搂在怀里，哄着她："好了，好了，不哭了，Apple最乖了。"

梁好腾出手给陆竞骁打了电话过去，陆竞骁在电话里呼吸急促："你在那儿等我！"

梁好搂着Apple在花店里等了一会儿，抬头就见陆竞骁迈着修长的腿几步过来，带着一脸怒气。

Apple连忙往里缩了缩，露出一只眼睛看他。

陆竞骁气坏了，拧着眉毛吼道："学会离家出走了是吧？谁教你的？"

梁好护着她："陆竞骁，你够了吧？她才这么小，你就不能对她温柔点？"

"不好好教训她，下次还随便跑出来！"

梁好简直觉得这人不可理喻，梁岩也是她亲哥，虽然平时总欺负她，但是梁岩从小到大都拿她当宝贝，生怕别人惹她、气她，她想不明白陆竞骁为什么就不能好好对自己的妹妹。

"你简直禽兽不如！"梁好瞪着他。

陆竞骁挑眉："我？"

"这对小夫妻别吵了，小伙子还不买束花送给老婆？有啥好吵的，孩子都这么大了。"坐在一边的老奶奶终于开口道。

话一出口，两个人瞬间沉默了，互相看着对方，一阵尴尬。

梁好迅速别过头，佯装看别的地方。

这时，Apple也不哭了，对老奶奶道："奶奶，给我一束花。"

老奶奶和蔼一笑，从手边一大束玫瑰里挑了一只长得最好的递过去："小丫头，以后可不能随便跑出来，大人多担心哪！"

Apple 点点头，接过花，皱皱眉头，抿了抿唇，似乎下了很大的决心一般，扭扭捏捏地走到陆竞骁旁边，举着花仰头看他："和好！送给你！"

梁好愣了一下，随即"扑哧"一声笑了。

陆竞骁反倒觉得尴尬无比，他侧过头，一脸傲娇地接过花："以后不能随便跑出来，听见了吗？"

"可是，你不喜欢我。"Apple 眼神黯淡下来。

陆竞骁的心微微一沉，他叹了一口气，蹲下身子，直视她："我跟你道歉好吗？我没有不喜欢你。"

"真的？"Apple 睁着大大的眼睛，面带喜色地看着他。

他心里苦笑，自己竟然还没一个五岁大的小孩豁达，这么多年的事情了，那些逝去的感情和时光早就追不回来了，何必一直把自己锁在一座暗无天日的围城里。

他点点头，摸了摸她的头："回去吧，今天的事可不能跟妈告状，听见了吗？"

"好！"Apple 点点头。

"这花多少钱？"陆竞骁说着掏出钱包要付钱。

"不要钱，小两口好好过日子吧！"老奶奶笑笑。

陆竞骁尴尬地扫了一眼梁好。

梁好快速移开视线，装没听见。

"谢谢您。"

出了花店，梁好准备回家，陆竞骁喊住她，她扭头的瞬间，一支玫瑰花落入她的手里，陆竞骁拉着 Apple 斜睨着她："送给你了。"

梁好傻兮兮的："你送我干什么？"

"我家没花瓶。"说完，他拉着 Apple 就回家了。

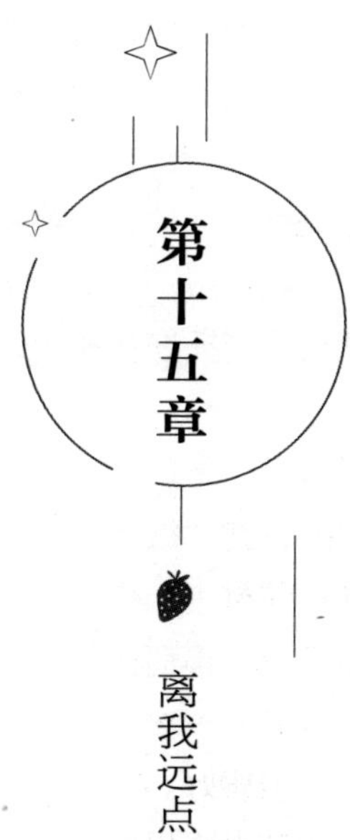

第十五章 离我远点

梁好刚回到家，梁岩就发现了不对劲，指着她手里的玫瑰问：“还敢说你没谈恋爱？说吧，姓甚名谁？哪个专业的？学习如何？人品过得去吗？家境呢？”

梁好红着脸推开他：“烦不烦，普通朋友送的。”

走到房间门口，她扭头问梁岩：“签约陆氏的事情你真不考虑了？”

梁岩顿了顿：“你先别回绝他，再给我一段时间考虑。”

“好。”

回到房间后，她把玫瑰花插在花瓶里，心里翻江倒海，难以平静。

她打开游戏，登录账号，想玩会儿游戏驱散脑海里胡思乱想的种种可能，谁知道居然看到“微笑深深”在线。

她迫不及待地发送私信过去：你放我鸽子！

微笑深深很快回复：最近事情比较多，赶一块了。

微笑浅浅：好吧，原谅你一次。

微笑深深：来吧，月老庙。

梁好都怀疑自己真的是一个铁血真汉子，按理说结婚当天被放鸽子这种事情，就算是在网络世界里，女孩子一般都比较介意吧！她居然这么轻易地原谅了他，她觉得自己心也太大了。

两个人在月老面门口碰了面，因为梁好是一个男性角色，所以去拿红绳的任务落到她的身上。“微笑深深”站在旁边，头戴红缨盔，一身金甲，手里拿着长枪，下半身穿着短裙，露出两条白皙的大腿，英姿飒爽中透着一丝娇媚，形象刚柔并济，梁好看着这个人物，情不自禁好奇起来“微笑深深”本人到底长什么样。

梁好领完红绳，把红绳挂在“微笑深深”买的婚房里，供起来，代表姻缘美满，虽然都是虚拟的，她却觉得心里一阵温暖。

之后，两个人又去裁缝铺制作新娘服，梁好还挺仗义，给微笑深深发消息：新娘服的制作费我来出。

微笑深深道：不用。

然后他召唤出他的那只稀有金凤凰邀请梁好一同上坐骑，梁好点了同意后，人物跑到了金凤凰上，她这个汉子搂着一个妹子坐在金凤凰后面。

两个人飞着去裁缝铺，梁好感慨颇深地发消息给他：从小到大，除了我哥以外，你是对我最大方的一个男人。

微笑深深：哦？

微笑浅浅：因为我爸的事，我一直畏惧恋爱，甚至不想走入婚姻，所以不打算找男朋友，就没感受过什么叫谈恋爱。我挺感激你的，让我有种被宠着的感觉，谢谢你！

可能是因为不知道对面的人是谁，就更加容易敞开心扉，说出自己心底的秘密。

梁好发完这段话后，“微笑深深”好一会儿没说话，她以为唐突了，连忙解释：你别误会，我就是感慨一下，你这人挺大方的，对女孩子挺好的。

微笑深深终于发话：你打算一辈子不恋爱？

梁好的手指停在键盘上，她想了想，说道：不知道，我的理智告诉我，一辈子不去恋爱，好好保护自己，可是感性又告诉我，我忘不了一个人。

微笑深深问：谁？

梁好叹了一口气，打字：没什么，咱们做衣服去吧。

“微笑深深”没再追问，两个人飞到裁缝铺。

做好新娘服后，微笑深深说：去三生湖举行婚礼吧。

梁好善意地提醒他：举行婚礼要花五万块游戏币，没必要。我也不太注重这个，无所谓。

微笑深深：我出，走吧。

梁好心里的罪恶感升腾，结个婚从头到尾都是人家女号出的钱……她这不是成了“入赘女婿”？

她被“微笑深深”带到三生湖边，有几个路过的玩家看到他们俩穿着红衣服，立刻奓毛了，在世界发话：微笑大神今儿结婚不在世界刷一个喇叭？

梁好发话到世界：低调低调，愿意来捧场的就来。

瞬间，三生湖边围上来了一群玩家，叽叽喳喳地闹了起来：这微笑深深没见过啊，微笑大神你居然跟平民玩家结婚啊？

他可不是平民玩家！人家豪着呢！

梁好发消息到世界：结婚所有钱都我媳妇出的！说谁平民？

一群人又开始闹：微笑大神！同样是男人，咱怎么能够吃软饭呢！

这时，“狐狸不成精”忽然冒了出来，跑到梁好身边问：她不是放了你鸽子吗？你还娶她？

梁好打字：谁还没点急事啊，我一个爷们儿那么计较干吗？

打完这行字，她自己都愣住了，她可是想都没想就这么发了出来。

狐狸不成精：我的照片传到社区网站了，你可以看一下，如果你后悔了可以来找我。

出于好奇心，梁好随手点开游戏的社区网站，找到了“狐狸不成精”的真人照片，她愣了半秒赶紧把网页关了。这长相，该怎么形容呢……倒是比车祸现场好一点。

懒得再理这位自恋的小姐姐，梁好又发消息到当前频道：来参观婚礼的带着红包！别空手来寒碜我！发红包的免费带刷各种副本！

——好好！发红包！

那帮人赶忙把红包都交易给梁好。

梁好美滋滋地收了一大摞，唉，她真的是一个随时随地不忘赚钱的财迷。

婚礼很快开始，两个人站在司仪面前拜天地，最后系统提示：微笑浅浅你是否同意微笑深深成为你的妻子，从此不离不弃？

梁好点了同意，然后爆竹烟花升天，其乐融融的场景，世界频道提醒：恭喜玩家微笑浅浅和玩家微笑深深成为夫妻。

她笑了笑，网络世界就是这样的，现实里她是一个胆小鬼，不愿意走入婚姻，怕承担不想承担的后果，可是在这里，她肆无忌惮，自由自在，可以去体验所有她未曾体验过的事情。

后来一直到开学后的好几个月，她和“微笑深深”都一直在一起。

时间一晃而过，那之后，梁好第一次见到安冉的时候，偷偷问起过她的状况。

安冉冲着她微微一笑，语气平静：“没事了，我打掉了。”

在这之前，她一直觉得安冉是那种不经世事的小女孩，漂亮、单纯、安静，可是没想到，小小年纪已经经历了那么多。

“你身体有什么不舒服的就及时通知我。”梁好叮嘱她。

“好。”她的笑容很干净，不掺杂一丝杂质。

这让梁好更没法开口要钱了，她郁闷地发了一条微博。

微笑浅浅：如果你一个很好的朋友欠了你钱，并且一直没提还钱的事情，你该怎么办？

没想到今天的“沙发”被“微笑深深”抢到了，经过一段时间的了解，她发现“微笑深深”这个人虽然挺有男人味，说一不二、果断、大方，但是也刻薄、冷漠，有的时候讲话有点绝情，他直接回复：这种人也叫朋友？

梁好心里挺不高兴的，连忙反击：她是我宿舍的好姐们儿，她人挺好的。

没想到其他网友也发来消息：你把她当朋友，她觉得你傻，利用你而已。

梁好气得把微博关了，这世界哪有那么黑暗？至少在她的心里，她希望保留一点关于友情的纯净天空。

晚上，她在小酒馆打工的时候，神游天外，想着网友们犀利的言辞，心里的那点正义感在莫名其妙地发酵，她不喜欢别人对她的朋友恶语相加。

“你一晚上心不在焉的，想什么呢？”凌霄端着一杯酒过来，笑着问。

“没什么。”她赶忙认真地擦了两下吧台。

凌霄见快到下班时间了，拎起外套对她道：“你去兜风吗？”

“啊？”她愣在那儿看着他。

“当是陪我，我郁闷着呢。”

说着，他已经穿好外套走出了酒吧。

梁好在更衣间换好衣服后，走出酒馆。

凌霄倚在门口抽烟，见她出来，本能地轻轻搂了她一下，示意她上车，她也没在意。

车子开到一半，梁好一阵纳闷，扭头看他。

他面色很冷，瞟了她一眼，没说话。

“你去哪儿？”她好奇道。

凌霄轻轻笑了一声，伸出一只手托起她的下巴，眼神里透着戏谑：“去酒店呗。”

梁好只愣神了一秒，随即她反应极快，直接把右边的车门打开了——车门没锁。

眼见着她要跳车，凌霄一把将她拉了回来：“别激动！”

他腾出一只手，快速按了锁车键。

梁好见跳车失败，尽量保持冷静，目露凶意地看着他：“给我停车！”

“行了，行了，开玩笑的，你在我那儿待那么久，我要有这个想法，早就下手了。”凌霄苦笑一声，摇摇头。

“我困了，送我回家。”梁好冷淡道。

“我真是跟你逗着玩的，我就是想提醒你，以后别随随便便大半夜跟男人出去。梁好，你太单纯了，这样以后很危险，知不知道？”凌霄一本正经地扭头看她。

见他严肃起来，似乎刚才真的只是为了提醒她，她放松下来：“以后少开这种玩笑。而且我是信任你才大半夜跟你出来的，我又不傻，难道是一个人就跟他出去？”

凌霄抿唇笑笑：“那谢谢了，我很高兴能够得到你的信任。”

“你到底带我去哪儿？”梁好问道。

“这附近有飙车的山道，我想去兜一圈。”

“你到底为什么郁闷？”梁好问。

凌霄沉默了一会儿，道：“觉得一个姑娘不错，但是这个姑娘无论从外表还是性格都不是我喜欢的，我觉得很矛盾，不知道该怎么办了。”

梁好听着听着就觉得感同身受，某人也不是她喜欢的类型啊，可是老天爷偏喜欢跟你开玩笑，把你最讨厌的类型成天摆在你眼前，让你违背自己的意志，做出一些自己都开始怀疑的奇怪举动，到最后筋疲力尽地承认自己输给了命运，自己是失败者，因为喜欢是自己最没办法控制的一种情绪。

车子行驶了很久，夜晚的气温骤降，雾气弥散在玻璃上，周围的景色变得朦胧，凌霄用雨刮器刮了刮玻璃，才远远地看到一群人在山道下面围着聊天、喝酒。

“没想到今天被人占了地方。”凌霄一脸懊恼。

“那要不回去吧？”

“看来今天有赛车的，要不要去玩？”凌霄来了兴致。

梁好困得不行，见凌霄在劲头上也不好意思扫兴，干脆跟他下了车。

两个人站在后面的栏杆处，前面一群穿着怪异的少男少女吹着口哨，似乎在为远处两辆极速飙着的赛车加油鼓劲儿。

梁好看不懂赛车，索性倚在栏杆上，看那群人疯闹。

凌霄在她耳边得意一笑："你信不信，我在这儿站一会儿就有姑娘过来搭讪？"

梁好翻了一个白眼："你得了吧，吹牛。"

没想到，没一会儿那群人里就有一个穿皮衣的高个女人注意到了凌霄，她笑着走了过来，打招呼："嗨！来玩车？"

"嗯哼。"凌霄勾起嘴角。

"今儿这条山道被一个小公子哥包场了，改天再来？"她道。

"谁那么大手笔？"凌霄皮笑肉不笑。

"一个新手，塞给我们一人一千块让我们腾地儿，我们就只好看比赛！"高个女人道。

凌霄本来想带梁好来山道兜风，没想到山道都被人包了，心里有点堵，却也没办法，转头道："那我们回去吧？"

梁好点点头。

两人刚要走，那高个女人妩媚地笑了一声，贴上来伸手把一张名片塞进了凌霄的上衣口袋里，末了在他耳边低语："我每天都来这儿！"

凌霄淡笑着，没说话。

那高个女人一走，梁好赶忙问他："你们俩认识？"

"当然不认识。"

"那你们俩说悄悄话？"梁好眨眨眼。

凌霄看着梁好一脸惊讶，不由得揉了揉她的脑袋："就说你单纯，知道什么叫捞女吗？"

梁好扒拉开他的手，整理好自己的头发："知道啊！"

"这边来玩车的大多数都是富家公子哥，而来助兴的这些女人大多数都是捞女，假装自己对赛车很感兴趣，其实是想趁机钓凯子。”凌霄解释道。

不愧是江湖“老司机”，万花丛中过的人，梁好佩服：“难怪你说会有女人过来搭讪，看来你平常不少遇见这种女人啊？”

凌霄目光灼灼地盯着她娇俏的脸庞，意味深长：“所以才觉得那个姑娘好得很啊！”

梁好怕他又因为那个姑娘难受，连忙岔开话题：“好了，好了，别想了，谁没失恋过，对吧？咱们回去吧。”

两人刚要走，就见远处两辆车减速驶来，几乎是同时到达终点，看热闹的那群人欢呼，口哨吹得更响亮了。

其中一辆白色赛车里下来一个人，梁好只看了侧脸就呼吸凝滞了，敢情是这人把山道包了？

旁边的红色赛车里下来的是峰子，他一只手搭在陆竞骁的肩膀上，笑得没心没肺：“可以啊，对于新手来说算不错了！”

陆竞骁没什么表情，往人群那边走去，他一抬头就看见了凌霄和梁好肩并肩地站在后面，一时间沉默着没说话。

两人走过去，峰子一看到梁好，大笑：“王翠花！”

梁好无语：“喊谁呢你？！”

“你怎么来了，不会也是钓凯子来的吧？”峰子嘻嘻哈哈地凑过去打趣。

梁好一听就怒了，伸手掐住峰子的耳朵：“你再胡说，我撕烂你的嘴！”

“女侠饶命，女侠饶命！”峰子被掐得生疼，连忙求饶。

“今天本来想上山道带女朋友兜风的，没想到山道被你包了，怪扫兴的。”凌霄云淡风轻地笑着。

梁好立刻扭头看他：“胡说什么？”

陆竞骁的眸子透出一股冷光，他凉凉地扫了一眼梁好后，勾起嘴角，对凌霄道：“那抱歉了，扫了二位的兴致。”

“没事，你玩完了？那我现在带她去兜风。”

陆竞骁没打算让：“我包场到凌晨了，不过我不介意让你跑一圈。”

“跑一圈？要比比吗？”凌霄看起来一副胸有成竹的样子。

凌霄摆明了是摸透了陆竞骁的脾气，故意激他。

陆竞骁转头对峰子道：“峰子，你把你的车借给他。”

“得，嘿，小子，玩归玩，别把我车撞坏了。”峰子摸了摸车头，一脸心疼。

“放心吧。”凌霄说着，开门坐进了车里。

两个人这场莫名其妙燃起来的战火，梁好一点也没看明白，她焦虑地站在峰子旁边，双手不停搓着。

“别担心啦，就是竞速，都谈不上赛车，真正的比赛还能在这破山头开？”峰子宽慰她。

梁好扑腾直跳的心却一直无法平静。

峰子一吹响口哨，两辆车立刻像一头雄狮般往前冲，她急忙往前跑了两步，想看清两辆车子的情况。

耳边猝然响起尖锐的声音，似乎这寂静的夜空都被这声音划破了一道口子。

随着车子经过拐弯处，车轮摩擦地面的声音越发刺耳，梁好咬了咬下唇，不错眼珠地看着他们，声音越来越小，不一会儿，就看不到车的身影了。

她急得原地转圈，峰子一直安慰她：“你们女人真是的，没见过赛车啊？”

过了一会儿，耳朵又清晰地听见了汽车轰鸣的声音，梁好急切地望过去，两辆车子竞相驶来，不相上下。

就在离终点不到一百米的时候，白色车子靠里面，被外面红车挤在了拐角处，陆竞骁想漂移躲过，可惜前轮抓地力不够，晚了一秒钟，整辆车撞在了里侧护栏上，一声巨响后，车前盖被瞬间撞出了一个坑。

红车在拐弯那一秒，把白车的漂移空间全部封死，再提速，甩车尾，动作一气呵成，霎时间超越白车，几秒的工夫便到达了终点。

梁好吓得惊呼一声，连忙跑了过去。

峰子和那群加油的观众们也不敢再干看着，立刻冲了过去。

“陆竞骁！”梁好第一个到了白车附近，一把拉开车门，探头进去，“你没事吧？”

陆竞骁的头靠在车窗上，看不到明显的外伤，他短暂地昏迷了几秒后，睁开眼，听见耳边有人叫着，他往旁边一看，眼神里的冷漠像一汪极寒深潭，透着幽暗的光。

他没理梁好，皱着眉头挪到副驾驶座，梁好让出位置，想伸手搀扶他从车里出来，却被他一把甩开了，她愣在那里，呼吸凝滞了。

陆竞骁像看一个陌生人般盯着她，冷冷道：“离我远点。”

梁好没再去碰他，一阵突如其来的心酸涌上心头，心间渐渐充斥着一股潮湿而阴冷的感觉。

“没事吧？我送你去医院吧！”峰子急吼吼地跑过来搀着他。

凌霄也从红车上下来，走过来关切地问：“不好意思，我不怎么会开赛车，没掌握好分寸，你没事吧？”

陆竞骁无声地瞟了他一眼，没理他，转头对峰子道：“你送我回去。”

“好好！”

梁好想忍住心里的那阵酸涩，却怎么都控制不住，装作若无其事地对凌霄道：“咱们回去吧，我困了。”

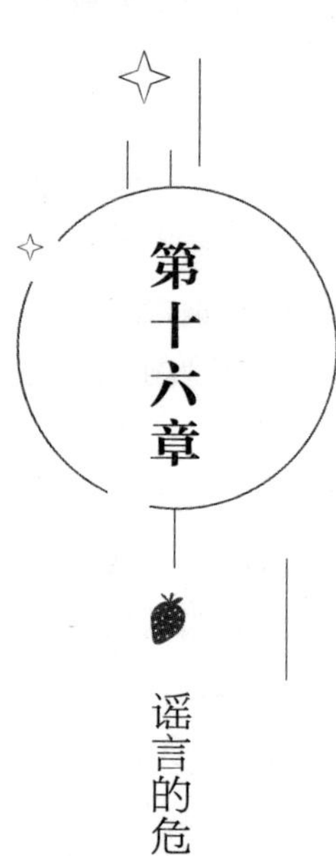

第十六章

谣言的危害

连续三天，梁好没在学校见到陆竞骁，她试着给陆竞骁发了微信过去，却没人回复她。她通过好几层关系才弄到了峰子的手机号，还没想好怎么开口，电话已经打了过去。

“是我，陆竞骁怎么样了？”

峰子没听出来是谁，连忙问：“你又是哪个追求者？”

梁好无奈：“我！王翠花！”

“哦哦，我知道了，梁好啊！他没事了，在家休息呢。”

她放下心来，刚要挂断电话，峰子在那边好奇地问：“我说你那个朋友够厉害啊，我玩赛车两年了，那弯道技术都赶不上他，他哪个车队的？”

梁好一听这话，心凉了一大截：“你觉得他不是新手？”

“那怎么可能是新手啊，内行人一看就能看出来，专业的，绝对！”

梁好当时就把电话挂了，心里乱极了，这个凌霄表面笑容温和，可是肚子里一股子坏水儿。

她正气呢，邹晓音从外面回来，对她道：“梁好，系主任找你有事，你去她办公室一趟吧。”

“找我？什么事？”她有点茫然。

“我哪知道，说不定要提拔你当学生会主席呢，好事儿啊！”邹晓音诡笑道。

系主任吃多了提拔一个挂科王当学生会主席？梁好对邹晓音翻了一个白眼，不敢耽误，赶忙去了办公室。

面对系主任板着的一张扑克脸，梁好就觉得大事不妙，可是她想了个遍都没想到什么事情这么严重。

系主任把笔记本电脑转给她看，冷声道：“你自己看吧。”

只是一眼，梁好像被人狠狠扇了一巴掌，愣在原地，脑子发蒙。

是学校的论坛网页，标题用加粗大号的字写着：我校学生深夜与男子私会，疑似违反校规在外援交。

紧接着就贴着她和凌霄那晚从小酒馆走出来的照片，凌霄的手还轻轻地搭在了她的肩膀上。

她张张口，一句话都说不出来。

“你好好解释一下吧。”

梁好紧紧攥着拳头，冷静了几秒才开口：“主任，我在这家酒馆打工，是普通的服务生，我绝对没有当援交小姐。”

“那这张照片上的男人怎么回事？”系主任推了推眼镜，语气严肃。

“他是这家酒馆的老板，他只是……只是送我回家。”她尽量解释得简单明了。

系主任叹了一口气：“梁好，你知道的，咱们学校明确规定，所有学生不允许出入特定场所，更不允许打违法的工。”

“主任，我真的没有！”她急了。

“有没有，校领导会彻查这件事，你先回去吧。”

从办公室出来后，梁好感到身体发冷，脚底下像踩了一团棉花，连站都站不稳。

学生论坛本就有很多学生闲着没事喜欢去闲逛，不知道哪个人看到后告诉了系主任，由于事情影响到学校脸面，系主任这才关注起来，可是这个发帖的人到底是谁？

宿舍的几个人也担心起来，邹晓音都要气炸了：“这到底是哪个人发的帖子啊？”

安冉在一边皱着眉问：“梁好，都谁知道你的打工地点？”

梁好一琢磨，脱口说道：“就晓音知道！”

说完，宿舍顿时安静下来。

梁好本能地立刻看向邹晓音。

邹晓音愣了一下，立刻急切地道："不是我！我疯了？"

欢欢道："别怀疑到自己人这里啊，咱学校去酒馆的学生多了去了，说不定就是碰巧看见你，误会你了，才拍照片发论坛的。"

梁好也是一时间失去了理智，她看着邹晓音道："对不起，我不是怀疑你。"

邹晓音却因为梁好刚刚那个本能反应气到内脏都疼起来，她坐回自己的位子，没说话。

"要不查一下 IP 地址吧？好歹咱们也是学计算机的。"欢欢提议道。

梁好打了一个激灵："好！"

几个人在宿舍里查了半天，追查到了发帖人是在学校附近的网吧发的，这就不好查是谁了，这学校的每个人都有可能去网吧。

线索就这么断了，梁好垂头丧气，下午还去新闻部逼问了爱随便乱写的张韬。

张韬打死不承认："要是我发的，早就登报纸了，还能那么低调？"

梁好揪着他的领子，冷静了下来，仔细想想也对。

"不过，你真的……援交去了？"张韬试探性地问。

梁好扭头吼他："闭嘴，敢乱说，我打死你！"

听谁拿了一个什么奖项、考了前几名别人没兴趣，听谁堕落到不堪入目的样子才是大家的乐趣，不到几天的时间，梁好在校外援交的事情就传得到处都是。

一开始，她觉得事情不怎么严重，只要找到发帖人，跟校领导好好解释一番就没事了，谁知道，谣言越传越广。

梁好开始每天都逃避上课，实在躲不过了就坐在教室里最不起眼的位置听课。可是经过人群时，被那种鄙视、看轻的眼神洗礼的日子并不好过，短短几天，她的精神已经接近崩溃了。

她双手抱着头躲在宿舍里，感觉周围的每一个声音都像是在嘲笑着她，她摇了摇头，忽然想到晚上还有酒馆的排班，她赶忙抄起电话给凌霄打了通电话。

“不来了？出什么事了？”凌霄好奇地问。

“对不起，我最近一段时间都没办法去了。”

“出什么事了？需要我的帮忙吗？”凌霄又问了一遍。

“不需要，谢谢。”说完，她就把电话挂了。

中午的时候，欢欢陪着她去食堂吃饭，她心情跌落低谷，有气无力地问：“晓音和安冉呢？”

“安冉去社团了，晓音……她吃过了。”

欢欢的掩饰很拙劣，被她一眼看穿，她知道邹晓音还在生气。

两人走到食堂门口的时候，正好碰上迎面出来的陆竟骁。

就在那一刹那，时空凝固在两个人的视线里，梁好手心冰凉，用一种渴求的眼神望着陆竟骁，希望他能说点什么，哪怕只是一句关心、一句问候，甚至是怀疑她，质疑她都没有关系。

可是，时间安静地过了几秒，然后陆竟骁没什么表情地经过她的身边，连走路时身边的风都是冷的。

梁好的心在他经过她身边的那一刻，骤然降温。

微笑浅浅：怎么会这样，我的世界本是亮如白昼，却在一夜之间变得暗无天日。

晚上，她窝在宿舍里发了微博。

到现在这一刻，她终于知道了为什么从小到大，她沉迷网络，喜欢这个虚拟的世界，甚至把这里当作自己的精神食粮，因为现实真的太刻薄、太残忍了，即使她的心坚如磐石，也被命运这把小刀慢慢地磨成了一盘散沙。

屋子里很黑，所有人都睡了，她盯着电脑屏幕发呆，在这一刻，她竟然想起了“微笑深深”，很想很想他，她找了找评论，没发现有他的。

她又跑到游戏上，发现他的头像也是黑的，她凄惨地一笑，现实是有多不如意，才让她把希望寄托在一个网友身上。她关掉电脑，上床睡觉。

事实证明，很多时候时来运转只是碰巧，祸不单行才是常事。

她想起那天晚上阿慧正好在酒馆当班，或许能帮她做证，凌霄只是她工作的老板，两个人关系清白。

想到这儿，她迫不及待地跑去酒馆。

阿慧一看到她就没给什么好脸色，她尽量和颜悦色地说明了下情况。阿慧听完后不屑一顾地瞟了她一眼，讽刺道："要说你对小老板没那点心思，我才不信！那天我是听小老板说要带你去兜风，但是谁知道你们俩只是兜风，之后没去干别的？"

"阿慧，我在这儿打工那么久了，要真和凌霄有什么还等到现在？"梁好压下怒火，语气平静。

阿慧转转眼珠，一时找不到还嘴的话，干脆又道："反正我才不会去学校帮你澄清，上次让你帮我替班你也没帮啊！"

"上次我是真的要备考没时间来，你不过一句话的事情都不想帮？"

"不帮。"

梁好看看她，扯出一个冷笑，扭头就走，转头却碰见一脸平静的凌霄，他似乎站在那儿很久了。

"阿慧。"凌霄眉头一拧，一个严厉的声调已经代表了他想说的话。

阿慧不服气地瞪了瞪梁好："我是不会去的。"说完把抹布一摔，钻进了后厨。

"不用找她了，我再想想别的办法。"梁好道。

"我很抱歉，但是我貌似也帮不上什么忙。"凌霄一脸歉意地看着她。

她摇摇头："跟你没关系，我先请一段时间的假，事情解决了我再回来。”

梁好说完便走。

凌霄看着她的背影，目光沉了下去。

梁好没心情学习，没心情直播，她知道一踏入校园，就像迈进一个深不见底的黑洞。她不知道该找谁，一时之间，好像整个世界都在孤立她，她就站在悬崖边缘，却没有人愿意伸出援手拉她一把。

手机响了起来，居然是林阡陌的电话。

“梁好，你没事吧？”林阡陌急切地问。

真好，这个时候还有人愿意相信她。

“你在哪儿呢？”梁好赶忙问。

“我在学校附近的咖啡厅。”

“我去找你。”

梁好见到林阡陌后，就红着眼圈抱住她。

林阡陌在经济系，但是这种事情总是一传十、十传百，她也知道了。

“这种捕风捉影的人真是无聊死了！”林阡陌拍拍她的肩膀。

“我还和我舍友闹别扭了，因为我打工的地点就告诉过她，我也是本能反应，看了她一眼。她觉得我不信任她，跟我闹别扭呢。”梁好趴在桌子上，郁郁寡欢。

“人要倒霉都赶一起，我家的影楼最近生意特别不景气，而且……我明明知道我喜欢的人有女朋友却还是那么喜欢他，我是不是蠢透了？”林阡陌说着，眼睛里的光暗淡了下去。

一时间，和青春有关的这些日子过得异常难熬，无论是梁好还是林阡陌，感情上，友情上，事业上，多多少少都受了阻力，停滞不前。

在来来往往的食堂里，峰子一直在陆竞骁耳边叨叨：“我那几个朋友非让我问你电话号码，你就当给我一个面子行吗？上次那个脏辫儿真不怪我啊，我也喝多了！”

陆竞骁冷眼看他：“你还好意思提她？”

峰子咽了咽口水：“你们俩……她把你……”

“闭嘴。”陆竞骁一脸不满。

“得，我把那人拉黑了，以后玩赛车再也不叫她了。不过我身边真有几个不错的好姐姐，你就当给我一个面子，认识一下人家可以吧？”峰子还在拼命牵红线。

“不去，我没空。”

两人正聊着，耳边传来一些闲言碎语：“不是吧？计算机系那女的？她不是干微商什么的吗？”

“可能干不下去了吧，又或者赚得少吧，毕竟援交来钱啊！”

陆竞骁本就冷着的脸更加阴沉，他掉头就走。

峰子在后面喊他：“不吃饭了？”

“没胃口。”他刚要出食堂门口就撞见了一个人。

他居高临下地看着眼前长相美好的女人，想了一会儿，才想起来是谁。

“你好，上次谢谢你送我回家。”安冉甜甜地笑了一下。

峰子眼睛都直了，八卦道：“好你个老陆，我说你怎么不接受我朋友，原来是有相中的姑娘了？”

安冉的脸微微红了一下，低着头不好意思地站在那里。

陆竞骁烦躁地扫了峰子一眼：“你的话怎么那么多？”

“这样吧，为了谢谢你上次送我回家，我请你吃饭吧。”安冉道。

峰子一个劲儿在旁边撺掇：“好啊，好啊，那我们一起吃吧！”

“你们俩吃吧，我走了。”

陆竞骁说完刚要出门，安冉拉住他的衣袖：“我就是想感谢你一下，没别的意思。”

“你那么踿干吗？人家姑娘想谢你，给一个面子呗！”峰子不死心地劝道。

三个人坐在靠窗的位置，陆竞骁低头吃饭，一句话都懒得讲。

峰子跟安冉有说有笑的，逗得安冉抿唇咯咯笑着。

峰子嘴没个把门的，见话题都聊了个遍，怕气氛尴尬就想起最近学校的谣传了：“对了，你们系的那个女的……真的假的？”

安冉眼神黯然下来：“梁好家境不太好，她很可怜的，你们不要戴着有色眼镜看她。”

峰子一口饭喷了出来：“什么，是她？”

安冉一惊：“你认识她？”

陆竞骁停下筷子，目光犀利地看向安冉，表情已经有了一丝怒气。

“她爸爸几年前骗了她妈妈进行房屋抵押贷款，结果她爸爸拿着贷款跑了，所以她经济压力挺大的……”

“那这么说，她真的为了钱去援交？”峰子张大嘴觉得有些不可思议，这时，他又想起什么似的，扭过头看着陆竞骁道，“那天难怪见她穿成那样在酒馆里，看来她真的……”

“啪”的一声，陆竞骁把筷子扔在桌子上，起身就走。

安冉吓了一跳，抬头看着他冷峻的侧脸发呆。

峰子不知道这位陆少爷又发什么脾气，跟安冉道了别，赶忙追了过去。

“好好的，你发什么脾气？”峰子追上去拦住陆竞骁。

陆竞骁一把揪起峰子的领子，逼近他，声音阴冷：“徐子峰我警告你，你再议论她，别怪我对你不客气！”

峰子看着他离开的背影，心里还因为刚才他眼睛里冒出的寒光而感到心悸，赶忙摸了摸自己的胸口，小声嘟囔着：“这唱哪出啊？”

梁好都不知道这些日子是怎么过来的，几乎每晚她都和林阡陌去市中心的酒吧喝酒、聊天，兴致上来了还在舞池跳会儿舞，反正至少酒吧里没人认识她，没人议论她，她觉得轻松自在。

之后，她又在家宅了一段时间，她没敢告诉叶青和梁岩，有些苦恼只能憋在心里，自己强撑着。

叶青多少也看出了点古怪，狐疑地问她："怎么这几天在家，不去上课？"

梁好转转眼珠："这一周是户外见学，下周直接交报告就行。"

"那你还不出去做功课？"

梁好皱皱眉："我在网上搜搜就行啦！"

叶青没再多问，转头要出去买菜，刚走到门口，听到门铃响。

梁好正在卧室里打游戏，也听见了门外铃声，她走出去一看，吓了一跳，结巴道："你……你怎么来了？"

门口站着西装革履、英气非凡的凌霄，他颇有礼貌地向叶青道："伯母，打扰您了，我去学校找梁好，宿管阿姨说她回家了，我就过来看一下，冒昧了。"

叶青见眼前的男人气质、修养都不错，笑着道："哦，没事的，请问您是？"

凌霄从西装口袋里翻出名片递过去道："我是梁好打工的酒馆老板，您喊我小凌就行。"

叶青以为梁好打工犯了什么错误，立刻拉着她过来质问："你给人家店里添麻烦了是不是？"

"没有，没有，我是和她商量一下业务的事情，她挺好的。"凌霄忙道。

"哦，这样啊，那你们先聊，我出去买点东西。"

叶青一走，梁好忙问他："你怎么来了？"

"我来看看你的情况，你没事吗？"凌霄一脸关切地看着她，问道。

“没事，这种事情熬过一个学期大家就忘了。”她有气无力地说道。

“本来想请你出去吃顿饭的，既然伯母在，待会儿一起去吧？”凌霄笑得如沐春风。

“我这都翘班那么多天了，你不兴师问罪反倒请我吃饭，还要请我妈？”梁好眨眼。

“女孩子遇到这种事情都不会好过的，我希望你能开心点。”他说得真诚。

梁好心里一阵暖风吹过，她抿着唇一笑：“谢谢你，我妈买菜去了，待会儿在家吃吧，我妈厨艺可好了。”

“真的假的？那我不客气了？”

等叶青回来后，凌霄觉得不好意思，硬要钻进厨房帮忙。叶青哪能让客人打下手，忙客客气气地把他请出了厨房。

两个人在客厅聊了半天二楼网吧装修的事情，凌霄一直和煦地眯着眼睛笑着，看着她说着她的电竞趣事。

叶青从厨房门口探头看了一眼，心中有各种情绪涌来，她叹了一口气，扭过头继续做饭。

饭桌上，凌霄保持儒雅、温和的模样，对叶青的提问也有问必答，梁好听着听着就觉得不对劲了。

比如，叶青问：“小凌，你家里还有什么人？”

凌霄也不避讳，直言道：“父母，我是独生子。”

“哦，你父母是做什么工作的啊？”

“都是生意人。”

“哦，那你是本市户口吧？”

“妈！妈！菜都凉了！”梁好不傻，赶忙分散叶青的注意力。

叶青也意识到自己可能因为过于担心，表现得有些失礼，赶忙笑着道：“吃饭，吃饭。”

“阿姨的手艺真不错，以后我都吃不下自己做的了。”凌霄一笑道。

“小伙子还会做饭？真好，我们家这傻丫头除了打游戏什么都不会。”叶青白了梁好一眼。

梁好越听越觉得凌霄这厮有备而来，一句话又夸了她妈，又表示自己也会做饭。

临走前，凌霄还送了叶青一张美容院的打折卡：“这是上次酒馆客人送我的，我又没有女朋友，我妈也不需要，就送给您吧。”

这句话的意思好像是在说他单身，且不是妈宝男？梁好感觉自己脑子转得太快，也很可能是她想得太多。

叶青不好意思地收下：“谢谢，有空常来做客。”

梁好送凌霄下楼的时候，狐疑地望着他宽阔、健硕的背脊，想了半天，在楼道口叫住他：“我说你今天来的目的到底是什么？”

凌霄打开车门，侧过头来看了她一眼：“刚见面的时候不是说过了吗？来关心一下员工的状况，我会劝阿慧跟你们学校领导解释的。”

“好吧，今天谢谢你。”

“不客气，希望你早日振作，回来上班。”

看着凌霄的车渐渐消失在路口，她心里的那片阴霾被驱散了很多。

上楼后，叶青拉着她在客厅聊天：“我觉得你们老板可能是对你有意思，你自己注意点。”

梁好也怀疑过，可是她深深了解凌霄那种人是不会喜欢她一个学生的，她打着哈哈：“妈，你想多啦，凌总见我前些日子给他事业提了建议，觉得不错，这是跟我继续商量来了。”

叶青叹了一口气：“但愿如此，我不希望你这么早就谈恋爱，我怕你看不清人，陷进去难以自拔，到最后吃亏的是你自己。”

梁好知道叶青因为梁帆的事情，在感情上特别害怕她遇到坎坷，她拉了拉叶青的胳膊，笑笑：“妈，你别担心了，我自己心里有数的。”

“那就好。”叶青摸了摸她的头，一脸欣慰。

她太清楚一段感情不能轻易陷入了，这些年来隐忍的那些情绪，逼着她面对一个时刻保持理智的自己并不容易。

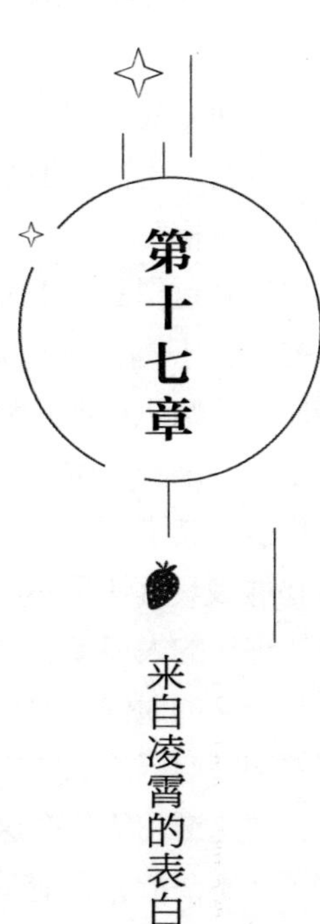

第十七章

来自凌霄的表白

事情过了一段时间后，校领导派人去过酒馆也问过凌霄，凌霄几次劝说阿慧不成，最后只能用开除威胁阿慧，她才勉为其难地替梁好说了两句话。后来因为证据不足，学校才没对梁好进行开除学籍的惩罚。

这件事情看似过去了，可是又仿佛一直都过不去了，很长一段时间，梁好依旧被人议论着。无论真相是什么，人们喜欢探讨的永远是自己想象的那个“真相”。

梁好本来想把这件事情就这样隐瞒下去，谁知道，周末回家，她在房间做了一会儿直播，觉得一阵头疼，趴在桌子上就睡着了。

梁岩进屋来也没敲门，见她趴在那儿睡着了，刚要轰她去床上睡，一眼瞟到了她的手机进来一条微信，是她以前做代购时的客户，那人直接问：你真去援交了？

反正一语刺痛别人是件极其爽快又不用付钱的事，梁好也是在成长中，越发觉得身边这样的人很多。

梁岩在看见这短短几个字的时候，血液直接冲向了脑门，他一把推醒了梁好，他自然知道自己的妹妹不会做这种事情，拿着她的手机急吼吼地问她：“这谁，凭什么这么说你？”

梁好揉揉眼睛，脑子还不清醒，看清楚那条微信后，皱着眉头道：“这人真是！学校最近有点谣言……”

梁岩拉把椅子过来，能看出来他在竭尽全力地压住自己的火气：“从头到尾，说！”

梁好叹了一口气，怕梁岩多想，干脆统统说了出来。

梁岩一直沉默地听着，听完眯着眼睛道：“你查出来发帖的人是谁了吗？”

“在我们学校附近网吧发的，这不大海捞针吗？”

梁岩若有所思地想了一会儿，摸了摸梁好的头："委屈你了，小可怜，这件事你别管了，哥帮你解决。"

梁好的心瞬间悬起来："你想干吗？别打架惹事啊！"

梁岩看着她，一脸不满："在你心里，你哥就是一个莽夫？"

她摇摇头。

"那不就完了。你好好去学校上课，谁议论你，你回来告诉我，我让他彻底闭嘴。"

"这听来听去，你还是要去打架啊！"

"行了，你别管了！"

所以她很多事都不敢跟梁岩说，梁岩这脾气比她还火暴，指不定会干出什么事儿呢。

之后梁岩冷不丁地发微信给她：你说你，都快大二了，连一个男朋友都没有，你为什么还不找男朋友，等学校发一个给你吗？

梁好当时就怒了，怼回去：说得就跟你有了女朋友一样？

梁岩：你哥那是眼光高，嫌弃周围的女人不够清新脱俗。追我的人可多了，再看看你，有半个男人稀罕你吗？但凡有半个男人稀罕你，这替你拔创的事情还轮得到我？

越说心里越憋屈，梁好强词夺理道：你懂什么！那是因为你妹妹太优秀了，那些男人看了我就知道自己没戏，干脆放弃追求。

梁岩发了一个呕吐的表情：别的女人没人追确实是因为自己太过优秀，光环极盛，男人们打退堂鼓，你是单纯因为没人要。

梁好：再见，兄妹情已断。

梁好发了一个挥手的表情过去。

当天晚上，她看着寂寂皎月和满天星辰，感慨颇多，于是又发了微博。

微笑浅浅：我是不是真的应该放弃顾虑去找一个男朋友了？爱情这东西学校是不会给每个人都发一份的，也许我该去寻觅，该去追求了。

无数人蜂拥而至：微笑女神，求坐标，同城的话，求交往！

她百无聊赖地托着下巴，翻着评论，发现依旧没有“微笑深深”的评论，连点赞都没有，她心里竟然担心起来，他最近到底是怎么了？

她又打开游戏，果不其然，他的头像是黑的。

很多时候很多事情发生得都是那么巧合，就在她觉得“微笑深深”可能弃游了的时候，她终于刷到了最后一件稀有装备，这一刻，她竟然没有感到一丝丝的喜悦和激动。这本来就不是她自己的号，她是为了赚钱帮别人玩的，却没想到，在游戏里，意外地和别人结了婚，有了家，两个人还精心挑选了家具，还为家具的摆放问题偶尔拌两句嘴。

微笑深深：你确定你要把恢复体力用的浴缸放在大门口？

微笑浅浅：这不是为了方便回到家，第一时间能满血吗？

微笑深深：这不符合我的美学，放浴室里。

微笑浅浅：又没人来看，一切顺从方便！

微笑深深：你不换地方，我变卖房契了。

微笑浅浅：好好好，不放就不放，真是！

诸如此类，她当时觉得心里挺火大，可是下线后又觉得甜蜜，她想自己一定是疯了。

这最后一件装备一出，也就意味着她不会再玩这个游戏了，微笑夫妇也不存在了。

心里顿时空落落的，此时，她特别想约“微笑深深”出来喝一杯小酒，就当是老朋友般叙叙旧也好。她找到“微笑深深”的微博，鼓起勇气发了条私信过去：嗨！在吗？有件事想跟你说，我不玩《龙之翼》了，如果你还想继续玩的话，跟我说一下。夫妻组队升级快，为了不耽误你，我们得一起去月老庙剪红绳，离婚，这样你就可以去二婚了。

她看着微博私信发呆，好久都不见有人回复，她叹了一口气，关了电脑。

她发了微信给小平头：任务完成，装备不好凑，花时较久，见谅。

小平头很快回复，光看打字就知道说话支支吾吾的，屏幕上方不停地显示着“对方正在输入”然后又消失又显示，估计是在措辞。

梁好等了一会儿才见他回复道：姐姐，其实，我……我把这事儿给忘了，最近我和朋友玩别的去了，那游戏我不打算玩了……

梁好愣了两秒后，直接气炸了，发了一条语音消息过去：“什么意思？我花了那么长时间给你凑装备，你说不玩了就不玩了？那三千块钱也不打算给了是吗？”

小平头都快哭了，也发了语音：“对不起啊，姐姐，最近太累太忙，真把这事儿给忘了，我保证多给你找客户！”

“你太累太忙还去玩别的游戏？”梁好咄咄逼人。

小平头一时语塞，过了半天才回复：“反正，这钱是给不了你了，有事我再找你啊！”

“喂！你这人怎么这样啊？！”语音发过去后，小平头没再回复。

梁好觉得身体的力量都被抽走了一般，呆坐在那里盯着黑掉的电脑屏幕。

她气得咬咬牙，直接把小平头拉黑了：“全世界的人都在欺负我！”

她忍着眼角的酸涩，真的是……这样祸不单行的日子不知道什么时候才是个头。

谣言事件结束后，她恢复了小酒馆的工作，阿慧看见她还是爱搭不理的，她也觉得无所谓，人生本来就坎坷，谁还在乎几个路人甲对你是好是坏。

她刚换好衣服，准备干活，凌霄身穿笔挺的西装从外面匆匆进来，他知道梁好今天复工，刻意来找她："梁好，时间来不及了，帮我一个忙。"

梁好忙问："什么事？"

"你陪我去参加一个酒会，我没女伴很没面子的。"

阿慧假装在旁边擦桌子，耳朵却竖了起来。

"什么酒会？"

"投资商的聚会，很多行业的老总都在，我想拓展其他店面的话恐怕要见见这些人了。"他简明扼要地解释。

碍于谣言风波刚过，梁好纠结了一阵："那个，我就不去了，你再找找别人吧。"

"我总得带一个看得过去的姑娘吧？我认识的人里就你漂亮。"凌霄笑笑。

阿慧就在旁边听着，她刚还侥幸地寻思着如果梁好拒绝的话，她就毛遂自荐，谁想到人家根本没想到过她，她连备选人员都算不上。

凌霄见她还在犹豫，率先走到门口，那样子看起来挺可怜的："梁好，你不会不帮我吧？那么狠心？"

梁好就怕别人求她，她咬咬牙："好吧好吧！可我没礼服啊！"

"我带你去买。"

"好吧。"

梁好刚坐上他的车子，他就道："我好像落东西在店里了，等我下。"

紧接着，凌霄下车，重新走回酒馆里，他是刻意回来找阿慧的。

阿慧正气鼓鼓地打扫卫生，见他回来了，以为他改变主意了，脸上扬起笑容："小老板，你不去了？"

凌霄这时换上另外一张脸，严肃阴冷，他凑过去，贴在她耳边小声道："管好你的嘴，我的同情心禁不起你无底线地消耗。"

阿慧表情暗淡了下来，她竟然在那一刻感到了一丝恐惧，她从认识凌霄开始便觉得他笑起来温暖明媚，是一个典型的大暖男，没想到他还有另外一张面孔。

凌霄走后，她咬牙切齿地看着门口的车子，还有坐在副驾驶里的女人。

车子刚开走没多久，店里便进来一个女人，她穿着黑色大衣、长筒高跟鞋，用夹板烫了鬈发，手臂上还挎着新买的名牌包，她一进来便有很多男人眯起眼睛，向她投来意味深长的目光。

"你们小老板呢？"安冉问阿慧。

阿慧见是她，冷淡道："刚走。"

"他干什么去了？"安冉冷着脸问。

阿慧想起凌霄刚才的警告，就像是对他那样冷淡对待她的一种报复一般，故意说道："跟梁好出去了，不知道两人干吗去了，神神秘秘的。"

安冉站在那里，怒气顿然溢满胸口，她笑了笑，不动声色地问阿慧："今天有没有常客预约？"

"今天没预约，有大金主来你再换衣服推销吧，你先休息去吧。"阿慧道。

"好。"安冉轻浅一笑。

凌霄开车到附近的商场带梁好挑选了一件合适的礼服，梁好也没管样子好不好看，站在一排衣服面前，先翻开衣服下摆找标签，找到最便宜的一件拎起来就去试衣间。

便宜是便宜了，穿出来的效果像是某宝出产的三十块一件的衣服似的，还是得再打个九折，再找几个营销号推销打折券时被选上的那种……

凌霄抽着烟，跷着腿坐在一边等她换好衣服，见她出来，手里的烟差点掉在西裤上："梁好，你故意整我呢？"

她自己也觉得不合适，可是最近经济紧张，小平头的生意没做成，安冉欠了她两万零八百块没还，她也实在没办法了。

"我的钱只够买这件了，要不我给你找我同学来帮忙吧。"梁好说着就要打电话。

凌霄笑着走过去拿走她的手机："你随便挑，挑一件自己喜欢的，不用管价钱，我付账。"

"那怎么行啊，虽然是帮你忙，但衣服是我要穿走的。"

"行了，快去吧。"

梁好拗不过他，最后选了一件穿上去不会显得廉价，又没有那么贵的衣服结账了。

在车里，凌霄的思绪很乱，他有过几任女友，大多都是漂亮性感，如果说提到婚姻观，没走到婚姻的地步，他觉得涉及不到，但是金钱观，吃过几次饭，逛过几次街，便一目了然，那些女人对金钱很渴望，变着花样得想从他这里捞几双鞋、几个名牌包。他出手大方，也经常送她们东西来满足男人某种虚荣的心理，可是次数多了，也觉得腻了，乏了，毫无新意。他渐渐发现，他谈的几段感情根本算不上爱情，说得难听一点，不过是为满足彼此欲望而纠缠在一起。

他一眼就看穿了梁好根本就不想让他多花钱在她身上，他有些欢喜，但不确定这种欢喜是因为爱情，还是因为猎奇。

"鞋子呢？"凌霄问。

梁好哪里来的宴会专用高端奢华的鞋子，站在那儿一阵窘迫。

"走吧，一起买了。"

走到一半，梁好皱着眉头对他道："鞋子的钱你从我工资里扣吧，不然我今晚睡不着觉了。”

凌霄抿唇一笑：“那么夸张？那行吧，女孩子睡不好觉，皮肤坏掉了可不好。”

一切准备妥当，两个人准时到达了宴会厅。

满眼奢华映入眼帘时，梁好觉得此时的自己就像一块话梅糖，被包装上了漂亮的糖果纸，又被放进了一个更加漂亮的糖果罐里，表面上，她和这里的其他人一样光彩夺目，其实她平凡到甚至和宴会厅的墙纸都格格不入。

凌霄带着她去见几个熟识的投资商，她拿出最优雅的姿态来面对，可是在这样的一个场合里，她觉得所有的笑容都显得那么廉价和虚伪。

“凌先生？”远处有人喊凌霄。

凌霄回头看，是一个年过五十岁的中年男人，他走过来和凌霄握手，笑了笑：“好久不见了，生意怎么样？”

凌霄勾了下嘴角，表情显出一丝不自然，声音也有些冷淡道：“挺好。”

“如果需要红酒可以联系我。”男人单刀直入，把生意谈得很没味道。

凌霄敷衍地笑着：“好。”

他刚要走，男人又叫住他，表情有些难为情：“那个，你和我侄女真的不可能了吗？”

凌霄的笑容瞬间消失：“周先生，以前的事情大家还是不要提了吧？”

姓周的男人立刻点头：“是是，以后咱们只是生意往来，小侄女给您添麻烦了。”

凌霄拉着梁好走到了远处，梁好纳闷：“什么情况，这个姓周的他家侄女追你？”

凌霄给她拿了甜品，敷衍道：“我都不记得了，追我的人那么多。”

“吹吧你就。”梁好接过来就吃，翻着白眼。

凌霄看着她微微一笑。

凌霄谈了一晚上的业务，梁好吃了一晚上的甜品，宴会快结束时，凌霄醉醺醺地回来找她，他俯身看着她，噘起嘴：“一会儿有抽奖，参加吗？”

梁好闻了闻：“大哥，你喝了多少？”

“没办法，那帮人酒量太好，我陪喝的。”他苦笑，脸颊都泛红了。

“请问你一会儿怎么开车回家？”

“找代驾呗，现在代驾老赚钱了。”

梁好仿佛看到了商机：“我高中毕业的暑假就拿下驾照了，要不我也去干代驾？”

凌霄哈哈大笑，情不自禁伸手掐住她的鼻尖，声音里满是宠溺：“小财迷，处处不忘赚钱。”

梁好摸了摸自己的鼻子，觉得有点不好意思。

远处，一个西装革履的男人就坐在角落里，看着另一个角落里嬉笑打闹的男女，几张桌子的距离却像隔着一片云海。

他喝光手里的香槟，嘲笑般发出一声冷笑。

“奖品都有什么？”梁好好奇地问。

“一等奖，欧洲游，别想了，早就内定给最大的投资商了；二等奖，一部新款苹果手机，估计也被内定掉了几个名额；三等奖，楼上总统套房免费住宿一晚。”凌霄道。

梁好翻翻白眼：“应该内定给联姻家族的儿女了吧。”

凌霄笑起来：“梁好，你太有意思了，又聪明又可爱。”

“谢谢啊！”她脸皮也是厚，坦然接受夸奖。

“走，我们去看看？”凌霄拉起她纤细的胳膊。

“看什么？”

“你猜对了，三等奖内定给某家族准备联姻的儿女了，你不好奇是哪个企业的？”

“有点好奇！”

两个人跟小朋友一样，悄悄进了电梯溜去了楼上，走廊上铺着软绵绵的地毯，凌霄拉住她的手腕，跟警探一样小心翼翼地往这层唯一一间总统套房走。

梁好看着这个喝高了的男人，突然想自己这个清醒的人跟着他在这儿瞎胡闹个什么劲儿，她拉住他：“行了！别去了，一会儿让人家两人看见了多尴尬啊！”

凌霄伸手掐住她的脸：“女人就是女人，你以为我好奇谁跟谁上了床？我是要明确哪家打算联姻，然后准备买他们家股票。”

梁好瞪大眼：“看不出来，你才是精明的商人啊！我梁某人甘拜下风了！”

凌霄看着她眼眸里盛满的星光，脑子里的那一根线猝然崩断。

他把她堵在墙角，头贴近她，居高临下地俯视她：“你说男人不赚钱怎么娶老婆，对吧？”

梁好鄙视他：“你还是先追到你心中的那个姑娘再想娶老婆的事吧！”

这时，凌霄忽然低下头，在她的脸颊上轻轻落下一吻，她只觉得一股电流涌遍全身，脑子蒙了几秒，恢复清醒时，她的耳边传来凌霄暧昧的声音：“笨，我说的那个姑娘一直都是你啊！”

“叮”的一声，对面的电梯大门打开了，梁好站在墙角，还没消化掉凌霄的话，就看到对面的电梯里走出来一对男女。

果然被凌霄说中，一对男女上来了。

只是，那对男女她再熟悉不过了，她能感到自己的表情瞬间凝固，一切的情绪都写在了脸上，连掩饰都忘记。

陆竞骁和陶乐然走过来的时候，看到了墙角这对看起来就像是热恋中的情侣，陶乐然明显没想到能在这儿碰到梁好，表情意味深长地笑着："熟人哪，不打扰了，你们继续。"

凌霄抬头看着那对男女，梁好看到他挑了挑眉，冲着陆竞骁扬起了得逞的笑容。

陆竞骁的瞳孔漆黑，他嘴角勾出一个微妙的弧度，随即越过他们，和陶乐然进了拐角的总统套房。

大门关上，梁好的心门也一并关上了。

一阵心如刀割般的痛，掩盖住了一切该属于她的情绪。

凌霄见她面无表情、呆若木鸡地愣在那里，双手捧着她的脸："吓到你了，我道歉。"

梁好感到喉咙一阵干涩，再开口说话的时候，竟然声音沙哑："没有，我从来没想过你……"

"好了，那就不要想，我送你回家。"

两个人乘电梯回到宴会厅，凌霄一直注意着她的情绪，也没再做出出格的举动，一直保持着绅士风度。

出了电梯，他道："你先在门口等我会儿，我跟几个老总打声招呼再走。"

梁好有气无力地点点头，麻木地往酒店门口走。

总统套房的门一关，陶乐然动作暧昧地摸了摸陆竞骁的领带，卷在指尖又松开，她调皮地一笑，抬头看他："我真没想到你会同意，其实，我还没做好心理准备呢。"

陆竞骁斜睨了她一眼，眼神毫无温度："你费尽心思让你爸邀请我过来就是为了这个？"

陶乐然也不掩饰，这个时候装淑女不是她的风格，她想赤裸地表达她对他的喜爱："也不能算费尽心思吧？我只是听说你最近收购了猫耳平台，因为收购得太仓促，存在资金链短缺的问题，这不，我来帮你了。"

陆竞骁勾唇一笑："这么贴心，我是不是得好好犒劳你？"

陶乐然面颊红了起来："你……温柔点。"

陆竞骁挑眉："好。"

随即他把陶乐然打横抱起，直接扔在了大床上。

陶乐然有些震惊，又有些慌张，变得娇羞起来："真是的，你轻点好不好，哪有把女士扔在床上的，我又不是垃圾！"

陆竞骁懒得跟她废话，一把扯下被她碰过的那条领带。

陶乐然看呆了，紧张起来："你……玩这么大？"

陆竞骁冷笑起来："怎么，你玩不起？"

陶乐然逞强道："谁说的……"

紧接着陆竞骁凑过去，陶乐然的心都要跳出胸口了，她赶忙闭上眼睛，感受着心脏急促的跳跃声。

下一刻，她的双手被他拉到床头，她睁开眼睛，看到他正粗暴地用领带把她的双手捆在床头，她浑身颤抖得厉害，声音都不稳了："你温柔点……"

陆竞骁没理她，专心地绑她。她心里忐忑不安，想拒绝的同时又想大胆地尝试，万般纠结时干脆闭上了眼睛。

见他绑完之后便没了动静，她咬咬下唇，试探性地问："你……你在干吗？"

没一会儿，听见房门合上的声音，她瞬间睁开眼，房间里哪儿还有人，陆竞骁已经走了。

她这才反应过来，气得脸都涨红了，对着门口大喊："陆竞骁！你有毛病啊！你给我回来！放我出去！喂！"

一整晚，陆竞骁听着各种无聊的合作计划，手里不停地刷新微博，找到某人的微博看了起来，神情专注，抬眼时便看见那个某人在和酒馆小老板打情骂俏。他阴沉着脸看见他们俩上了电梯，想跟上去一探究竟却找不到合适的理由。

恰好这个时候，主持人报了第三等奖的名单，陶乐然假模假样装作一副吃惊的样子，然后娇羞地看了陆竞骁一眼。陆竞骁直截了当地揭穿她："不是你塞钱要的三等奖吗？吃惊什么？"

陶乐然赶忙四周看看这话有没有被人听到，又装作无辜地看向他："不是我啊，我没有！"

"行了，你还不走？"陆竞骁瞪她。

陶乐然根本没想到陆竞骁这么痛快，这会儿吃惊的表情倒不是装的，她急忙点头："走，走就走！"

打死她也想不到，陆竞骁竟然耍了她。

梁好在酒店边上的花坛坐了一会儿，迟迟不见凌霄出来，她疲惫得厉害，被冷风一吹，心里的酸楚也没能得到半分缓解，她低着头看地面时，耳边响起一个熟悉的声音："多少钱？"

她抬起头，见陆竞骁一只手插在西裤口袋里，另外一只手拿着一支烟，悬在唇边，他面无表情地倚在酒店前面的大理石柱子上，冷漠地看着她问。

梁好感到心底的那股酸一瞬间涌上了鼻尖，她佯装镇定："什么多少钱？"

陆竞骁笑了，露出一抹讥讽的笑："多少钱能买你的初夜？"

梁好感觉自己仿佛耳鸣了，一阵夜风袭来，耳朵变得听不清楚了，她以为自己听错了什么，难以置信地又问了一遍："你说什么？"

陆竞骁不耐烦地掐灭手里的香烟，双手插进口袋里，迈着步子走到她面前："你不是援交吗？你不是为了钱可以和其他男人开房吗？"

"啪"的一声，梁好起身，毫不犹豫地给了他一巴掌，她的一双眼睛里充满着种种情绪，愤恨、失望、痛苦，唯独没有留恋，丝毫没有。

空气安静得诡异，一片叶子落地的声音都显得那么真切。

陆竞骁愣了几秒后，舔了一下嘴角，他扭过头来，瞳孔里依旧没有任何温度地看着她："祝福你们。"

梁好用从未有过的冷漠眼神看着他："滚，我再也不想要看见你。"

"梁好？"凌霄从宴会厅出来后就看见这一幕。

他匆匆两步跑过来，把梁好护在身边："出什么事了？"

"没事，我们走吧。"

梁好坐在凌霄的车子里，车子驶出一段距离后，她恨自己下贱，情不自禁地看向了酒店门口，陆竞骁没走。

当时，他看着她的那个眼神，她大概会记一辈子，他像是一个丢了玩具的孩子，那么失落。

微笑浅浅：很多感情在还没开始的时候便已经草草结束了。

她在微博写下这句话后，关灯睡下，半睡半醒间只觉枕巾湿了一大片。

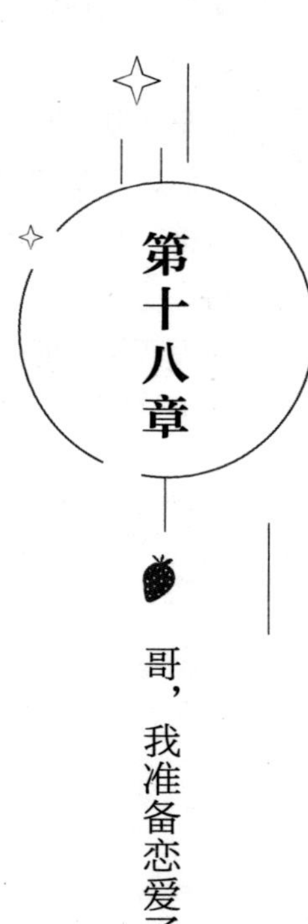

第十八章

哥，我准备恋爱了

之后整整一个暑假，梁好再没见过陆竞骁。

闲暇时，她开始认真思考起来自己和凌霄之间的关系，一时半会儿她也找不到其他兼职，所以自从凌霄表白后，她选择坦然待在小酒馆。凌霄也不急不躁，没追问过她是否答应做自己女朋友，两个人还维持在友好的程度上，顶多凌霄不忙的时候约她出去吃饭，她也没有拒绝。

临近开学的时候，她接到了邹晓音的电话，邹晓音在电话里支支吾吾地道："那个，要不要出来吃顿饭？"

梁好自然是高兴的，立刻答应下来。

两个人自从上次谣传事件以来没怎么好好聊过天，心里的那个坎儿还是没过去，梁好怕惹她生气，也不敢主动和她说话。

等菜的时候，梁好先开口道："上次的事是我不对，你平常对我那么好，我怎么能怀疑你？"

邹晓音抿抿唇："没事，这种事情谁碰上了都会失去理智，也难免的，算了，原谅你了。"

梁好感动得赶忙捏捏她的脸："不说了，这事儿翻篇儿，这顿我请客。"

"那最后也没查出来到底谁发的帖子？"邹晓音又问。

"我哥说他去查了，这段时间他没跟我说查到没。"梁好答。

"那你怎么打算？"

梁好摇头："比起这个，我现在更头疼的是，我是不是要开始我的初恋了。"

邹晓音眼睛瞬间瞪得老大："什么？陆……哦，不是，你跟谁啊？"

提到凌霄，梁好心里还是有股暖流淌过，毕竟长这么大，凌霄可是第一个跟她表白的人，她不好意思地挠挠脸颊："是，是我打工的老板。"

邹晓音眨眨眼，很是纳闷："啊？"

"你觉得我应该答应吗？"梁好此刻很想找一个情感大师咨询一下。

邹晓音挠挠头："哦，是别人啊，我又不认识你老板，怎么给你做主，还是要问你自己的心啊！"

她叹气，有些迷茫。

晚上，她接到了凌霄的电话，也没多想就去赴约。

凌霄认识不少环境幽雅、菜品一绝的餐厅，他带她去了一家纯正的日料店，老板手艺不错，切生鱼片的刀工相当专业，拼盘技术也和日本的专业师傅一样好，刺身拼盘一上来，让人体内的馋虫顷刻发作。

梁好情不自禁地担忧起价格问题，皱皱眉，没动筷子："这盘刺身不少钱吧？"

凌霄了解她的性格，一边给她倒饮料一边勾唇一笑："我追女孩还能让女孩花钱？"

梁好一阵不自在，看着他用公筷夹了一片薄如蝉翼的金枪鱼蘸了酱放进她的碟子里，她看着碟子愣神。

"这生鱼片的保鲜时间特别短，就算没过保质期，放一会儿，味道也和刚切出来时的味道不一样了，你还愣神？"凌霄笑笑。

梁好赶忙夹起来放进嘴里，果然丝滑软嫩，鲜味十足。

"大部分的男人对待感情和这生鱼片一样，拖太久，就失去新鲜感了。"凌霄看着她冷不丁来了这么一句。

梁好立刻反应过来，放下筷子："你的意思是说，我再不答应你的追求，你就开始另寻目标了？"

凌霄愣了一秒后，儒雅地笑了起来："我的意思是，我们的进度可以快点，虽然你还有两年才毕业，但我耐性够好，能等你，我可不是刺身先生。”

这说法还挺有意思，很多男人的确是喜新厌旧的。

“毕业后……干吗？”梁好心存怀疑，还是问了出来。

“明知故问，男人和女人还能干什么？”他挑眉。

梁好全身发热：“我……我没谈过恋爱，你懂我意思吧？”

凌霄表情茫然了一秒：“我知道啊，怎么了？”

“那方面的事情……不想那么快，你懂我意思吧？”她眨眼。

凌霄愣住，转而单拳搁在唇边，闷声笑道：“误会了，误会了，我是觉得你父母可能不允许你大学时期谈恋爱，那我只能等你毕业了。”

梁好觉得自己挺没用的，这事儿按照这个年代来看……自己挺差劲。

“老实说，我觉得你这种人是不会对我有兴趣的，没准过一段时间就把我忘了。”梁好道。

“我？在你眼里，我是哪种人？”

“反正就是那种阅历无数，不会轻易被一个女人打动的人。”

凌霄点头：“你分析得很对，所以我才能看到你的好，并且选择你。”

“你平常都这么撩女孩？”她挑眉。

凌霄道：“我只撩自己感兴趣的。”

这人剖开肚子，里面绝对全是黑水儿。

想到腹黑，她抬头问：“其实你是职业赛车手吧？上次你故意说你是新手？”

凌霄的筷子一顿，眉峰轻蹙：“你怎么看出来的？”

“我没看出来，有人看出来告诉我的。”

“男人嘛，看到竞争者的本能反应就是如此。”他解释。

梁好想到了一个提起就心酸的人：“他不是竞争者，你不用担心。”

“哦？我还有看错人的时候？”凌霄眯着眼笑。

梁好摇头：“你真的想多了。”

她做了个深呼吸，排解掉心里的那股子酸涩，转移话题：“既然你是赛车手，怎么又开起酒馆了？”

说到这儿，凌霄目光沉下来，随即露出一个讥讽的笑容：“家中独子，除了放弃梦想，子承父业，我有别的选择吗？”

“还好，我们家老爷子没给我安排什么联姻，放任我找自己喜欢的，不然我这日子过得都不知道是谁的翻版。”他又苦笑起来。

“人就是这样，家境不好时抱怨别人有一个好爹，自己能少打拼十年。等到家境好了，又嫌弃自己的人生被父母规划得太好，丧失了自由。你说说，咱们到底想要什么？”梁好感慨。

凌霄表示同意：“就是啊！”

是啊，往往都是缺什么就想要什么，仿佛永远都不知道满足，也许活得久了才能明白老天爷它是不会给你一个十全十美的人生的。

晚上，凌霄送她到家时，他在她刚开门下车时问她：“每次约你出来你都赴约，我是不是可以理解为，你也有一点喜欢我？”

梁好愣在那儿，扭头问：“你不是追我吗，我不多跟你接触，怎么知道你合不合适？这又不是市场买菜。”

“也对。那，晚安。”

“晚安。”

这姑娘直爽得吓人，凌霄看着她的背影，不自觉地笑了起来。

晚上，梁好翻来覆去地在床上“烙烧饼”，睡不着，她很认真地想了想，凌霄这个人虽然腹黑了点，但是精明、谦和，一时间，她还真说不上来他到底哪里不好的，是不是……她的初恋可以开始了？

“哥，我准备谈恋爱了。”几天后，她认真地对梁岩道。

梁岩游戏都不打了，黑屏后，他猛地扭头看她：“谁？”

“就是上次送我回家那男的，我觉得他挺好的。”

梁岩皱了皱眉头：“人品行不行啊？”

“我觉得挺好。”

“废话，你觉得不好你能答应？不是……还有男人居然能看上你？”

原来这才是梁岩震惊的理由。

梁好指着他：“我告诉你！你别以为你就有多厉害，你心心念念的陶乐然马上就要成为陆家少奶奶了！”

梁岩愣了一下：“她和陆竟骁好上了？那正好，我仔细考虑了一下，这也大三了，我总不能跟我自己的前途过不去，陶乐然本来就打算投资一个平台，让我签约到平台赚钱，这下他们俩好上了，我也不用纠结到底是跟陶乐然合作还是跟陆竟骁合作了？”

梁好惊讶地看着他：“你女神啊！你从高一就暗恋的长腿妹妹啊！她要嫁人了啊！要嫁给你的仇人陆竟骁了啊！你怎么这么平静？”

梁岩挑眉：“谁还不能有一个悲痛却一笑而过的青春？”

梁好觉得他哥疯了，多少年都没能倒腾出来的那点墨水在今天全部倾泻而出了。

说真的，连梁岩这种看着痞，实则长情的男人都把对青春里留下的那点念想说扔就扔了，她是不是也可以让自己那段绵长而纠结的感情回忆录翻篇了？

梁好正琢磨着该找一个什么时机跟凌霄说一下，她已经准备和他谈恋爱了，想了几个场景，都觉得有失女人的优雅和矜持，正想着找一个有恋爱经验的人来问问，取取经呢，安冉的电话打来了，约她去逛街。

她如抓到了救命稻草，挂了电话就去了。

安冉打扮得娴静、端庄，如书香门第出来的大家闺秀，梁好看看自己的破洞牛仔裤，也没觉得磕碜。一个人一个风格嘛，有必要比较吗？真是的！

在心里安慰了自己一通后，她挽着安冉的胳膊逛街，她带安冉去她平时喜欢逛的平价小市场，里面的衣服、鞋子、包包虽然都不是牌子，但是颇有设计感，价格也合理。

她正兴致盎然地拿着一条连衣裙往安冉身上比，却不经意地瞅见了安冉眼底的冷漠和嫌弃。

梁好以为她不喜欢这条裙子，连忙赔笑："你不喜欢这种款式的，那我们再去看看别的。"

安冉笑了笑，笑容很僵硬："梁好，我们去大商场看衣服吧。"

两个人在大商场逛了起来，梁好这下没了兴致，看到琳琅满目的名品店，她甚至不愿意踏进去，何必给自己添堵，做人现实点也挺好。

她在名品店的门口喝饮料，等安冉。

不一会儿看安冉空手出来，她打趣道："就跟你说进去也是给自己添堵，还不信我。"

安冉脸色变了变，面露不满地瞟了梁好一眼，可是这个眼神很快消失了，她换上笑容坐在梁好边上："以前的男朋友对我特别好，经常给我买包包。"

梁好想到她有男朋友，忙问："以前？你们俩分手了？"

这时，安冉低着头，眼圈都红了："我打掉孩子的事情，他知道了。"

"我一个外人不好说什么，但是这种事情你还是要跟他商量后再决定比较好，他生你气也是正常。"梁好心里一堵。

安冉摇头："不是的，因为肚子里有了一个小生命，所以我告诉他想毕业了就跟他结婚，可是，你猜他说什么？他说他根本没想过要娶我，他……只是玩玩我。"

梁好一把把饮料扔在地上："你前男友那么坏？让你怀孕了，结果又不要你了？"

安冉捂着脸，哭得身体轻颤。

梁好皱着眉头，心里一阵愤恨："这都什么人啊！你跟他分手是对的！"

"可是，感情是没办法控制的，即使是这样，我还是想他想得发疯。"安冉道。

"安冉，你清醒点好不好？这种男人不值得托付终身的。"梁好走过去轻轻搂住她。

安冉抹抹眼泪，迫不及待地从包里翻出一张照片，拿给梁好看："他很英俊的，不信你看。"

梁好对这种人没有任何兴趣，奈何眼睛不自觉地往照片瞟了一眼，只是一眼，她瞬间感到胸腔被塞满了空气，鼻口被堵住，难以呼吸。

照片上的人居然是安冉和凌霄？

她的脑子出现了短暂的空白，身体都僵硬了起来，她愣神了半天，一个字都说不出口。

这个世界有的时候小得可怕，也荒谬得可怕。

可不可以说，她又经历了一次还未开始便已经结束的恋爱？

她看错了人，也不敢染指朋友的前男友，不然她还能怎么办？世界仿佛就是要把无尽的风霜都灌入她的胸口，她那点仅存的温热和能量快要被这无情的风霜尽数吹散了。

微笑浅浅：纵使心中光芒万丈，也抵不过现实的一记耳光。

回家后，她在微博写下这句话的同时，依旧下意识地等待"微笑深深”的评论，等了半天，依旧没有，她想起她发给“微笑深深”的私信，怕自己漏看了，刻意找到那条私信，竟然发现了“已读”的标记，可是他没有回复她。

看吧，有的时候世界就是这么冷漠。

第二天晚上，她在酒馆打工，再看到凌霄时，心里的那份犹豫和悸动不复存在，现在在她眼里的这个男人，历经风霜，市侩圆滑，流连花丛，向往自由，所以他自然不会稳定下来，特别是当女人提出结婚的时候，他会感到恐惧，会立刻与她划清界限。如果他是这种人，她将会是下一个安冉。

她不禁鼻头一酸，本能地，她并不想把凌霄和这样的人画上等号。

“对不起，我考虑的时间挺久的了，对你挺不尊重的。”

最后一拨客人走后，酒馆安静下来，她找到凌霄，对他道。

凌霄表情一滞，他一个情场老手竟然体会到了紧张的情绪，明显感到心微妙地一颤。他忙问：“这才是对你和我的尊重，那么，你现在有答案了？”

梁好忍着心里的那份复杂情绪，平静地道：“我觉得我们不合适，今天是我在酒馆最后一天帮工，麻烦结算一下工钱打入我的账户。要是你不满我的决定，这个月的工钱不打也没关系。”

说完，她扭头就走。

凌霄一把拉住她的胳膊，平时云淡风轻的他此刻焦急起来：“怎么了这是？就算拒绝我，也没必要辞职吧？”

“抬头不见低头见，挺尴尬的。”她解释道。

“我知道你家里的事，也知道你急需这份工作，如果你觉得看见我尴尬，从明天起我不来酒馆，所有事情都交给苏姐代办。”凌霄道。

梁好狠狠咬了咬下唇：“不用，再见。”

“梁好！”

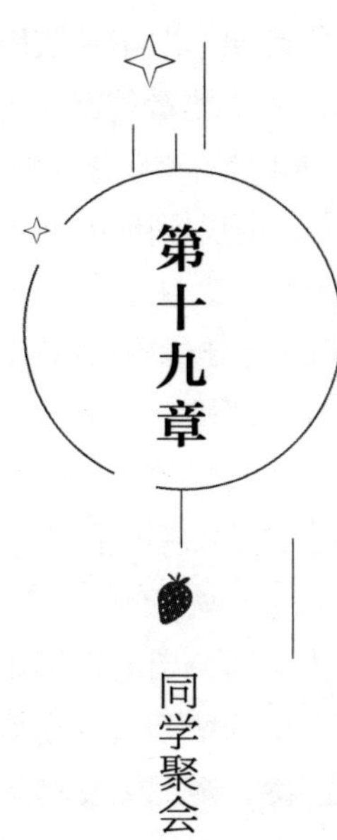

第十九章 同学聚会

从酒馆辞职后，梁好在家发了三天呆，一时间，她竟然不想出去找新的工作。就这样让时间流逝吧，流逝得快一点，这样心里的伤口也能愈合得快一些了，她想。

“怎么不去上学，你翘课？”梁岩皱眉。

“没心情。”她面无表情地看着窗外的云。

“怎么？学校还有人议论你？我本想去那家网吧找监控录像看看那天都谁在网吧的，谁想到那网吧老板死活不肯给我，死脑筋，我这几天再去磨磨他。”梁岩道。

梁好没什么心情听下去，起身钻进被窝里闷头睡觉。

梁岩坐在她床边，捅了捅她：“你什么情况？不说要谈恋爱了吗？你男朋友呢？”

“出去行不行？”梁好从被子里探出头，怒道。

“好好好。”

梁岩一走，她就哭出了声，自己也不知道为何。

这一陷入人生低谷，她情绪不高，吃得就少，最近还接连下了两场暴雨，空气潮湿阴冷，她忽然发起了高烧。

梁岩陪着她在医院输了一天的液，寸步不离地坐在旁边跟她说话：“得，这一看就是恋爱没谈成，不然这个节骨眼能有我什么事儿？黄了吧？”

梁好苍白着一张脸，艰难地斜眼看了他一眼，有气无力地道：“你妹都这样，你能说点好听的吗？”

“说吧，出什么事了，怎么就没谈成呢？”梁岩叹口气，摸了摸她的头。

梁好轻轻摇头：“不是良人，而且那男的是我闺密前男友，我梁好再没人要也犯不着挖闺密墙脚吧？”

“真是，看着就可怜，放心吧，以后你万一没嫁出去，我顶多跟你未来的嫂子美言几句，让你跟我们俩一块过得了，哥养你吧。”梁岩假模假样地咋舌。

梁好觉得又生气又温暖，也不知道该摆出什么表情，干脆傻笑了一下。

这时，手机响了起来，她伸伸手对梁岩道：“快，递给我。”

梁岩把电话给她，她一接听，居然是她们计算机一班的班长：“梁好？明天晚上，我们计算机系的打算聚餐，你来吗？”

梁好心有余而力不足，道：“我就不去了，我病了，估计明天也未必能好。”

“啊？什么病？”

“没事，小感冒，下次吧。”

真是，好好的聚会，本可以放松心情大吃大喝的机会也溜掉了，她直感慨。

“行了，哪天想吃什么我带你去吃，明天好好在家休息吧。”梁岩见她一脸失落，忙劝道。

还好，在这个冷漠的世界里，她还有一个不错的哥哥。

第二天晚上，她觉得身体稍微轻松了些，却还是觉得头昏沉沉的。

邹晓音打了电话过来：“听说这次聚会你不来？怎么了？”

她怕邹晓音担心，编了一个理由：“哦，我打工，有点忙。”

“不是吧，你老板不是你男朋友吗？通融一下啦！你不来，我会被那些坏小子灌酒的！”邹晓音道。

想到凌霄，她只觉得堵心：“别瞎说，我们俩最后没成，我觉得还是不太合适，你让欢欢帮你挡酒！”

“欢欢怕被灌，早跑路了！江湖义气，讲不讲？”邹晓音威胁道。

梁好就怕别人说她不讲义气，一拍大腿：“行，我今天就舍命陪君子了！”

她挂了电话，看了看时间，还好，能赶上。

她出卧室时，梁岩刚好笨手笨脚地端着一碗粥站在她房间门口：“干吗去？”

“爱心粥？”梁好贼兮兮地笑。

梁岩有些不自在：“我新学的，拿你当小白鼠呢，你这上哪儿去？”

“去帮闺密挡酒。”梁好一边穿衣服一边道，“说真的，哥，我觉得自己可能是一个男人。”

梁岩把粥放在客厅桌子上，眼皮都没抬：“不用怀疑，弟弟。”

梁好气得一脚把拖鞋甩在他小腿上。

“行不行啊？不行给你哥打电话！”梁岩站在大门口啰里啰唆地问。

梁好嫌烦，挥挥手就走了。

晚上七点钟，计算机系的人大多数已经到了，很多人是打车或者坐地铁到达的聚会餐厅，所以当陆竞骁坐着私家车到了餐厅门口，很多女生心里可就不那么淡定了，这么大的香饽饽，谁不想纳入囊中？人与人之间就怕对比。

安冉一眼看到了身穿西装、面容冷峻的陆竞骁走过来，刚想上去打招呼，有人已经捷足先登，其中一个女同学一脸谄媚地凑上去：“陆竞骁！没想到你会来，你怎么穿这么正式？同学聚会不至于吧？”

陆竞骁吐出简单的几个字：“刚开完会。”

女同学立刻反应过来：“哦，对，你要给自家公司打工来，我都忘了！”

说完，那人还自认为十分可爱地吐了吐舌头。

见人都到得差不多了，一帮人往包间里面走，来的人多，分了两个包间，安冉走在最后面，看着陆竞骁进了左边的包间，一并跟了进去。

她看准时机坐在了离陆竞骁隔着一个人的位置，他们俩中间夹着一个看起来不怎么起眼的眼镜妹。

聚餐刚开始，就有人起身劝酒，一群人跟着能喝的喝，不能喝的忙把酒推给自己男朋友，其间有人起哄、逗趣，气氛融洽。

安冉跟坐在旁边的眼镜妹聊了起来：“对了，你毕业后有什么打算？”

眼镜妹愣了一下，觉得平时和安冉关系没这么要好，但对方起了话头，她也只好聊起来：“还没计划，你呢？”

“我也没有，我宿舍好多人都找好门路了，好羡慕。”她笑笑。

“真的？谁啊？被内定了吗？”果然，眼镜妹一下子就来了兴致。

毕竟对于大学生，最不会尴尬而有兴致聊下去的话题就是毕业就职，安冉心里笑了笑。

“我们宿舍的梁好。”安冉道。

坐在眼镜妹另一边的陆竞骁一晚上都没什么表情，耳听到两个女人的对话，此时，眉峰稍稍一动。

“那么好？她找到什么软件公司之类的了吗？哪家？”眼镜妹天真地问着。

“她家境不好，找到了一家，不过是她男人给介绍的，我还劝过她，既然男朋友那么有路子还有点钱，干吗不结婚当家庭主妇算了。”安冉皱皱眉。

陆竞骁握杯子的力度稍稍加重了。

眼镜妹一脸惊讶：“她男朋友那么厉害，不怕门不当户不对吗？是不是她男朋友家里人不同意他们？”

安冉叹气：“谁知道呢，毕竟她家里还欠了一屁股债，哪个男人找她不是掉进了一个无底洞？”

眼镜妹点点头："那倒是，现在的男人也老现实啦！那既然两人不结婚，她干吗不和她男朋友分手？"

"还能为了什么，钱呗，而且工作还是人家找的，总不能刚找到工作就分手吧？"安冉认真地分析着。

眼镜妹点点头，还半信半疑地问："没想到……梁好是这种人啊。"

安冉把食指放在唇边："嘘，别说出去，我不想让别人戴着有色眼镜看她，这个社会那么现实，她也只是没办法才这样。"

眼镜妹赶忙点头："我知道，我懂。"

陆竞骁霍然起身，转身走出包间。

有人见他要出去，忙问："跳级的那位尖子生干吗？"

"透气。"

他站在包间旁走廊的拐角处，迫不及待地翻出香烟，点上，看着地面发呆。

在来时的路上，又赶上了这个季节的第三场暴雨，司机嫌弃餐厅门口不好停车，坚决不同意把车子开过去，梁好没办法，只能下车抱着包往对面餐厅跑。她本身就虚弱、头疼，这回再淋了雨，估计今晚能不能回去都是一个问题，可是一想着邹晓音有可能被人灌酒，她脚底如生了风，跑得飞快。

梁好湿漉漉地跑进餐厅，把人家餐厅门口踩脏了一块，服务员跟她抱怨，她无奈，只能在餐厅外面蹭干净鞋，又耽误了一会儿。她心急火燎地蹭完鞋就往包间里跑，正好撞上拿着包准备去卫生间补妆的安冉。

安冉见到她的那一刹那，表情僵了一下："梁好？你……你不是不来了吗？"

梁好被雨淋得浑身发抖，嘴唇都冻紫了，磕磕巴巴地道："这不是怕晓音被人灌酒吗，咱们班那帮坏小子我还不知道吗？"

就在这时，梁好抬头就看到了安冉手提的那个包，她皱着眉头仔细看了一眼。

安冉注意到她的视线后，急忙把包藏在了身后，神情慌张。

梁好愣了一会儿，直视她：“你到底哪里来的钱买这个牌子的包？”

安冉勾了勾唇，勉强笑了笑：“假的，才几百块。”

“假的你藏什么？”梁好挑眉，直觉敏锐。

安冉犹豫着，没说话。

梁好感觉一股气忽然就蹿到了头顶：“安冉，有些话我不想提是因为我尊重我们的友谊，如果你有钱买这些奢侈品的话，能不能先把我借你的两万零八百块还上？我的情况，你都清楚，你这样欠着我的钱不还，有没有想过我的难处？”

这时，包间里陆续出来了两三个准备去洗手间的人。

安冉见状立刻一脸无辜地看着她：“梁好，你说什么，我怎么听不懂？”

那几个人见两人这架势可能是闹了点矛盾，洗手间都不去了，直接站在旁边好奇地围观。

梁好在听见安冉这句话的时候，心已经寒了一半，她尽量忍着怒火：“安冉，我不想当着同学们的面说太多，咱们都是学生，都没什么钱，我理解你，你第一次找我借两万块钱，我东拼西凑，加上自己刚打工赚的钱，冒着大雨给你送到学校；第二次……你有急事，我把身上能拿出来的现金都给了你，一共八百块，现在这事儿过去这么久，你一直没提过还钱的事情，到现在我问出来了，你说你听不懂我在说什么？”

同学们一致看向安冉，各种表情都有。

安冉的眼圈渐渐泛红：“梁好，咱们在一个宿舍生活，彼此关照那么长时间，你总用这种无中生有的事情诋毁我，这样对我的伤害真的很大！”

同学们一脸惊愕，又齐刷刷地看向梁好。

梁好只觉得自己的头都要炸裂了，她听到自己的太阳穴跳动的声音。

“我知道你家境不好，每个月都要还银行一大笔钱，但是这不是你讹钱的借口。”安冉哭哭啼啼地道。

我的妈……世界欠安冉一个奥斯卡小金人啊……梁好竟然在心里情不自禁地笑了起来，到现在，到这一刻，她居然才看清跟她同住一个宿舍近两年的人。

她真的特别后悔当初没听梁岩和凌霄的劝告，当初为什么就那么信任安冉，没让安冉写一张借条呢？

梁好气得已经发不出脾气了，脸色苍白，无可奈何地看着她：“安冉，你记住了，我借你钱是因为拿你当姐们儿，不代表那钱是我送你的，不让你写借条也是因为信任你，你不要把我对你的信任当成你不要脸的资本！”

安冉捂着自己胸口，指着她问：“你怎么能这么骂我？就因为你诬陷我不成？你缺钱告诉我，我会借给你的，你这样讹我有意思吗？”

观众们看得起劲，完全没有要来劝架的意思。

梁好看着那些人幸灾乐祸的嘴脸，不由得冷笑。

“出什么事了？”这时，邹晓音从右边的包间里探出头来看。

她一看见这场面，脑子立刻蒙了：“什么情况？安冉？梁好？你们俩怎么了？”

梁好心里的酸水像发了一场洪水般，她头晕得厉害，感觉世界天旋地转起来。

“我看见了。”

这时，所有人都是一愣，走廊拐角处，一个男人刚刚掐灭一支香烟，双手插进西裤口袋里，面无表情地从阴影处走出来。

安冉表情一怔，他居然没走？

邹晓音愣了一下：“陆学长，你来了？”

梁好双眼蒙眬，想哭却哭不出来，再次看见陆竞骁，没想到竟是以这样狼狈不堪的模样。

“梁好送两万块钱到学校的那天，下了大雨，我开车经过正好看见她，就捎了她一程。”陆竞骁依旧没什么表情地说道。

瞬间，所有在场的人都看向了安冉，安冉慌张起来，摇着头，一副泫然欲泣的样子：“你怎么能因为你们俩是一个高中的就助纣为虐，帮着她诋毁我？你看到她把钱给我了？”

陆竞骁目光一寒：“你再说一遍？”

那天，陆竞骁虽然没看到梁好把钱送到学校门口给安冉，但是他依稀记得她站在餐厅门口躲雨，怀里抱着一个纸袋子，小心翼翼的，根本不需他费脑子想就知道真相。

安冉愣了一下，却仍旧嘴硬：“我知道你是她的客人，你们合伙欺负我是吧，那随便吧。”

这一刹那，全场静默。

梁好只觉得自己的灵魂都从身体里抽离了，只觉讽刺。

她本以为平息下去的谣传又被人挖了出来，她不得不说，安冉很厉害。

窗外的雨丝毫没有停歇的意味，滴答滴答下个不停，每滴雨珠落地的声音似乎都在奏响着一篇恼人的乐章。

梁好再也承受不住，扭头就跑，跑到餐厅门口时，她扭过头来，冲着安冉冷一笑：“安冉，两万零八百让我认清你这个人，值了！”

说完，她匆匆往外跑。

她本身就发烧，再加上这番刺激与心理的折磨，早就承受不住，刚跑出去一步，就差点晕倒。

她看着雨夜的街景在眼前变得模糊，雾蒙蒙的。在她闭上眼的刹那，身体就被人抱住了，她竟然奇迹般地找回了意识，她睁开眼，就看见陆竞骁被雨淋湿的额头，还有他眼睛里充斥的种种情绪。

那双眼睛包含了太多情绪，她读不出来。

她只记得他曾经对她说过的那句话，犹如带着致命力量的一记暴击，她重伤倒地，体无完肤，甚至不想再看见他。她要把心里那份关于他的青春回忆录统统撕扯下来，一页一页用火焚烧。

她觉得自己从未这样清醒过，瞪着眼睛看着他，眼底充满愤恨："你走开！"

这时，那些同学也一并从餐厅门口冒了出来，一个个目瞪口呆地看着他们俩。

梁好一把推开陆竞骁，冲着他大吼："你没听见安冉说什么吗？你是我的客人，就只是一个客人！你这么紧张我干吗？你有病啊？"

陆竞骁终于怒了，霸道地用力一把揪住梁好的衣领，将她提溜了过来，不错眼珠地盯着她，瞳孔里充斥着愤怒的火焰，却又包含着深情和疼惜。

"我喜欢你，你到底知不知道？"他冲着她低吼道。

天地黯然失色，连雨帘也在这一刻仿佛消失得无影无踪，那些密密麻麻的雨点一声一声敲打在梁好的心上，她的心在停止跳动几秒后又被这声音激活，找到了跳动的节奏。

她不敢呼吸，只是凝视着他凌乱的、被雨打湿的碎发，还有他炯炯有神的目光，以及他开口说喜欢她的那双薄唇。

邹晓音和其他同学站在餐厅门口，个个张大嘴，惊得一个字都不敢说。

安冉站在餐厅的窗前，透过玻璃看着雨中的两人，终于苦涩一笑。

当时陆竞骁说出去透风的时候，安冉就溜了出去，她找了他半天才在走廊拐角处假装偶遇他，一脸惊讶地看着他："你在这儿啊，我想找卫生间，没找到。"

陆竞骁倚在后面的墙上，一只手插进口袋，一只手抽烟，目光凉凉地扫了她一眼，没说话。

她又笑道："刚才我和姐妹的对话你没听见吧？"

陆竞骁挑眉，终于舍得开口："你指的哪句？"

她有些不好意思："就是梁好家境不好的事情，要是你听见了，别外传好吗？"

陆竞骁冷哼了一声："你的目的不就是让我听见吗？"

安冉的面容瞬间僵住，很快又恢复常态："这话什么意思？"

"上次在食堂，你不就故意说给我听了吗？'她家境不好'这句话你打算重复几次？"陆竞骁冷笑。

她沉默了。

"跟每个人都把她说得一文不值，再戴着正义使者的面具告诉其他人别外传，你花样倒是不少。"他边抽烟边看着她冷笑。

安冉咬了咬下唇，狡辩道："你不要把我想得那么坏，我只不过是……"

他懒得再听她说一个字，眼神冷漠地看着她，直言道："你这个女人很贱，你知不知道？"

她的脸"唰"地垮下来，再也无法伪装，她听见自己的尊严被陆竞骁一脚踩烂，稀里哗啦变成碎片。

她若无其事地回到包间，味同嚼蜡地吃了几口饭。

旁边的眼镜妹见她脸色不好、眼圈有点红，连忙问："你怎么了，脸色那么差？"

安冉惊了一下，拿出镜子照了照，起身准备去化妆间补妆，推开包间门的时候就看到了浑身湿漉漉、刚赶过来的梁好。明明是同学聚会，梁好却穿着随意，浑身上下没有一件衣服上得了档次，还是一副淋过雨、惨兮兮的模样，在惊讶的同时，安冉的内心感到了一阵快感。

梁好的脑子一片空白，她试着开口说话，却顿觉头昏沉得厉害，她还是支撑不住在他的怀里晕过去了。

陆竞骁抬手摸了摸她的额头，二话不说抱起她上了一直停在餐厅门口的私家车。他搂着她坐在车后面，对着司机就是一声低吼："去最近的医院，开快点！"

"好好，少爷。"

车子在雨夜的街道飞驰，没一会儿就到了医院。

司机帮忙在医院忙上忙下，挂号之后又去取药。陆竞骁抱着梁好去输液室输液，他脱下西装外套披在她的身上，看着她惨白的脸，心疼地用拇指温柔地抚了抚她的脸颊。一阵疲倦袭来，他起身出了输液室，准备吸烟。

司机把一袋子药拎过来："医生说输过液就没事了。"

陆竞骁接过来，应了一声："你回去吧。"

"我送少爷您回去吧？"

"不用，我守着。"

"那您用车给我打电话。"

"好。"

梁好醒过来的时候已经半夜了，她觉得身体轻松了不少，怔怔地看了看周围的景象，才发觉自己在医院的输液室，她忙叫来护士给她把针管拔了，起身时发现陆竞骁的西装外套，几个小时前的记忆猛然涌入脑海，她心里一阵暖流淌过，脸颊的温度极速蹿升。

走路发飘的她晃荡到门口，就看到了门边双手抱胸、背靠墙壁睡着了的陆竞骁。他连睡着的时候都眉头紧锁，她定睛看着这张熟悉的脸，认识他五年的这段冗长的时光似在心里完整地流淌了一遍。她也不知道哪里来的勇气，听着他轻浅的呼吸声，看着他的唇，她凑了上去，想偷偷亲一下。两人嘴唇距离不到一厘米时，口袋里的电话猝然响起，她被吓得赶忙撤离，心脏扑通扑通地跳。

她接起电话的同时，陆竞骁也被电话声吵醒了，他抬头看她，目光深邃。

梁好努力保持镇定：“喂，哥？”

“这都几点了？你喝大了吧？”对面的梁岩急得跳脚。

“没有，我马上回去。”说完，梁好就把电话挂了。

两个人干瞪眼看了对方半天，梁好感到自己的脸烫得厉害，忙轻咳一声，把西装递过去：“外套还你。”

陆竞骁接过外套，又把手里的药递过去，吐出一个字：“药。”

“哦。”她接过药，“谢谢。”

然后气氛一阵尴尬。

陆竞骁起身，走在前面：“我送你回家。”

梁好没说话，跟在他后面。

出租车上，两人一句话也没说，梁好能听见自己的心跳频率极快，却又找不到法子让它安静点。

快到家时，陆竞骁打了一个喷嚏，她一下子紧张起来，忙问：“你感冒了？”

“没事。”他坐在她旁边，看起来极度疲倦。

她急忙从袋子里翻出几盒药塞到他手里：“你记得吃。”

陆竞骁瞟了她一眼，街灯的光芒扫过他黝黑的瞳孔，他把药放回袋子里：“你吃，我不用。”

她很想开口问问他，他到底是什么时候开始喜欢她的，为什么从来都不让她知道，他心底的秘密是否也如她一般埋藏了好几年，久到这份感情融化在最隐秘的一角，她可以轻车熟路地自由操控，不让它泛滥，不让自己失去理智。

可是这一刻空气暧昧而温暖，她不想惊扰这段时光。

她又想起了青涩而美好的高中时代，每到下课的时候，女生们喜欢凑在一起聊八卦、聊男生，每到这个时刻当然少不了聊陆竞骁，女生们笑嘻嘻地道："我们来打一个赌，看看咱们三班女生最后谁有本事能把陆竞骁追到手。"

梁好垂下眼皮，没参与这场赌局中，她知道自己有几斤几两，也不喜欢不自量力。当时，陆竞骁对于三班女生来说就犹如天上星河，遥不可及。而且，因为梁帆给她的家庭造成的伤害，让她渐渐失去安全感的同时也对爱情失去了少女该有的热情和渴望，她觉得自己的天空一直是昏暗无光的，又怎敢奢望那颗耀眼的星辰驻足于此。

梁岩站在家门口来回踱步，急得眉毛都拧了起来。他一看到远处出租车的车前灯就忙迎了过去，一眼就看到了车里的陆竞骁，不由得愣了一下。

"你出来干吗？我又丢不了。"梁好下车抱怨着。

"怎么他送你回来的？"梁岩好奇地问。

梁好面露尴尬神色，不知道该如何解释。

"签约的事情你考虑得怎么样了？"陆竞骁打开车窗对梁岩说道。

梁岩一脸傲娇："我仔细考虑了一下，毕竟这也算是我未来工作的一部分，既然有合作关系，我和你之间以前的那些过节就当算了。"

"那就找个时间来公司签约，带着你妹。"

陆竞骁说完关上车窗，示意司机离开。

梁好愣在原地，心里的那股温热又冷却下来，这男人怎么这么冷淡，前几个小时表白的不是他？

她跺跺脚，扭头上了楼。

临睡前，她打开微博，带着复杂的心情写下了一段话：我不贪心，星河中，愿做最渺小却只属于你的那一颗。

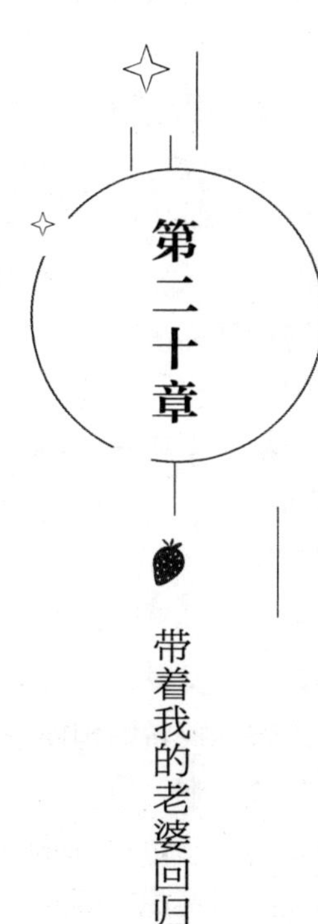

第二十章

带着我的老婆回归

整个周末，梁好在家什么都没干，脑子里一会儿乱成一锅粥，一会儿空白成一片，直播都不做了，就盯着手机发呆。她以为陆竟骁会给她打一个电话问问她发烧好了没有，谁想到这家伙一个电话都不打。

她气坏了：你跩什么啊？我也不稀罕你！

她愤怒地打开微博刚要发泄，发现有人给她昨晚发的那条微博点赞，是“微笑深深”。她愣了一下，转而上了《龙之翼》，她竟然发现“微笑深深”正在线！她赶忙发了好友私信过去：好久不见！你看到我微博私信你了吧？

隔了一会儿，微笑深深回复：看到了。你不说你不玩了吗？

微笑浅浅：本来我是帮人家刷装备的，这个号也是雇主的，但是那个雇主又忽然不想玩了，就把号扔给我了，我今天就上来看看。

微笑深深：哦。

梁好见他半天没再说话，又发私信过去：那咱们离婚去吧？省得我占你家园位置，影响你找新媳妇提升战斗力。

微笑深深：不用，就这样吧。

微笑浅浅：你确定？不离婚的话每周末要给月老油水钱！不划算的！

微笑深深：给就给吧。

梁好眼见大哥根本没有离婚的打算，也不好再提，为了不让他吃亏，她又道：那要不接着玩？

微笑深深隔了一会儿道：嗯。

梁好一下子开心起来，邀请“微笑深深”组队，出城打副本。她一段时间没玩，没想到还有好多人记着她，世界上立刻发来消息：微笑大神！我眼花了？我们都以为你弃了啊！

微笑浅浅：没有，前些日子忙，今日带着我老婆回归！

世界频道：你还没跟你老婆离婚？什么时候能轮上我们跟您结一次婚？

梁好无奈，就算是在游戏世界里，哪有随随便便换媳妇的，况且追求她的都是一帮明知道她是“男人”还死皮赖脸贴上来的。

她上线没一会儿就有一群人加她好友，她一看 ID 就知道玩家是女生，那些人私信她：微笑大神，久仰大名，不知可否带带小女子？

梁好心情好，也没全部拒绝，从中挑了一个妹子拉进队伍，开始在队伍里说话：去刷龙王庙副本，爆装备概率高，我和我老婆带你。

“微笑深深”没说话，沉默地开启了他的凤凰坐骑在一边等着，ID 为“可爱少女”在队伍发消息：哇！大神，你的老婆有这个绝版坐骑啊！能让我坐坐吗？

梁好还没回答，微笑深深发话了：不能。

“可爱少女”发来一个哭泣的表情：不要这样啊，带我一圈，我用手机拍一张图就下来。

微笑深深：只载我老公一人。

“可爱少女”只好点上队伍跟随，眼看凤凰上一对璧人逍遥自在，还有一个少女跟在后面跑……真凄惨。

梁好发私信给微笑深深：你太无情了吧，人家妹子多可爱啊，那可是真妹子啊！你不心动吗？

微笑深深：不。

这人真是。

进副本后，“可爱少女”经常放错技能导致梁好血量下降，而“微笑深深”全程冷眼旁观，也不评价，梁好觉得他很可能是懒得打字。

“可爱少女”很快也意识到自己能力不足，提出离队，口气看上去挺委屈的：对不起，微笑大神，不给你们添麻烦了，我离队吧。

梁好一时心软：哎呀，没事，你要不在门口站着吧，我们打，你捡掉落物品。

“可爱少女”忽然煽情起来：微笑大神，你真好，我觉得你在现实里也一定是一个豁达有魅力的男人！

说得梁好心一颤一颤的，她回复：哈哈！我是这样的男人啊！又会照顾女孩子！

梁好臭不要脸地发了一个亲嘴的表情给她。

“可爱少女”乐坏了，一直跟她甜蜜互动。

这时，沉默了许久的某灯泡……不是，某正妻终于发话了：你当着我的面跟别人亲来亲去，你觉得合适？

梁好背脊一凉，自知有点过分，自己铁杆粉丝还在这儿呢，她这是干吗？

之后她只好专心杀怪。

她在游戏世界里玩得快乐，却也想到了一直没给她打电话的陆竟骁，想着想着，越来越生气，不停看手机，看了快八百遍了，也不见他来电话，不禁在心里暗骂他。

这时，电话响了，她一怔，再一看屏幕的来电显示，她的心一沉，是凌霄。她想起安冉就觉得无比寒心，想到凌霄的真面目，更让她觉得愤怒，她直接把电话挂掉了。

过了一会儿，凌霄又打了过来，她又挂掉了，然后凌霄发了短信过来：不接我电话，我直接过去了，又不是不知道你住哪儿。

她慌张起来，这人怎么跟狗皮膏药似的？这精神分给陆竟骁一点行吗？真是，一个太被动，一个太主动，都不好。她烦透了，干脆起身穿衣服，想躲出去。

谁知道她刚跑到楼下，就看到了凌霄的车。

凌霄打开车窗，手里夹着一支香烟，见她一脸惊讶的表情，抿唇笑了一下："走。"

"去哪儿？"

"我请你吃甜品。"

"我最近减肥。"

"你不胖，苗条得很。"

真是……她还是太年轻，一听这话就鬼使神差地上了车。

凌霄带她去附近的哈根达斯，她也没客气，点了一个贵的埋头就吃。

凌霄不喜欢吃甜食，什么都没点，看着她问道："你最近有问题，说吧，对我有什么不满？"

梁好也没再隐瞒，干脆道："我梁好做人有原则，有道德底线，闺密的前男友绝不染指。"

她说完就咬到了舌头，那股疼直接蹿到脑顶，真是，安冉是她闺密？搞笑！

凌霄一脸淡然："我承认，安冉是我的前女友，我也没刻意隐瞒，只是觉得这段感情不值一提。"

她瞪大眼睛，这人居然什么都知道？

"什么叫不值得一提？她为你堕过胎啊！堕胎对女人的伤害有多大你不知道？你还抛弃了她，说什么跟她只是'玩玩'？"她不是为安冉感到生气，只是觉得这男人的行为非常可恶。

凌霄表情木然了一阵，皱起眉毛，眼底有即将喷发的怒意，这还是梁好第一次见凌霄发火。他收敛了一下弹跳的额角，只觉好笑，问："你说什么？堕胎？"

"你别不承认啊！"她以为他在耍赖。

"我跟她在一起的那个时候她刚高中毕业，还是一个丫头，我疯了？"凌霄面容严肃地反问她。

梁妤愣了一下，不敢相信地反问："你没碰过她？"

凌霄心里有了眉目，无奈地点起一支烟，看着梁妤语重心长地道："梁妤，你跟她在一个宿舍生活那么久，没看出来她是什么样的人吗？"

梁妤鼻子一酸，心里挺委屈的，笑了出来："实不相瞒，我真没看出来，我对人家掏心掏肺的，她有什么事儿，我能帮就帮，可是……"

她是真的想不明白，为什么人往往要伤害对自己最好的那个人？为什么？

"那些钱她没还给你吧？你真是蠢到家了，当初让你找她写借条，为什么不听话？"凌霄问。

"你你你……你怎么什么都知道？"梁妤瞪大眼。

"就你一个人假精明，真实在，以为谁都跟你是真心的？"

这时，她才冷静下来想明白整件事，问："那安冉为什么骗我说她为你堕胎？"

凌霄冷笑一声："那你得问阿慧。"

"阿慧？跟她又有什么关系？"

"这种人嘴里没个把门的，什么都往外说，心眼小也脏，她知道安冉是我前女友，也知道我在追你。"凌霄已经想明白了所有的事情。

"那阿慧又是怎么跟安冉认识的？"梁妤好奇。

"你不知道吗？安冉在我的酒馆做推销，说难听点就是酒托，只不过她上班时间跟你不一样，所以你们俩碰到的概率不大。"

梁妤忽然记起了刚到酒馆上班的那天，她看见的那个背影很像安冉的女人，没想到真的是安冉。

梁妤沉默了几秒后，也逐渐明白了，挖了一大勺冰淇淋塞进嘴里："我从来都没有做过对不起她的事情，在知道你是她前男友后，也明确拒绝你了，她为什么还要这样对我？”

凌霄低垂着眼，叹了一口气：“我还是跟你讲一下我和安冉之间的事情吧。”

大约两年前，凌霄和周万成，也就是安冉的舅舅在谈一桩红酒生意。这周万成充其量不过是一个红酒供货商，把从国外进口的高端红酒卖到凌霄的小酒馆，中间收点经手费，所以像凌霄这样的小老板，周万成自然巴不得跟他保持长久合作关系，所以就经常请他到家里去吃饭。

一来二去，安冉经常和凌霄在一张餐桌上吃饭，偶尔也聊聊，知道彼此大概的情况。凌霄本是对这种才开始上大学的小女生没什么兴趣的，可是有一次他不经意间看到安冉的舅妈在骂她，言语极其粗鄙刻薄。

“什么？四年的学费？我们家没那么多钱给你！”她舅妈直接拒绝道。

安冉一脸漠然，不疼不痒，仿佛已经被骂惯了，冷冷道：“就当是我借你的，你可以记下来，等我大学毕业找到工作赚了钱就还你。”

她舅妈笑了笑：“现在打工的大学生那么多，你倒好，还想毕了业再还钱？”

这句话说出来的瞬间，凌霄的眉头皱了皱，心里一阵怒火喷发而出。他看到安冉瞪大眼睛猛然抬头，那个表情里充满了咬牙切齿的愤恨，还有隐忍着的委屈和心酸。

“安小姐，去散散步吗？”凌霄在门口对着厨房喊了一声。

安冉听见凌霄的声音，立刻把那泪水忍了下去，头也不回地跑出厨房，跟凌霄出去了。

周万成表情一怔，他倒是没想到凌霄会对安冉有兴趣，心里不由得一阵窃喜，立刻转身跑去厨房对自己老婆道：“你怎么讲话那么难听？”

她舅妈也意识到自己刚刚气到口无遮拦，说话重了些，表情略有不自然地道：“她这一要钱就是四年学费，谁掏得起？又不是我闺女！”

“你怎么那么傻，你没看出来凌老板对咱们冉冉有兴趣？”

她舅妈一愣。

“别让凌老板觉得咱们刻薄，明天老老实实去银行取钱把学费给冉冉。”周万成道。

她舅妈明白了过来，勉强点了点头。

凌霄和安冉在小区的花园并肩散步，见她有些冷，身体轻颤，凌霄出于男人的本能把外套脱下来披在她的肩上。

安冉心弦一颤，再抬头看见的是他温柔的笑：“冷吧？”

她紧紧抓着那件外套不舍得撒手，她已经太久没感受过被人关爱的滋味了，这种感觉陌生到让她觉得恐慌。

“你舅妈怎么那样说你？”凌霄好奇地问。

她感到一阵羞愧，脸上火辣辣的。

凌霄意识到这样不礼貌，赶忙道：“对不起，我不问了。”

她摇了摇头，把自己的家事一股脑对凌霄说了出来。

凌霄沉默地听着，不自觉地摸了摸安冉的头，没有嫌弃，只是简单的一个动作，但从那一刻起，安冉知道，自己陷入了无法自拔的恋爱之中。

后来，安冉时不时就跑去他家，有的时候给他做做饭，收拾收拾屋子。

凌霄也觉得挺不好意思的：“你不用总过来帮我，我这里乱惯了。”

安冉看着他甜蜜一笑：“没事，反正我放暑假也没什么事。”

可能当时的他觉得安冉长得漂亮，身材也很好，乖巧、安静又贤惠，他逐渐对她有了好感。

两个人的恋爱关系在一个月内便确定了下来，凌霄自知比安冉大很多，所以内心总带着负罪感，他摸摸她的头："我怎么老觉得自己跟禽兽似的。"

安冉笑笑，扑进他的怀里："我就喜欢你。"

那晚，夜色已深，凌霄拍拍她的肩膀准备送她回家，她却紧紧抱着他，声音娇嫩、妩媚："凌霄，别赶我走，让我住在这儿好不好？"

凌霄不是木讷愚钝的人，他立刻反应过来安冉的意思，连他自己都奇怪，为何反而在女孩主动的这一刹那，他的心忽然冷却了，他轻轻推开她："走吧，我送你回家。"

安冉固执地在他的沙发上坐着："我不走。"

凌霄没办法，冷声道："那你睡卧室吧，我睡沙发。"

安冉不可思议地看着他："什么意思？"

"就是你听到的意思。"他面无表情。

在那之后，两个人有过一段时间冷战，凌霄不是那种会跟女人低头的人，自己的日子照常过。安冉却忍不住了，先跑到了他家等他，他从酒馆回来后就见她红着眼圈站在那儿，他的心终究一软，走过去声色柔和地说："进去吧。"

她软声细语，温柔如水地窝在他的怀里道歉，说自己只是太不想回那个家了，才一时冲动。

凌霄没跟她计较，安慰了几句让她去卧室睡下了。

之后，好几次安冉都喝得醉醺醺的，偏挑晚上的时候去他家。

凌霄多少看透了安冉，渐渐发觉这女孩心思极重，并没有表面看上去那样单纯。安冉并不知道，论玩心思，她和凌霄不是一个级别的。

那晚她喝多了点，扑过去就开始吻凌霄。

凌霄一把扯开她："你闹够了没有？"

安冉也清醒了点，反而瞪着他冷笑："凌霄，你装君子也够了吧？为什么不想碰我？你有问题吗？”

凌霄不怒反笑：“我不碰小姑娘你懂吗？”

安冉冷下脸来，声音低沉：“为什么？”

“你说为什么？安冉，你心里想的什么以为我不知道吗？”他眯起眼，冷笑着。

她愣在那里，慌乱的眼神被凌霄逮到，他更加确信了心里的那个想法。

“我的前任因为这件事情，分手后找我要了一辆车，好，我给了，两清，谁也不欠谁。现在你这么主动地想跟我发生关系，是在为自己找一条后路不是吗？你准备找我要什么？一套房？”凌霄把话说得直白，带着致命的穿透力。

安冉狠狠咬了一下唇：“我是真的喜欢你，你感受不到吗？”

“你的喜欢掺杂了太多杂质，不是我想要的。”他目光毫无温度，沉默了一会儿，理智且平静地对她道，“我们分手吧。”

安冉的心如同被人生生挖掉了一块，血肉模糊，鲜血淋漓。

当晚，凌霄尽了最后一点责任把她安全送回家。

安冉临下车时表情里透着一股很深的绝望，是对生活和命运的绝望，她问他：“你有没有真的喜欢过我？”

这似乎是每一个女人在分手后都喜欢问的问题，凌霄抽着烟想了想：“不知道，就算有也不是百分百。”

她笑了，嘲讽的笑容。

之后，两个人很长一段时间没再见面，没再联系，直到安冉开学后，重新出现在了他的小酒馆门前，穿着性感，神情冷淡。

凌霄看着她愣了神：“你怎么来了？”

“你也知道我的情况，我需要一份工作。”

凌霄不是小肚鸡肠的男人，豁然道：“可以，今天开始上班？让苏姐带你换服务员的衣服。”

安冉摇头：“我不想做服务生，廉价。”

阿慧正好在旁边听见这话，把拖布一摔，瞪着眼看她："嫌廉价滚啊，谁求你在这儿干活了？都是给别人打工的，你装什么清高？"

安冉装没听见，看了看角落里穿着华丽的女人在跟客人推销酒水，笑了笑，对凌霄道："推销我也可以。"

凌霄目光一紧："随你吧。"

安冉经常旷工，想来就来，想走就走。

阿慧不满地跟凌霄抱怨，凌霄的耐性也快被安冉磨光了，他得空找到安冉，神情严肃："你能不能有点责任感，工作想做就做，不做就不做？"

安冉目光冰冷地看着他："昨天五号桌的客人一个劲儿地摸我，你明明看见了，为什么装作若无其事？"

凌霄觉得她很可笑："是你自己选择的这份工作，没人逼你，不要告诉我你不知道那些客人会不规矩。"

她哑口无言，眼睛里透着失落："我以为你说的分手是假的，是故意气我。现在你看见别的男人那样对我，一点怒意都没有吗？"

"如果你觉得在别的男人面前强颜欢笑推销酒水比服务员这种廉价工作更高尚的话，我也管不了你。一个人一个想法不是？如果你是为了让我吃醋才去做推销，是不是显得有些幼稚？无论是'三观'不合还是幼稚的女人，我都没有兴趣，为什么要留恋？"凌霄的眼神透着一股轻蔑。

安冉看出了他心里的冷酷和绝情，立刻态度软了下来，发挥自己柔情似水的攻势，贴在他身边，双瞳含水地看着他："你能不能不要生气了？不是我不自重，我是真的喜欢你，才想要跟你亲近的，你为什么要误解我？"

凌霄推开她，不再看向她："你这个年纪的女孩应该把自尊看得比什么都重要，别让我看不起你。"

阿慧也是不小心偷看到的这一幕，她张大嘴，没想到这新来的是小老板的旧情人，可是更没想到的是小老板把对方甩了，她觉得很是痛快。

安冉哭着跑出了酒馆，凌霄没去追，只觉得无趣又疲惫。

从那以后，他本以为她不会再来了，可是谁知道，她还是会偶尔来推销一下酒水。凌霄也懒得管她，就那么放任她去了。

“应该是阿慧后来把你和我的事情告诉了安冉，她早就知道我在追你的事情了。”凌霄慢慢讲着。

“所以，安冉为了不让我们在一起，假装不经意地让我看到她和你的合照，让我知道你是她前男友，让我避而远之，还演了一出假装去医院堕胎，又因为害怕而退缩的戏，让我真的以为她怀了你的孩子，最后还打掉了。她在我面前把你塑造成了一个坏男人的形象，这一切都是为了让我离你远点。”梁好总算明白了这一切。

凌霄无奈地笑笑，摇了摇头：“戏精。”

“你还好意思说人家，你当初不也是喜欢过她，跟她在一起过？”梁好翻了一个白眼过去。

凌霄思忖了一会儿，很诚恳地看着她道：“可能是我天性就喜欢那些看起来柔弱可怜的小女孩，好像保护她们的同时能满足我心里的那份属于男人的虚荣一样。”说完他还眯起眼没心没肺地笑了笑。

梁好冷哼：“有点，以后看人小心点。”

她情不自禁地警告他，才想到他在追她。

果然，凌霄看着她吃光的空杯子问：“这回我没看错人吧？还吃吗？”

梁好一阵不自在：“不吃了。”

“现在所有事情我都跟你坦白了，也承认我有过几段过去，如果你不介意的话，你愿意当我女朋友吗？”凌霄认真地看着她。

梁好开始纠结了，这感情要不二十几年都不来，要来就成双，命运这东西真能折腾她。

她没有办法，只能坦白：“老实说，我……其实我心里一直有一个喜欢的人，只不过因为一些问题，没在一起。”

凌霄很聪明，立刻问：“上次跟我比赛车那个？”

想不到暗恋五年，头一次承认是在一个追求者的面前，她咬了咬牙，点头。

“为什么没在一起？”他问。

为什么？问他啊！想起这事儿梁好脾气又上来了。

她在心里骂了陆竟骁一通之后说道：“不知道，我又不能主动跟一个男人表白吧？我也是要脸的好吧？”

凌霄苦笑：“女孩子家家的，总说脏话多难听，改改吧。”

“我就这样，跟一个糙汉子似的，你还喜欢？”她很惊讶。

“那只是表面，你的内心很柔软。”他笑起来。

她当时就决定了，如果陆竟骁没有再进一步的动作，她就要跟凌霄在一起了。社会那么现实，凌霄这么好的男人，还喜欢她，她为什么要放跑？就让陆竟骁那种人一辈子打光棍，后悔去吧！

从哈根达斯出来后，凌霄聊了聊他二楼网吧装修的事情，没再提感情的事。

梁好到家门口又扭头看他，觉得挺对不起他的：“凌霄，要是我早一点遇到你就好了。”

凌霄明白她话里的意思，笑了笑：“好人卡别给我发，明天来酒馆打工吧，我那里挺缺人手的。”

她点点头，回了家，一直到晚上她都觉得心里挺难受的，于是给凌霄发了短信：我真觉得挺对不起你的，你对我那么好。

凌霄很快回复：感情的事情，没有对得起对不起的，两情相悦的概率本来就不大，我有信心追到你，却没信心把你喜欢那么久的人从你心里挖走。

看完这条短信，她沉默了，也不知道为什么，自己就是摆脱不掉陆竞骁的魔咒，她尝试了五年都没成功。

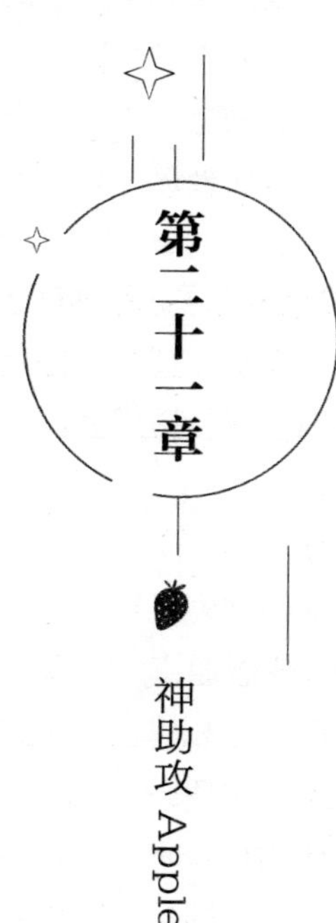

第二十一章

神助攻 Apple

这人到底有什么好的？梁妤心里产生了强烈的疑问。

她决定发微博求助。

微笑浅浅：广大的网友们，如果一个男人喜欢你，却在认识你五年后才告白，请问这个男人的心理是什么？

这群看热闹不嫌事大的网友直接发过来。

她无语，下了线，简直快被这个疑问搞得睡不着觉了。

眼看着马上就要到暑假，要交住宿费了，一想到安冉……那个宿舍她是肯定没法住下去了，家离学校远，赶早课不方便，她想着只能找老师换一个宿舍或者搬出去住了。

她小心翼翼地推开宿舍的门，看到安冉不在，心里稍微轻松了些，不然免不了一顿吵。

中午去食堂吃饭的时候，她还在琢磨着换宿舍的事，邹晓音买完饭过来坐在她旁边，安慰道："事情我都知道了，我信你。"

梁妤知道邹晓音说的是她和安冉吵架的事情，心里一暖，夹了一块肉放进邹晓音碗里："谢谢！"

"还有那个啥……因为那个啥，反正当时人挺多的，系里都传开了，现在大家都喊你'霸嫂'。"邹晓音吞吞吐吐的。

梁妤眨眨眼，表示没听懂："什么跟什么？'霸嫂'啥意思？"

"咱们系唯一一个跳级成功的学霸的女人，简称'霸嫂'啊！"

……

两人正聊着，远处走过来一个人，本来梁妤没注意，周围起哄的声音越来越大，她才好奇地抬头，只一眼，她就觉得脸颊瞬间燥热起来。

陆竞骁端着饭站在不远处正看着她，几步走了过来。

梁好越来越紧张，干脆低头扒饭，余光扫到他干净修长的手指出现在餐桌对面，她已经不敢抬头了。

邹晓音立刻把最后几口饭快速吃光，起身对梁好道："我想起来我还有事，我先撤了啊！"

梁好一愣，想要拉住邹晓音，谁知道这人仿佛是飞出去的一般，瞬间没影儿了。

她情不自禁地看了一眼坐在对面的陆竞骁，他在低头优雅地吃饭。

周围人还在看向他们这里，嘴里说的话都不用听就能猜到大概内容。

她不自在极了，这时，峰子忽然冒出来，拍了一下陆竞骁的肩膀："嘿！我找你半天了！"

说着，他一屁股坐在陆竞骁旁边。

陆竞骁看都没看他，只说了一个字："滚。"

峰子这才注意到对面坐着的人是梁好，他了然，笑得诡异，赶忙撤了。

空气又安静了下来，梁好决定赶紧吃，吃完就走。

"烧退了？"陆少爷终于开口道。

梁好一惊，筷子差点没拿稳："退了，那天……谢谢。"

"我问过系主任了，除非有人愿意和你调换宿舍，不然换不了，也没有多余的空床。"陆竞骁不紧不慢地道。

梁好微微一怔，她没想到，她想去做的事情陆竞骁不仅想到了，还已经帮她做完了。

"放假前你可以住我那儿。"他继续道。

梁好的脸噌地红了，她赶忙吃完最后一口起身道："不……不用了，谢谢你的好意！"

她觉得她比邹晓音跑得还快，转眼就从食堂跑到了宿舍。她正喘着大气，见远处一个人带着几个男人匆匆从校门口往女生宿舍这边赶了过来，她仔细一看，竟然是梁岩？

梁岩见到她正在宿舍门口，忙过来："你在啊，正好。"

"你这是干吗？这些人是谁？"梁好感觉不妙。

梁岩道："你别管，把你宿舍那个叫啥……反正挺好看的那个女的喊出来！"

她还以为是她和安冉吵架的事情传到了梁岩耳朵里，连忙劝道："我们俩吵架，你跟着搅什么浑水？"

梁岩翻出手机，调出一段视频给她看，道："那网管昨天答应给我看监控，我这一看，想到上次去你宿舍拿书的时候见过这女的，我就知道了，肯定是她发的帖子！"

梁好心里一凉，忙看过去，只一眼，她就明白了。其实她早该想到，凌霄说安冉也在酒馆里打工，虽然两个人时间不一样，但是总会撞到，那天凌霄带她去兜风时很可能被安冉看见了，然后拍下了照片发到了学校论坛，掀起风波，让她在学校混不下去。

她是真的想不明白，安冉怎么会这么阴暗，她到底做了什么伤天害理的事情惹得安冉这样对她？只是因为凌霄吗？

女生宿舍门口逐渐热闹了起来，一群人围过来看戏，梁好站在那儿感觉自己血管里的血都凝固了。

梁岩看到一个要进宿舍的姑娘，忙拉住她："好妹妹，帮哥哥叫一个人下来好吗？"

那女生见梁岩挺帅气的，忙答应下来："大哥，你说！"

"317 的一个美女，我不知道她叫什么。"

"是安冉吧？我喊她。"

那姑娘立刻就去了，没一会儿安冉落落大方地走了出来。

再见她时，梁好的心里一阵难过，怎么自己的好朋友就忽然变成这样？

安冉见到是梁好的哥哥带了几个人过来就知道事情不妙，她尽量让自己镇定下来："你找我干什么？"

梁岩把手机调好，摆在她眼前播放："发帖子诬陷我妹的人就是你，证据就在我这儿，你现在当面给我妹道歉，这事儿就过去；不道歉，哥几个也不会看你是一个女人就饶了你。"

视频慢慢播放着，安冉顿时一脸惊恐，她根本没想到网吧会有监控摄像。她浑身轻颤，听着旁边人的闲言碎语，看着他们投来鄙视的目光，她的呼吸变得急促，可她只慌乱了一秒，随后冷笑着走到梁岩面前，仰着脸："怎么样？就是我发的，我是不会跟她道歉的，有本事你就打我！你打死我啊！"

梁岩带人过来本来就是为了吓唬她的，没想到这女人跟他硬碰硬，一时间，他竟然没了招数，只能冷笑："你要不要脸？我妹怎么得罪你了，你要这样造谣中伤她？"

安冉继续笑："你妹抢了我男朋友，下贱的那个人是你妹才对吧？闺密墙脚都挖？知道'廉耻'两字怎么写吗？"

这时，远处的人见到这边动静越来越大，也走过来看热闹。

陆竟骁对这些事情一概没兴趣，结果旁边的峰子惊讶地道："啊！那不是嫂子吗？"

陆竟骁斜眼看去，一眼就看到了梁好，同时也看到了安冉，他皱着眉走了过去。

梁好大怒："你够了吧！你自己心里明明清楚得很，你跟凌霄分手后，我们俩才认识的，更何况我没跟他在一起，谁挖你墙脚了？"

陆竟骁听到这句话，僵住脚步。

这时，其中有一个颇讲义气的男人从梁岩背后冒出来，一把揪住安冉的头发。安冉吃痛，跪倒在地。那男人远不像梁岩那么绅士，嘴上骂骂咧咧的："敢跟我们岩哥作对，活腻了？"

梁岩愣了，拉了他一下："她是一个女的，行不行？"

那人气急了，扭头道："女人怎么了？不能打？"

眼看梁岩劝不住他了，梁好开口："大哥，大哥，你别这样，她好歹是一个女孩子，你这样显得多没风度啊！"

那男人见梁岩的妹妹也劝，干脆松开了安冉。

安冉头发凌乱，倒在那里，忽然狼狈地笑出了声。她抬起头，看着梁好的目光里带着恨意："你少在这儿装圣母，你心里笑得不行了吧？看我这么狼狈，你很得意是不是？"

梁好冷漠地看着她："得意倒没有，就是可怜你。凌霄把你们俩的事情都告诉我了，你一开始就带着不纯的目的和他交往，得不到他的尊重也是自然的。"

"你懂什么？！"安冉忽然从地上站起来，一改往日娴静、优雅的形象，此时的她就像发了疯一样难看，她一把揪住梁好的领子。

梁好吃痛间，被两个男人拉了过去，她一愣，看到梁岩拉着她的左胳膊，而陆竞骁正拉着她的右胳膊，这……你们俩！梁好在心里大骂。

安冉看着陆竞骁，笑得更加狰狞："刚开学的时候我听了你的家事，还以为我们是一类人，可怜、卑微，在这个社会的最底层挣扎存活。可是你有哥哥，你有喜欢你的男人，我有什么？你告诉我，除了每天把我当寄生虫一样的舅舅、舅妈以外，我还有什么？！每次回家我都被我舅妈打得浑身青肿，你，还有邹晓音、秦欢欢，你们三个人关心过我吗？"

梁好心里一酸："你从来没跟我说过你身上有伤，你每天不跟我们在一起，吃饭、洗澡都一个人，我们一直以为你喜欢安静，谁都没想过你……你这样遮遮掩掩，让别人怎么理解你，关心你？"

"你闭嘴！凭什么邹晓音放假不好好在家，陪你来补考？她什么时候来陪过我，关心过我？"安冉继续吼着。

上次邹晓音在梁好补考高数前一天来陪伴她的时候，她只觉得自己心里感动却没考虑过安冉，安冉对邹晓音因此也有不满，所以谣言事件一出，安冉故意问她都有谁知道她的打工地点，为的就是让她和邹晓音互相猜忌，反目成仇？这女人太可怕了……想到这儿，梁好情不自禁打了一个寒战。

“还有他！”安冉又指着陆竞骁，蓦然笑了，“凌霄说我恶心，凭什么？凭什么他就喜欢你？他是陆竞骁啊，多少女生向往的对象，学习好、长得好、家世好，怎么就让你这个人捞到了？”

梁岩立刻瞪圆了眼睛，不可思议地来回看着自己妹妹和旁边的男人：“不……不是，啥玩意？”

梁好的脸猝然一红，陆竞骁则全程冷漠，没有表情。

“我费劲心思想挽留凌霄，让他回心转意，他那么绝情、冷漠，你却什么都没做就得到了他的关爱，凭什么？！”安冉继续大吼道。

梁好没说话，心里翻江倒海般难受。

“同样爱钱，你凭什么就有人爱，我就没有？这世界对我那么不公平，见了你，我就更加觉得世界不公平得可怕！”安冉的最后一丝防线终是崩溃，她哭出了声音。

梁好觉得好笑，用认真且冰冷的眼神看着她：“安冉，你别搞错了，的确，你和我家境都不好，你是寄人篱下，我是欠债未还。你说得没错，大家都爱钱，尤其是我，我特别爱钱，可是我的每一分钱都是靠我自己的双手挣来的！你呢？你跑到我这儿来跟我装可怜，说没钱交住宿费，我二话不说东奔西跑给你凑钱。我刚在凌霄那儿领的第一个月工资，自己一毛钱都没花全部给了你，我当时什么都没想，一丝一毫不舍都没有！结果呢？咱学校住宿费不过几千块钱，我借了你两万块钱，剩下的钱你居然去买了奢侈品！你到底是想在人前光鲜靓丽，怕别人看不起你，还是骨子里你压根就是这种贪慕虚荣的人？”

安冉抽搐着，一句话都说不出口。

"安冉，别装了，你用楚楚可怜换取同情的把戏已经不奏效了。记得上次你找我去逛街吗？那种几十块钱的平价市场就是我天天爱去的，我就觉得破洞牛仔裤比奢华连衣裙好看，可你呢，我把裙子比在你身上，你当时嫌弃的眼神自己都没掩盖得住你知道吗？你喜欢去大商场，逛大品牌；你不喜欢当服务生，嫌廉价，降低身份；你喜欢背着你新买的名牌包在同学会上炫耀，这不都是最真实的你吗？你得不到别人的尊重是因为你压根就不尊重你自己！"梁好愤愤道。

"你少在这儿装清高！都是女人，你梁好敢拍着胸脯跟我说你不喜欢这些吗？"安冉哭喊着。

"我喜欢，我从来都没说我不喜欢这些，可是我知道比起买奢侈品，我的钱还有更有价值的用途，至少我不会在欠了别人债的时候去买！"她瞪着眼，情绪激动。

安冉咬着下唇，激动得脸颊都在轻颤。

可能是这边闹的动静太大，有同学去找了系主任过来，系主任扒开围观的人，不满地吼："干什么呢？"

有一个挺有正义感的女生立刻出来道："主任，上次的发帖人是安冉，梁好她哥哥找到证据了，之前的事情纯属诬陷。"

系主任皱着眉拿过梁岩的手机看了一眼："行了，都散了吧。安冉跟我到办公室来！"

安冉跟着系主任离开时，梁好忽然叫住她："安冉。"

安冉停住脚步，没回头。

梁好鼻子一酸："你伤害了这个世界上对你最真、最好的人。"

安冉背影一僵，颤抖着走了。

梁好说不出来为什么这个时候的自己竟然哭了起来，她对安冉有恨，但更多的是同情。

陆竞骁皱皱眉头，伸出温暖的大手抹干她眼角的泪水。

梁好愣了一下，呆滞地看着他。

梁岩不乐意了，一把把梁好拉了过来，背对着陆竟骁道："走，哥带你出去玩，换换心情。"

梁好点点头，临走时，她扭头见陆竟骁还站在原地看着她，她不好意思，赶忙扭头往学校外走。

梁岩也没什么创意，直接带梁好在网吧打起了游戏，两人刚落座，梁岩扳过她的转椅，一脸严肃地看着她："你跟陆竟骁怎么回事儿？"

梁好不敢看他："就……就那样啊……"

"什么时候的事儿？！你居然不告诉我，你想气死你亲哥是不是？"梁岩一嗓子吼得全网吧的人都看向他。

"你小点声儿！我们俩没在一起，就……就是最近他表白了而已。"

梁岩摸摸胸口："你还没答应啊，别答应，凭什么答应？"

真是……说好的你们俩之间的恩怨一笔勾销呢？有的时候男人小心眼起来不输女人。

安冉的事情很快就传遍了校园，因造谣生事被校方记大过，进行了严重处分。

后来梁好又问了问系主任换宿舍的事情，系主任愧疚地看着她："现在很多人都不愿意和你调换宿舍，毕竟这事儿大家都知道了，谁也不愿意和安冉住在一屋。"

她点点头，心里叹气，看来得尽快找房子了。

当天梁岩带她玩了几个小时后，又陪着她在宿舍收拾东西搬回家暂住，虽然她舍不得邹晓音和欢欢，但是也没办法了。

这些烦心的事情过去之后，梁岩和梁好找了一个时间去陆氏电子科技公司签约。

陆震一有事不在公司，接待他们的前台直接把他们俩带到了陆竟骁的办公室。陆竟骁在公司一般都穿正装，见到他们俩时，也没多说，把面前的电脑屏幕转过去给他们俩看，道："这是公司明年的区域选拔赛计划，还有奖金、福利设置等等细节，你们看看。"

梁好看着他穿西装的样子入了神，梁岩用手肘捅她，她才缓过神来，看向屏幕。

梁岩和陆竟骁一问一答，问清了基本情况后，两个人在合约上签了字。

"那其他成员怎么办？不是还差三个吗？"梁岩问。

"已经物色好了，暑假的时候，为了培养团队精神，公司安排你们这支新队伍去邻省A市参加一次线下友谊赛，当然前两周基本上要天天训练，吃、住、行都有公司安排。"陆竟骁一板一眼地道。

眼看着期末结束就要去外地培训、比赛，梁好停了一段时间直播，报考了四级，专心在家复习，以免挂科耽误事。

她神游天外地想着乱七八糟的事情时，陆竟骁的电话打来了，她愣神了一会儿才接听："喂？"

"来我家。"

她眨眨眼："什……什么？"

"你想挂科？我往你那儿开呢。"

梁好瞬间从椅子弹起来："我……我不用你给我补习，我这次自己能过的！"

陆竟骁冷笑："盲目自信不是好事，收拾好洗漱用具、换洗衣服、复习材料等我。"

你能别这么雷厉风行吗？我说我要去了吗？

陆竟骁这人简直了，说一不二，没几分钟，他就在她家楼下按喇叭，示意他到了，她扒着窗户往下一看，果然是他。

她心里一万个拒绝，可是往旁边一看，自己已经莫名其妙地把东西都收拾好了。

算了，人活一辈子不容易，瞎矜持什么啊！

她给梁岩发了一条短信，骗他说为了考试暂住闺密家，他也没怀疑，回复了一句便没理她了。

陆竞骁叼着烟，倚在车门口，一副桀骜不驯的模样，见她下来了，帮她把副驾驶的门开了。

梁好抿抿唇，上了车。

“胖墩儿又来了，你去照顾她一下，我没时间。”车上，陆竞骁开口道。

“Apple？她也放假了？”梁好一阵惊喜。

“嗯。”

难怪……本来她还挺高兴的，没想到是去给别人当免费保姆去的。

两人进门时，Apple 正自己一个人在家玩拼图，她一看到梁好，立刻晃荡着胖乎乎的身子扑进梁好怀里。

梁好高兴是高兴，转眼不可思议地看着陆竞骁问：“你把一个这么小的孩子单独放在家里？”

陆竞骁很淡定：“怎么？”

“你不怕她出事？”梁好要疯了。

“我说了，她敢随便乱动，就打她屁股，你看她敢吗？”

……

Apple 一脸怨念地看着陆竞骁，待在梁好的怀里不出来。

“好了，姐姐陪你玩，不理这个讨人厌的臭哥哥。”

果然，当晚陆竞骁要去参加公司的聚会，临走塞了一千块钱给梁好：“你带她去吃点有营养的，我晚点回来。”

梁好拉着 Apple 的小胖手，站在门口看他换鞋，越来越觉得自己……怎么跟他家小媳妇似的？

Apple 看着他，满脸委屈：“哥哥，你什么时候回来？”

陆竞骁挑挑眉：“那可不一定，我去吃大餐，不带你，就不带你。”

这人怎么那么幼稚啊？

Apple 也没气，反而噘着嘴搂住他的脖子，在他脸上亲了一口：“那你给我捎块蛋糕回来吧！”

陆竞骁一愣，看着她，面色柔和起来：“你在家老实点，我给你带。”

“好！”

末了，他起身无声地看了看梁好，也不知道为什么那个眼神被梁好一秒读懂，她猛地往后退了三步，捂住嘴：“你休想！”

陆竞骁冷哼：“拉倒。”

大门一关，梁好的脸红成了熟透的西红柿。

梁好带着 Apple 去附近的餐厅点了营养儿童餐，两人餐费加一块花了还不到一百块。回家后，她把剩下的钱放在茶几上，还把发票放上去，然后陪 Apple 玩了会儿积木，画了会儿画，九点钟便哄 Apple 上床睡觉。

她在客厅看了会儿电视，看了看时钟，九点半了，陆竞骁居然还没回来。冷不丁地她就想起了上次他和陶乐然在总统套房开房的事，她越想越憋屈，没一会儿竟然躺在沙发上睡着了。

陆竞骁十点钟才到家，进门就看见了茶几上放着的零钱。他慢慢走过去，看着梁好躺在沙发上熟睡的面容，轻轻一笑，这傻瓜有的时候让人打心底想疼爱她。他看着她娇嫩的唇瓣在月光下闪着晶莹的光泽，饱满而充满诱惑力，他的内心翻涌着激烈的情绪，他终于没忍住，慢慢俯下身，轻轻吻了上去，唇瓣触碰在一起的那一刹那，他觉得自己浑身麻酥酥的。月光洒在客厅的地板上，这一刻，时光温柔而浪漫。

他用拇指轻轻拂过他刚刚吻过的那双唇，勾了勾唇。突然听到身后有动静，他一怔，起身回头一看，Apple 站在房间门口，两只小胖手捂住嘴，眼睛瞪得大大的。

陆竞骁顿觉一阵窘迫，两步走过去，对着她低声吼道：“几点了！还不睡觉，要疯是不是？”

Apple指着他，小声道：“我要去告诉梁好姐姐，你偷亲她！”

陆竞骁简直要被这个臭小鬼气疯了，他提了提手里的蛋糕，威胁道：“蛋糕你不想要了是不是？”

Apple皱皱小眉头，本来她睡不着就是因为在等陆竞骁回来给她蛋糕吃，她犹豫了一下，还是义愤填膺地道：“不行，我还是要去告诉她！”

陆竞骁蹲下身子，尽量耐着性子，好言好语：“你这样是在出卖我，你知不知道？”

“除非你再给我买一根棒棒糖！”

这丫头片子学会反过来威胁他了？陆竞骁眯着眼看着她，沉默了一会儿：“成交。”

“两根！”

“你别得寸进尺，你又想去看牙医了是不是，喜欢电钻子的声音是不是？”

Apple想起了上次去看牙医时听到的声音，立刻害怕了：“那……那就一根。”

“你刷牙了吗？”他问。

Apple点头。

“那蛋糕不许吃了，明天再吃。”

“哦。”Apple一脸失落。

陆竞骁拿了被子到客厅给梁好盖好，洗漱了一下，轰臭丫头去睡觉。臭丫头今天格外兴奋，搂着他的脖子让他讲故事。他不会，吼道：“讲什么讲，赶紧睡！”

“不嘛！你给我讲白雪公主的故事！”Apple不依不饶地拉他衣领。

“不会。”

“那你给我讲七个小矮人的故事！”Apple继续道。

“这两个不是一个故事吗？”陆竞骁感觉自己快崩溃了。

Apple一愣，小手刮刮脸，其实她自己也分不清，可又要面子，无理取闹地吼道：“反正你哪个都不会！连故事都不会讲，哥哥你这么笨，梁好姐姐是不会喜欢你的！”

陆竞骁一把拧住她肥嘟嘟的脸颊，咬牙切齿地说：“小胖墩儿，你才几岁，懂这么多？你睡不睡？”

Apple哼哼，往他怀里钻，没一会儿就睡着了。

第二天早上，梁好一醒来就看见陆竞骁和Apple在餐桌旁吃早饭，她迷迷瞪瞪的，发现自己起得最晚，感觉一阵窘迫，忙去洗漱。

陆竞骁穿着睡衣，姿态闲适，扫了她一眼，没说话，淡定地给她的那份面包涂果酱。

“什么时候给我买糖？”餐桌上，Apple冷不丁地忽然问道。

陆竞骁慌乱地看了她一眼，皱眉：“一会儿！”

“哦！”

梁好已经洗漱完坐在餐桌旁，闻言也没在意，低头吃自己的面包。

“一会儿我带她出去，你自己复习。”陆竞骁道。

梁好点点头。

吃过早餐，陆竞骁拉着Apple出门。

Apple停在门口看着梁好，跑过去拉着她的手：“姐姐一起去吧！”

梁好被迫跟了出去，走在后面，看着陆竞骁孤冷的背影，心里一阵酸涩，这人再不明确表示点什么，她就真的不等了！女人的青春就那么几年啊！

“我要玩这个！”买完糖后，Apple见到商场的抓娃娃机，兴奋地大叫。

“玩吧。”陆竞骁塞给她一块钱。

她踮起脚，怎么也看不到玻璃里面的娃娃都在哪个位置，忙噘着嘴扭头向陆竞骁求救。

陆竞骁居高临下地看着她：“自食其力。”

“你烦不烦啊？”梁好看不下去了，凑过去帮 Apple 抓。

虽然她电竞打得不错，但是抓娃娃机一直不得要领，陆竞骁侧身倚在旁边，忍俊不禁地看着她失败了一次又一次，非但不打算出手相助，还幸灾乐祸，打算把她口袋里的零钱花光。

梁好满脸怨气地看着他，不满道：“你帮不帮？我想要那个灰熊。”

“求我啊！”他挑眉。

“我不要了！”跟她较劲，她怕过谁？

她气鼓鼓地倚在一边，陆竞骁也没哄她，重新塞钱进去，俯身开始抓。这家伙操纵着手柄，使劲儿甩里面的夹子，靠惯性一次就把那只小灰熊甩到了掉落口，梁好看得两眼发直。

陆竞骁从机器底下拿出灰熊塞进她怀里，评价道：“这熊还真丑。”

“你管我！”她抱在怀里不撒手。

“我的，我的！我要那只白色的！”Apple 拍着小手兴奋道。

陆竞骁三两下抓了出来，递给她。

梁好看着活泼快乐的 Apple，情不自禁地也跟着笑，转头却见陆竞骁正在看她，她一阵紧张，赶紧把半张脸埋在熊里。

“竞骁。”远处一个声音响起。

梁好一看竟然是陶乐然，她怎么阴魂不散？

陆竞骁表情冷下来：“你又有什么事？”

陶乐然瞟了梁好一眼，落落大方地走过来，从包里翻出一条领带递给陆竞骁，道：“本来想去你家还给你的，没想到在这里碰到了，那就直接还给你吧，我洗过了。”

梁好几乎第一时间想到了他们俩在总统套房的事情，扭头就走：“我回家复习了。”

陆竞骁一把扯过领带，刚要走，陶乐然拉住他的袖子：“先别急着走，我有工作上的事情想找你，你不听，我就只能找陆伯伯了。”

陆竞骁见她是认真的，看了一眼正抬头看他的 Apple，忙喊住远处的梁好：“梁好！”

梁好停住脚步，以为他追过来要解释，谁知道扭过头却见他拉着 Apple 的手走过来，一脸严肃：“你带她回家。”

“你干吗去？”她一肚子火，语气也不好。

陆竞骁抿了抿唇：“回去跟你解释。”

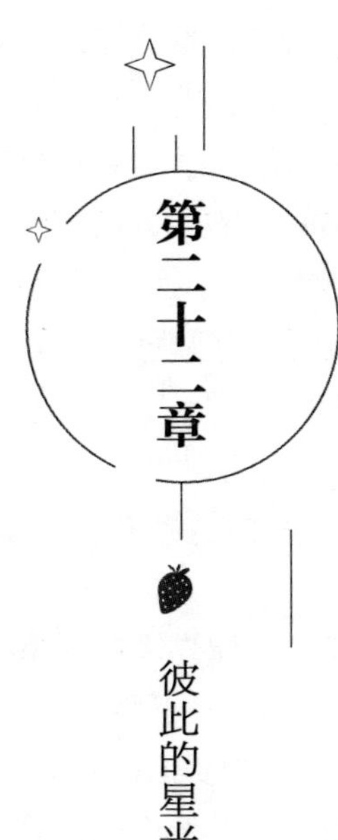

第二十二章

彼此的星光

梁好眼见陆竞骁阔步向前，跟着一脸得意的陶乐然走了，气得牙根疼。

一直等到晚上八点钟也不见陆竞骁回来，她气冲冲地跑到房间收拾自己的东西准备走，收拾完才想到 Apple 不能一个人在家，正琢磨该怎么办，门铃响了。门外不可能是陆竞骁，他有钥匙，梁好慌了一下，跑过去一看，原来是许雅竹。

许雅竹一看见是梁好开的门，愣神了几秒后，立刻捂着嘴笑了起来："又见面了啊，梁小姐。"

梁好觉得一阵局促："阿姨您好，我……我补习来的，正好您回来了，我有事先走了。"

许雅竹看见她风风火火的，拎着一个大包就走了，也拦不住。

走进去见 Apple 呆呆地看着门口，许雅竹捏了捏她的小圆脸问："姐姐怎么了？"

"不知道，哥哥被一个漂亮大姐姐喊走了，然后梁好姐姐就不开心了。"Apple 阐述了一下事实。

许雅竹呵呵笑个不停："你哥哥就是不会谈恋爱，没办法。"

这件事情告诉我们，女人无论任何方面都要靠自己，梁好决定在家好好复习，她要让陆竞骁知道就算没有他，她一样能及格，也一样过得很好。这样在她耍脾气的时候才能昂首挺胸，不受人牵制。

那天晚上，陆竞骁很晚才给她打了一通电话，她直接挂掉，紧接着又收到了陆竞骁的微信：你发什么疯?

梁好选择无视。

她刻苦复习了一周后胸有成竹地参加考试，很顺利地通过了全科考试以及四级考试，正打算一整个暑假都不搭理陆竞骁，可是又想到了要去A市培训，难免要跟陆竟骁联系。

就在她即将出发的前两天晚上，林阡陌打了电话过来，约她去她们以前人生低谷期总去的酒吧。

她想都没想就去了，谁知道她刚到酒吧，就瞟到了角落里的一群人，林阡陌、邹晓音、欢欢、峰子，还有陆竟骁。

她的脚步僵在门口，怎么也挪不动，她深深怀疑，这是一场巨大的阴谋。

林阡陌发现了她，冲她挥手："快来啊！酒都上了！"

碍于风度，她走过去，看都没看一眼陆竟骁，坐在女生这边，和她们几个聊起来。

"你们几个怎么凑到一起的？"梁好问。

几个人一脸尴尬，邹晓音道："就……就偶然碰到的啊，都是你的朋友嘛，来吃点薯条。"

偶然碰到当她是白痴啊？

邹晓音把一根薯条喂进梁好的嘴里，梁好古怪地看着他们几个，心里一阵纳闷，不过一会儿就想明白了，肯定是陆竟骁凑的局！他曾几度威胁她，敢拉黑他联系方式，他就去骚扰她的所有闺密！

一晚上，一群人瞎聊，聊得最多的还是学校里的八卦。梁好偶尔瞟几眼陆竟骁，每次陆竟骁都能刚好捕捉到她的目光，她瞪他一眼，再移开视线，一句话都不想跟他说。

"来来，我们来玩游戏，输的人喝酒！"峰子大大咧咧地道。

"行不行啊？这家酒吧老贵呢！"欢欢问了一个比较实际的问题。

峰子拍拍胸脯："跟我和骁哥出来玩，还能让你们几个女孩儿花钱？"

几个女孩立刻笑开花："那好啊，快玩！"

"一个个地说，说出来的事别人没做过算赢，其他人罚酒一杯；有一个人做过了，自己罚酒一杯，依此类推，玩不玩？”峰子道。

“玩啊，我先来，我曾经在老师的水杯里放过蟑螂！”邹晓音信誓旦旦地道。

梁好一脸不屑，先举起了手：“这算什么，你当我没放过？”

邹晓音一脸惊讶：“梁好，你坏啊！”

“彼此彼此！”

就梁好一个人举手，看来这缺德的事儿就她和邹晓音两人干过。邹晓音自认倒霉，碰上梁好这么一个从小就坏的主，自罚一杯。

“我来，我到现在为止没收到过情书，也没写过情书。”欢欢一向不觉得自己没人气是一件多么可悲的事，反而觉得还挺自豪的。

大家都沉默了，梁好咽了下口水，又颤悠悠地举起了手：“我也没有。”

欢欢大骂：“梁好，怎么都有你！”

欢欢自罚一杯。

“我来，我从来没正式谈过恋爱！”林阡陌道。

梁好很无奈，又只有她举起了手。她小心翼翼地看了一眼陆竟骁，这人一整晚都没说话，就兀自抱胸坐在那儿，冷傲地看着一切，此时他正看向她。她就知道这人谈过恋爱，心里一烦躁，跟着林阡陌喝了一杯。

轮到她，她干脆道：“我的初吻还在！”

活了那么大初吻还在的恐怕只有她了吧？她正得意着，见陆竟骁目不转睛地看着她，冷冷一哼，笑出了声。

“你笑什么？”她问。

陆竟骁开口：“好玩。”

“你了不起啊？”梁好见他没举手，心里又酸又气，愤愤道。

梁好本来以为自己必胜了，谁知道林阡陌不好意思地举起手，她瞪大了眼：“不是吧？！”

看来纯情的人不光她一个啊，她感慨，只好仰脖又喝下一杯。

到了峰子，他倒是痛快：“我被女人甩过三次！”

在场的人都得喝。

终于到了陆竞骁，人家大爷一样淡然道：“跳级。”

……

算了，跟这种什么事情都仿佛开了挂一般的人玩这种游戏有什么意思？

几个人顿觉无趣，决定不玩了。

快走时，梁好喝得明显有点多，直接跑到卫生间吐了起来，半个小时都没出来。

其他几个女孩也都没少喝，个个瘫坐在座位上，半醒半睡。

峰子要开车，一晚上柠檬水替酒。陆竞骁皱着眉起身去前台付账，对峰子道：“给她们送回家。”

峰子指了指自己的鼻子：“不是吧，你负责送一个？我负责送三个？”

陆竞骁皱眉：“不然？”

峰子了然：“得，那你送嫂子吧。”

陆竞骁结完账后，在女洗手间门口等了半天，才见梁好踉跄着走了出来。

梁好觉得胃口难受得很，一晚上本是玩游戏，却越玩越闹心，按理说她高一就认识了陆竞骁，他有正式女友她没见过也应该听说过吧？难不成真是陶乐然？

她扶着门出来，抬头就见到了双手插在裤子口袋里、沉着冷静地看着她的陆竞骁，她翻了个白眼，刚要绕开他走，脚下一软，身体一倾，就被他搂进了怀里。

她脸上一阵燥热，使劲往外挣脱，刚离开就又被他的大手一把拉进了怀里。她傻愣愣地抬头直视他漆黑的瞳孔，声线有一丝不稳："你干吗？"

陆竞骁双手搂着她的腰，俯视着她的眼睛，声音柔和："送你回家。"

"不行，我妈会打死我。"

"那去酒店。"他不紧不慢地说。

梁好一秒内反应过来："不去！"

"我妈和小胖墩儿在家，不方便送你回公寓。"陆竞骁解释道。

"那你送我去酒店，你走。"梁好警惕地道。

陆竞骁勾唇笑了起来："好。"

在出租车上，梁好半梦半醒，她和陆竞骁坐在后面，陆竞骁的手一直紧紧抓着她的手一分钟没放开。她聆听着自己如擂鼓般的心跳，低着头不敢看他。她细心地感受着他掌心的纹路，脑子里一片空白，嘴角却禁不住地上扬。

司机把他们带到了最近的一家酒店，梁好做贼心虚地跟着陆竞骁在前台办理入住手续，用头发遮着自己的脸，眼睛滴溜溜地四处看，看看有没有人在看他们。

陆竞骁扭过头来冲她伸出手："身份证。"

梁好愣了一下，翻出身份证递过去。她看着前台小姐一脸木然，羞赧得想解释，却又觉得没必要，干脆继续拿头发遮着脸。

办理好手续后，陆竞骁自然地胳膊一伸搂住她的肩膀往电梯方向走。梁好全身的血液都叫嚣着奔腾了起来，她惊恐地仰头看着他。

陆竞骁一脸淡然："干吗？"

"你想干吗？"

"不干吗。"

好无聊的对话。

刷卡进房，刚才还昏沉沉的梁好却觉得清醒了过来，她有点反悔，扭头就要跑。

陆竞骁胳膊撑在门口挡住她的去路，挑眉一笑："来了还想逃走？"

她觉得自己被骗了！

"陆竞骁！咱们都是正经人！"

陆竞骁懒得理她，把门一关，拉着她上了床。

梁好心扑腾扑腾的，她完全没有做好心理准备！况且陆竞骁都没正式确定她和他的关系，现在这算什么？

梁好缩在床角瑟瑟发抖，心里紧张得不行。

陆竞骁脱下外套随意搭在椅子上，坐下来给前台打了电话："您好，528房要一杯蜂蜜水。"

等蜂蜜水的时候，梁好见他伸长腿坐在她旁边的那张椅子上，点上了一支烟，然后就一直看着她。

梁好抱着枕头，狐疑地看了他一眼："你不是说送我到酒店就回家的吗？"

陆竞骁边抽烟边挑起一边的眉毛："你舍得我走？"

她支支吾吾的，说不出什么漂亮的话，心里想他赶紧走，又实在舍不得他，好纠结的情绪！

房门响了，陆竞骁起身到门口接过服务员递过来的蜂蜜水，走回来递到梁好手里。

梁好心里一阵暖，接过来慢慢喝，时不时地抬眼看看他。

他看着她，静静吸烟，姿态闲适，眼睛里包含柔情，像是在欣赏一幅名家出品的画作。

喝了蜂蜜水，梁好感觉头没那么疼了，也比刚才更清醒了。

"你不洗澡？"陆竞骁掐灭烟，问道。

她觉得浑身黏糊糊的，慢悠悠地从床上下来，到卫生间门口时回头看他：“你不许偷看！”

“你有什么好看的？”他挑眉。

她吃了一个瘪，默默进卫生间洗澡了。

她洗完澡出来后，见陆竞骁一只手撑着太阳穴还坐在那儿。

“你真的不打算走了？”梁好穿着浴袍出来问他。

陆竞骁抬眼看她，见她洗得白净的小脸和隐隐约约露出来的锁骨，还有那一双娇艳欲滴的唇，带着少女的色泽，他只愣了一秒，霍然起身走到她身旁。

梁好见他渐渐逼近自己，吓了一跳：“干……干吗？”

陆竞骁拉过梁好搂在怀里，一只手抬起她精致的下巴，俯身粗暴地吻了下去，唇上柔软的触感传达进大脑生成信号的那一刹那，她竟然……没反抗。

陆竞骁吻得用力，像一个情场老手。梁好缺乏经验，很快就被他攻城略地。

陆竞骁一把抱起她，把她按在床上，继续吻着她，像夜色里一头刚寻觅到猎物的猛兽，逮住就不松口。他的手轻轻解开她的浴袍带子，下一秒一只手已经像一条蛇一般灵活迅速地游离在她的身上。

梁好打了一个激灵，身体微微颤抖起来，一把捂上他的嘴，尽全力拉回自己的理智，瞪他：“哥们，你够熟练啊！”

陆竞骁俯视着她，呼吸急促，拿开她的手：“第一次。”

“我信你？你跟陶乐然在总统套房那事儿你不打算跟我解释？”梁好不满地问，想起来这事儿就心酸。

他把她的手握在手心里，老实了会儿，诚恳地道：“没有，我把她绑在那儿就走了，用领带绑的，所以她跑来还给我。”

“你的花样够多的啊！我怎么信你？”

“我骗你干什么？”他皱起眉头。

她抿了抿唇，仔细想了想，觉得他这个人活得磊落、自我，不在乎别人对他的看法，也从不取悦别人，根本没必要骗她。

“那你们俩那天干吗去了，怎么那么晚回来？”梁好继续问。

“她找我聊合作的事，我要是不听，她就找我爸。我爸最近身体不好，我不想太多事烦他。”

“谈什么合作？”她继续瞪着眼追问。

“给平台注资，发展关联业务，一起赚钱。”陆竞骁认真地道。

“那你答应了吗？”

“我为什么要答应？”他的呼吸渐渐平稳下来。

她舒心下来，又想到另外一桩陈年旧事，急吼吼地问：“学校谣传我在外面援交，为什么你也信？！你还那样说我，你知不知道我有多难受！”

陆竞骁面露愧疚，嘴上却硬撑：“你跟你老板在酒店干吗了？你们俩那样我能不误会？”

想起上次凌霄在宴会厅楼上亲了她还告了白，换位思考，也许陆竞骁早就气炸了，她也有点愧疚：“我们俩是八卦心作祟，好奇那三等奖内定给哪对了，就想蹲点等人……谁知道等来你们俩，还有，他跟我表白，我怎么会知道……”

“所以，你现在还在他家酒馆打工？”陆竞骁眯起眼看着她。

她没敢再看他，转移视线看旁边的窗帘：“我已经明确拒绝他了，现在只是在那儿帮忙。”

气氛平静下来，陆竞骁摸了摸她白嫩的脸：“以后别对外说你没谈过恋爱，知道吗？”

梁好又委屈起来：“咱俩这样算吗？”

他挑眉：“怎么不算？”

梁好鼻子酸了一下。

“我当着那么多人的面跟你表白，结果你今天在你闺密团面前说你没谈过恋爱，你让我面子往哪儿放？”陆竞骁瞪眼。

这样看起来好像她拒绝了他的表白一样？她才明白过来。

“那你也没跟我进行过严肃的交流，确定一下我们的关系啊！”她反驳。

“我以为那一刻，我和你已经是那种关系了。”他淡然道。

拜托，这位陆少爷，你以为是就是？

“我还可以拒绝啊！”这人明显霸道无理，梁好不依不饶。

“你凭什么拒绝？论各方面我哪点比不上你？上学期期末你高数居然只考了三十五分，我都懒得笑话你了，懂吗？”他开始嘲讽。

“三十五分怎么了？！我最后补考考了八十九分！”

“你补考的成绩也比我差了十一分，这算什么，最萌分数差？”他冷笑道。

她咬牙切齿地看着他，气得浑身颤抖，反唇相讥：“你高考不也就比我高十几分啊？你那么厉害咋才考五百多分，咋就、没上清华？”

陆竟骁勾唇冷笑：“你不知道我少考了一门吗？”

……

我的天！她发现了什么？！这缺心眼的家伙高考居然少考了一门，然而总分还比她高十几分！

她简直无地自容了。

他拉开她捂着脸的手，俯身下去：“继续？”

梁好脸红了一下，摇头：“不行，这也太……太快了！”

陆竟骁沉默了一会儿，起身：“那我去洗澡。”

她换了暗灯，睁大眼睛，听着浴室里传来哗啦啦的声音，心脏一时难以平静，怦怦跳得厉害。

陆竟骁洗好澡，直接钻进了被窝，从背后搂住她。

梁好好不容易平静下来的心跳又被他挑逗得快了起来。身后传来清新的沐浴露香味，提神醒脑，本是昏昏欲睡的她，这下睡不着了。

“睡了？”陆竞骁在背后轻声问她。

她懒洋洋地哼了一声：“虽然我知道你现在很难受，但是我们进度慢点。”

“洗的冷水澡，没事了。”

……

一阵尴尬，梁好想起来什么似的道：“我有些事想问你。”

“问。”他倒是干脆。

“高一那年，咱班李艳茹给你送了一大盒巧克力跟你表白，后来你们俩成了吗？”

“没有。”

“那高二时，咱班苏小英跟你成立了什么学习小组，你们俩天天在一块学习，没擦出什么火花？”梁好继续问。

“没有，你现在这是要跟我翻之前五年的旧账？”陆竞骁抬起头来，俯视她。

梁好觉得自己的心思被看穿挺不好意思的，谁知道他反问起来：“那我也问问你，高一开始你跟那个小胖是什么关系，为什么总凑在一起？”

“我们俩是普通朋友关系啊！他有喜欢的人！就是总考你后面一名的那个石小菲！”

“那高二时的那个体育委员送你回家那次是什么情况？”

梁好真心觉得有的时候男人咄咄逼人起来丝毫不输给女人。

“是他把我撞伤的啊，他当然有责任送我回家！你这么一说，我想起来了，体育节的时候，你背过咱班班长回班里！”

陆竞骁皱眉：“当时就我一个男的，我不背谁背？”

当晚，两个人你一言我一语，絮絮叨叨着，翻五年来的旧账足足翻到半夜两点半。

聊到最后，梁好也不知道自己什么时候转过身子的，面对着他，一边叨叨着，一边打着哈欠，到最后她迷迷糊糊地说了一句话："陆竞骁，别离开我。"

陆竞骁很清醒，微笑着看着她，在她耳边道："五年了，我离开过你吗？"

她听到了心里，在意识残存的最后一刻，伸出双臂紧紧搂住了他。

半醒半梦间，这五年来点点滴滴的回忆涌上梁好心头，他们第一次在教室相遇，她唯唯诺诺，他桀骜不驯，两个人气场严重不合，几次吵架，之后冷战，最后她迫于要靠他讲题，主动摇白旗宣布投降。他表面瞪她，心里却在笑。

那时候，学校举行体育比赛，全班同学都要参加，其中有一个环节需要一男一女搭配成一组进行两人三足比赛。班里推选出了几名学生，其中就有陆竞骁和梁好。

为了公平，选择配对的时候，分了六种颜色的丝带，男生女生背过身去选择一种颜色，选到同一种颜色的男女配成一对。梁好那个时候偏爱紫色，平常使用的物品也是紫色偏多，毫不犹豫地就抽出了那根紫色的丝带。旁边的女生在小声议论："你们猜陆竞骁会选哪个颜色？"

"不知道，男孩子应该会选蓝色的吧？"

"那蓝色我要了！你们都别跟我抢啊！"某个女生眼明手快，一把扯过蓝色丝带紧紧攥在手心。

"你也太坏了吧！"剩下的女生愤愤不平。

大家都选好后，一起转身，所有女生齐刷刷地往陆竞骁的手里看，梁好当场就傻了眼，不是吧！这人居然也选了紫色！男孩子选紫色！她当时心理活动极其丰富，瞥见陆竞骁双手插在运动裤口袋里，半截丝带露在口袋外面，桀骜不驯地站在那里，蓦地瞟了她一眼。

她愣住了，听见其他几个男生笑嘻嘻地说："一个男的竟然选了紫色！"

她心里挺不高兴的，她可以说他坏话！别人不可以！

分好组后，两个人开始绑脚，那个时候陆竞骁的身高已经长到一米八了，她只有一米六，两个人玩两人三足简直是种折磨，刚迈出一步，她就险些绊倒。陆竞骁居高临下地冷眼看着她，没说话，直接伸手搂着她的腰，让她半悬空地带着她走。

她小声嚷嚷："你这叫作弊！"

"闭嘴。"他回应。

她见他如此嚣张，干脆打趣道："你一个大男人居然喜欢紫色，丢不丢人！"

"你管我？"他挑眉，手上的力度却丝毫没松懈。

最后陆竞骁就这样快速把她带到了终点，拿了个小组第一。

梁好觉得没什么可高兴的。

很多事情都是很多年后慢慢想明白的，她早该想到当时陆竞骁是猜到了她会选紫色的丝带，想和她一组才选的紫色吧，害得她误会了他好久。

她迷迷糊糊间想到了这件小事，心里又酸又甜，搂着他的手紧了紧。

是什么时候开始喜欢上对方的，他们自己都说不清楚，人和人之间的感情是微妙的，有时毫无根据，毫无征兆。

有一种爱情如呼吸，如空气，如每晚夜空的星辰，它就在你的身边，每一分每一秒都不曾离开过你。

一直到第二天早上，梁好发现自己正睡在陆竞骁温暖的怀抱里，还觉得昨天的一切显得那么不真实。她在他怀里轻笑，伸手摸了摸他的脸。他被她闹醒，半睁开眼看了她一眼，将她往怀里搂了搂，没说话，继续睡。她搂着他，也决定再睡一会儿。

由于昨天两人翻旧账翻到很晚，再起来时都中午了，陆竞骁拉着她在酒店一楼吃了一顿丰盛的午餐后开车送她回家。

她在车上猛然想到了，说：“坏了！我昨晚没跟我妈和我哥说不回去的事！”

“我用你的手机给你哥发过短信了，说借宿在闺密家。”陆竞骁开着车道。

“什么时候？”她好奇。

“你睡着的时候。”

她心里喜滋滋的：“没想到你还挺细心呀！”

陆竞骁哼了一声。

到了家门口，她看着他立在车前，竟然有一丝不舍，她重新跑到他身边，抬头问：“明天我和我哥去 A 市了，你一起吗？”

陆竞骁没什么表情：“我不去了，公司事太多。”

她有点失落，毕竟她这一去就要好久。见他没什么想说的，她心里有点难受。

“明天早上，我送你去火车站，票根留好，回来我给你报销。”陆竞骁道。

她咯咯笑：“好呀！”

“上去吧，收拾一下行李，明天见。”

“好。”

她扭过头刚走没两步，陆竞骁又喊住了她，她回头看他，他站在不远处，目光灼灼，随即，他张开手臂，声色温和地道：“过来再抱一下。”

梁好笑嘻嘻地跑过去，像个大孩子般用力扑进他的怀里，他一把接住，低头在她额头印上一吻。

她闭上眼，闻着他身上清冷独特的味道，这一刻彼此拥抱的温暖直抵心底，直击灵魂深处。

很多年前，她自知平凡，不敢高攀，也是因为家庭的问题，变得不相信爱情。还好，在她的世界昏暗无光时，有一抹星光愿意坠落在她身边，成为她的另一半。从此以后，她变得勇敢，变得相信爱情，她希望他们能成为彼此的星光。

整整一天，梁好边想她和陆竞骁的事情边收拾行李，时间一晃而过，旖旎月光爬上窗口，她思绪万千。

虽然她明白了他的感情，但是她总觉得在一段感情里，需要一段特别明确的说辞才能表示两个人开始交往，成为男女朋友了。

晚上，她打开微博，想到陆竞骁，脸上的肌肉神经就自动排列组合成微笑的模样，她写下一段话：这么多年，我唯一做的事情就是忍着心里雷霆万钧般的情意，对你的爱闭口不提。

不一会儿，好奇心爆棚的网友们纷纷发来评论：

微笑女神恋爱了？

怎么办？我感觉我好像失恋了！

……

梁好翻着这些人好笑的评论，忽然间看到了一个熟悉的ID给她的这条微博点了赞，是“微笑深深”。

她赶忙趁机抓住他，又发了私信过去：嗨！

微笑深深很快回复：嗯。

语气一如既往的清冷，保持着疏离。

微笑浅浅：你最近又玩《龙之翼》了吗？

微笑深深：没有，工作忙。

没想到“微笑深深”已经是上班族了，她又问：工作忙的话，那你以后还玩吗？

微笑深深：你玩，我就玩。

很简单的一句话，梁好愣在电脑屏幕前，心里一阵悸动，她快速打字：你是哪里人？

微笑深深：怎么？

微笑浅浅：我觉得你在游戏里给我花了不少钱，上次还送我那么多豪华飞艇，挺不好意思的，想请你吃顿饭，如果我们的城市离得近的话。

微笑深深：不用。

之后，她见他下线了，心里一堵，叹了一口气。她觉得现在有了男朋友，应该跟这些狂热粉丝说一下，避免以后不必要的误会，没想到“微笑深深”似乎对她……并没有那么疯狂？也可能是她自恋了。

直到第二天，她和梁岩坐在陆竞骁的车上，她还在想两个人的关系是不是应该有一个明确的表达。她在后视镜里看着他清俊的面庞，心里一阵嘀咕，不会她出差几天，回来后这个人就说话不算话了吧？她才不要把恋爱当成儿戏，况且昨天是因为太困了，好多事情她还没来得及问呢。

梁岩一大早就看出了猫腻，碍于陆竞骁现在是他老板，他没明确问出来，但是他隐约从他们俩的眼神里读出了什么内容来，他把疑问强行压在了心底。

检票口开始检票的时候，一大堆人陆陆续续往里面走，梁岩帮梁好拉着行李走在前面，头也不回。

梁好走在后面，扭头见陆竞骁穿着板型很好的白色短袖T恤，双手插进牛仔裤里，气质清冷绝伦，心里的那份悸动逐渐浮出，她很担心她这么一走，再回来时就物是人非了，这恐怕就是恋爱中的女人必患的一种焦虑症吧。此时此刻，她渴望关于他们两个人这段关系的一个肯定的声音，这段冗长的暗恋时光长达五年，既然她决定抛弃一切客观条件和理智选择他，那么她就必须认真对待。

梁好看着他渐渐模糊的脸忽然大声喊道：“陆竞骁！我想跟你好好谈场恋爱，好吗？”

来来往往的人群看向他们这对看似苦命的鸳鸯，嬉笑起来。

陆竞骁愣了一下，之后眯着眼，伸出手冲她挥了挥，此时他脸上的笑容如三月拂柳的春风，温暖而美好。

拥挤的人群中，她听到他独特好听的声音：“好啊！”

— 全文完 —

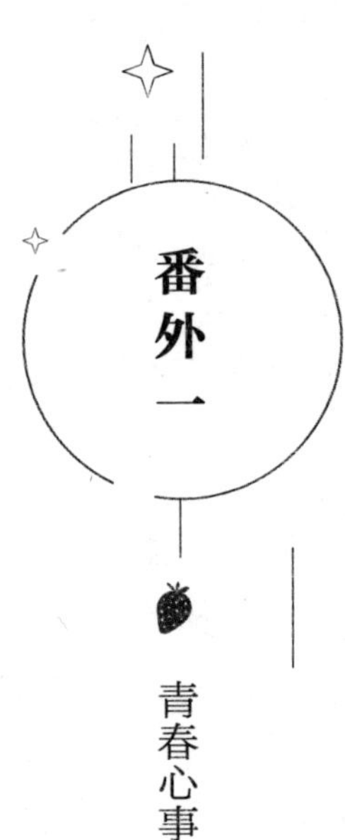

番外一

青春心事

那一年多伦多的雪似深冬的寒夜，仿佛无穷无尽，陆竞骁只有十岁，却已经可以一个人去加拿大看望母亲了，只是当晚他从母亲的家里出走了，漫无目的地行走在空无一人的街道上，心里的温度慢慢降低。

许雅竹和那个叫贺文清的男人找了他一夜，到最后还是贺文清找到了他。男人踏着雪，阔步而来，气质温和、儒雅，陆竞骁却打心底抵触着、抗拒着，目光里透着一股冷漠和渐生的恨意。

贺文清已经年近五十岁，自然了解一个未成年人的心思："竞骁，我知道你还小，不能接受这个事实，但是我对你妈妈是真心的。我认识她已经很久了，却从未做过出格的事情。她打工留学的时候吃了不少苦，这些年也一直是我在加拿大照顾她。我年轻的时候跟她的经历很像，所以我更不会伤害她，相信贺叔叔一次好吗？"

陆竞骁没说话，仰头看着这个男人的脸，用充满质疑的目光打量他。

许雅竹找到了他们，匆匆跑过来，她喘着粗气，脸上写满了焦虑和慌张："你跑哪里去了？担心死我了！"

贺文清怕许雅竹责怪他，本能地伸出大手摸了摸他的头，憨笑道："别担心，这不是没事吗？"

"啪"的一声，陆竞骁抬手挥开贺文清摸他头的手，目光阴冷，声音里充满敌意："别碰我！"

"陆竞骁！"许雅竹低吼了他一声。

从小到大，陆竞骁从来不曾被许雅竹用这样的口吻吼过，他微微一怔，不可置信地看着许雅竹，挑眉："你竟然为了这个男人吼我？"

许雅竹皱了皱眉头，心里也是蓦然一疼，但是她知道现在不是溺爱他的时刻，只能板着脸继续道：“竞骁，很多事情你必须学会坚强起来，勇敢面对。这个世界上不是所有的事情都能按照你自己的意愿发展下去，你不能改变环境，就只能改变自己的想法，你懂吗？”

陆竞骁根本听不下去，倔强地看着她：“我要你回去，和爸爸在一起，我不喜欢他！”

“竞骁……”许雅竹眼圈泛红。

贺文清始终沉默，看着母子二人都那么倔强，他叹了一口气：“竞骁啊，外面这么冷，万一冻坏了，到时候你爸多担心你啊，先回家吧。明天咱们去钓鱼吧？叔叔特别会做鱼，可香了！”

陆竞骁看着眼前还在憨笑的男人，没说话。他不想让陆震一担心，沉思了一会儿，率先往家的方向走。

一夜过去之后，刺眼的阳光普照在大地上，说来也奇怪，久不见晴的多伦多竟然放晴了。

贺文清起了个大早，一个人做好三份早餐。陆竞骁吃了两口，想起身回自己的房间，许雅竹拉住他的手，笑容依旧如以前那般温暖：“宝贝，妈妈昨天不该吼你，别生气啦！”

陆竞骁心里一阵难过，没再说什么。

“走吧！咱们去钓鱼！”

陆竞骁被许雅竹强行拉了出去，到了一个宁静的湖泊边。贺文清把一切钓鱼工具准备好后递给他，他没说话，接过来自己坐在旁边开始钓鱼。

可能是因为天气太冷，脚趾冻得有些僵，陆竞骁再起身的时候，脚踩到了泥地上的石子，重心不稳，往旁边的湖里倒去。

许雅竹惊呼：“竞骁！”

陆竞骁的心扑腾扑腾跳着，心率过快，让他感觉呼吸困难，他霍然睁开双眼，视线渐渐清晰起来，看到的是一张小圆脸，旁边的梁好凑了过来，一脸鄙视地看着他：“天哪！为什么像你这种天天上课睡觉的人还能每次考第一？”

陆竟骁起身，发现自己正坐在高一三班的教室里，老师正在讲台上讲得津津有味，而旁边的女孩正盯着他，嘴里发出不满的声音。

原来是个梦……

与其说是梦，倒不如说是曾经的回忆变成了梦，再一次在脑海里出现。

可是最后这件事情到底怎么样了呢？他坠湖以后，都发生了什么？他竟然有一阵短暂性的失忆，他觉得头疼得厉害，皱着眉头用手揉了揉太阳穴。

“你没事吧？”梁好觉得他脸色不太好，连忙关心地问道。

陆竟骁斜睨了她一眼：“你有时间关心我，不如多听讲。”

“你这人怎么这样啊？”梁好不满地瞪他。

陆竟骁没说话，他不喜欢跟女人吵。

梁好又道：“你要是不舒服，我举手跟老师说，让你去医务室。”

那时候的他对梁好完全没有任何好感，只觉得这女人聒噪得很，加上梦到了他最不愿面对的事情，他脾气很不好：“你怎么这么烦？”

梁好愣了一下，转头拍着桌子站起身，冲着他喊：“你踟什么？我开学就看你不顺眼了，你不就是班里第一吗，你学习好能统治宇宙？”

老师和同学吓了一跳，纷纷向他们这边看过来。

老师忙问：“陆竟骁、梁好，你们俩怎么了？”

陆竟骁的目光毫不友善，甚至带着点蔑视，他勾起一抹冷笑：“我第一都没资格踟，那你个倒数第一的就有资格了？”

瞬间，班里一片哗然，连老师都一脸焦虑地叫住陆竟骁，提醒他话太重了：“陆竞骁。”

那个年纪的少男少女自尊心有多么重，谁都能明白，那是绝不容任何人侵犯的底线。

梁好咬了咬下唇，狠狠地盯着他带着讥笑的面庞，没说话，硬生生地坐回原位，既没哭也没再闹。

看着她倔强的模样，陆竞骁倒是微微一怔。

这件事情过后，两个人一直谁也没理过谁，都看不惯彼此。

那天，课间休息，陆竞骁安静地看一本漫画书，周围太聒噪，吵得他不得不分神抬头看一眼，一看，又是他的同桌，她似乎每天都没什么愁事一般，嘻嘻哈哈，脸上永远带着笑容。

此时，梁好正在跟班上的一个女同学聊八卦，笑得声音太大，严重影响了他的阅读质量，他紧锁双眉，觉得那抹笑容很刺眼。他心想，这种女人怎么能了解他的世界、他的生活，天天没个正经，没个愁事，他们根本不是一路人，早早换座吧。

“对了，明天有家长会，班主任说了必须父母都来，你别忘了啊！”和梁好说话的那个女同学提醒她。

梁好脸上的笑容僵住，她沉默了一秒，随后大大方方道：“我跟老师说过了，我单亲，家里只有我妈。”

瞬间，陆竞骁猛地看向她，她又重新扬起笑脸，和女同学聊起了别的。

他的心猛地一沉，耳边在这个时候回响起许雅竹那晚对他说过的话：“竞骁，很多事情你必须学会坚强起来，勇敢面对，这个世界上不是所有的事情都能按照你自己的意愿发展下去，你不能改变环境，就只能改变自己的想法，你懂吗？”

他看着她，开始重新认真审视这个女孩的笑容，她的笑容在他心底刹那间变得弥足珍贵。

陆竞骁心里是有愧疚的，他反思过自己上次说的话确实过分了，可是一句“对不起”如千斤巨石压在心头，让他开不了口，他纠结了很久，终于想到了一个不错的办法。

梁好上完厕所回来后，发现桌上的水杯被灌满了，还泡了一袋茶叶，她挺高兴的，举着泡着茶叶的杯子问：“谁给本宫泡的茶？谢啦！”

周围的同学们嬉笑：“是班里哪个暗恋你的男生吧？”

梁好愣住：“怎么可能！咱班上次体检不是没有视力不合格的吗？”

一群人哈哈大笑起来。

陆竞骁双手插在裤子口袋里，侧目看着杯子边缘上悬挂着的标签，上面写着他帅气的字：对不起。

然而……某个傻瓜直到把那杯茶喝完，都没发现标签上的字。

陆竞骁气炸了，一整天都像一枚隐形炸弹一样，谁碰他就是自寻死路。

晚自习有测验考试，梁好抓耳挠腮的，叫天天不应，叫地地不灵。她想扭头去看陆竞骁，可是一想到这位外号叫“冰块陆”的非人类长时间严防死守，愣是没让她看到过一道题的事实，她又放弃了，正愁眉苦脸，就看到陆竞骁把早就写好的一张卷子伸了过来。

见状，她哪还记得两人的恩恩怨怨，以为陆竞骁要给她抄，心里乐滋滋的，结果伸过头一看，卷子边上的空白处写着三个字：对不起。

她抬头的工夫，陆竞骁已经把卷子拿回去了，脸上的表情有些不自然。

那次是梁好第一次感受到来自这个男人的温暖，她眯起眼睛，笑了起来，笑得特别可爱，豪情万丈地来了一句：“没事！”

陆竞骁又把目光投向她，圆圆的小脸，笑得温暖而真挚。就在这个时刻，他忽然想起了那件坠湖事件的结尾，是的，他当时掉了下去，昏迷了一阵子，再醒过来的时候，看见的也是一张温暖的笑脸，是贺文清把他从湖里救了上来。

也许在他昏暗的世界里，也存在一缕阳光吧，只是他仍旧不愿面对。

“梁好，别交头接耳的，写你自己的！”老师的喊声忽然传来。

梁好一脸哀怨，等老师没再注意她的时候，她小声对陆竞骁道：“借我看一下，我昨天没复习！”

陆竞骁把卷子翻过来，带着调笑的意味对她道：“自己写。”

梁好感慨这人怎么一会儿一张脸啊！气死她了！

看着她气得通红的脸，陆竞骁发现他的初恋悄然开始了。

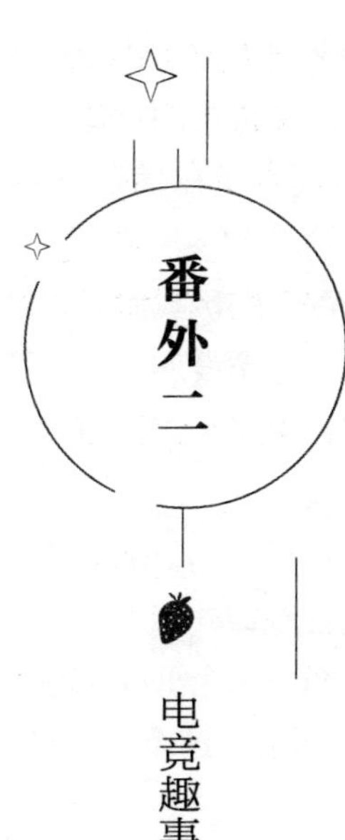

番外二

电竞趣事

陆竞骁打开电脑，下载《龙之翼》客户端，几个小时后，进入大区，注册自己的账号，电脑屏幕显示：您所输入的名字已被注册。

他一阵烦闷，随便输入几个字作为 ID 进入了游戏，进入游戏的第一件事就是在好友系统里面查找玩家，找到那个叫“微笑深深”的玩家，第一时间发了私信过去：把你名字改了，我要用这个名字。

最早使用“微笑深深”的玩家蒙了，看到一个陌生人的私信后，以为对方发错了人，干脆没理会，继续玩自己的。

陆竞骁等了十分钟，见这个人没有回复，又发了一条消息过去：改名卡我送你，速度。

“微笑深深”彻底蒙了，回复陆竞骁：大哥，你没病吧？我 ID 用得好好的，你凭啥让我改啊？

陆竞骁耐心跟他解释：这个 ID 对我意义非凡。

那大哥想了半天才回复：这个 ID 对我也意义非凡啊！咋还带抢名字的？

陆竞骁本不是喜欢浪费口舌的人，考虑到现在有求于人，只能耐下性子问：对你来说有什么意义？

那大哥回复：我刚丢了工作，跑了老婆，然后想改名，换换心情。我到公安局问，公安说我都这么大岁数了，改名字怕是有案底，要逃避法律的制裁，死活不让我改。我跟人吵了一通，还是没改成……

那大哥是断断续续发来这些消息的，显得又啰唆又烦人，陆竞骁早就不耐烦了，直接拦住他：说重点。

大哥这才讲到重点：我这本人名字改不了！就只能在游戏里

改我账号名字了！前些日子刚改的，就爆了个极品装备，这不就是好运的开端吗？

陆竞骁干脆道：我帮你买齐一套装备，全部 S 级，再送你一张改名卡。

那大哥看完这句话后，足足在电脑前愣了半分钟，他回复：不是吧，这个名字真是能带来好运啊！要不是有了这个名字，我也不会遇到你这样的大土豪！

陆竞骁：一句话，行不行？

大哥挺体贴：唉，你也是为了转运吧，看在咱们同病相怜的分上，改名卡我自己买吧！

这人倒是不傻……一张改名卡才三十块，一套全 S 级装备要一万块。

陆竞骁道：不用，我都给你买了，你快点改了。

大哥又问：那我改完了，你反悔了咋办？

陆竞骁已经在忍耐的边缘了，回复：我先给你买，你收到装备再改名。

大哥笑嘻嘻的：兄弟真豪爽，好的，没问题！

陆竞骁也不傻，又警告性地发过去一条消息：忘了跟你自我介绍，我是电子网络公司的老总，查一个 IP 身份轻而易举。

大哥打字的手在颤抖，本想白骗取一套装备的，现在这邪恶的念头被扼杀在了摇篮里。他不想给自己找麻烦，只好规规矩矩地道：放心吧！

一万零三十块换来的 ID 名“微笑深深”，从此以后易主了。

陆竞骁重新登录界面，快速注册了暂时没人使用的 ID，进入游戏，查找玩家“微笑浅浅”，并加为好友。

“微笑浅浅”很快通过了加好友请求，主动发来消息：你是我的粉丝？

陆竞骁觉得很好玩，回复：是。

然后他听着电脑里的直播，某个神经大条的少女在说话：“没想到没多久就有粉丝加我好友啦，哈哈！看这个 ID 应该是开播后就喜欢我啦！”

陆竞骁微微一笑，心想：笨蛋，我喜欢你好久了。